KB269094

유리집

유리집

한정희 소설

민음사

차례

사마라의 약속

사마라의 약속

　남편은 내게서 병원에 가겠다는 확답을 받아내려고 작정한 모양이었다. 그는 내 손을 잡고 내 눈을 깊이 들여다보면서 말마디마다 힘을 주어 이젠 병원에 가야 한다고 말했다. 그의 태도가 하도 간곡하여 나도 다른 때처럼 한번 고려해 보겠다든가, 됐네 됐어 하는 식으로 어물쩍 넘기지를 못하고 아주 어색하게 그에게 손을 잡힌 채, 그의 눈을 피해 허공으로 시선을 돌린다. 가슴속에서 싸하게 올라오는 박하 같은 슬픔이 느껴진다.

　병원에서 5년 전에 치료했던 나의 유방암이 재발하여 폐쪽으로 전이되었다는 진단을 받고 온 이후, 그는 걸핏하면 나와 눈을 맞추는 버릇이 생겼다. 벌써 6주일이 다 되어가는데도 나는 그의 눈맞춤이 부담스럽다. 그리고 내게 내려진 폐암이라는 진단 또한 실감이 나지 않는다. 나는 물 속에서 치솟아 올라와 휘파람 소리를 내며 숨을 몰아 쉬는

해녀처럼 다급하게 산소를 필요로 한 일도 없었고, 가슴을
양손으로 잔뜩 움켜쥐고 꼭 다문 잇새로 신음소리를 참으
며 앞으로 고꾸라지는 일 같은 걸 아직 겪지 않았다. 그래
서 현실적인 느낌이 들지 않을 것이다.

눈맞춤. 나도 얼마 전에 그의 눈에 나의 눈을 맞추려고
시도해 본 적이 있다. 그가 26년 동안 재직하던 은행에서
명예퇴직하기로 결정됐을 즈음이었다. 그러나 그는 내가
그의 눈을 조심스럽게 들여다보아도 뇌파가 차단된 몽환
상태의 사람처럼 멍하니 램프갓에 떨어지는 빛의 그림자에
시선을 고정시키든가, 머그잔 속의 줄어든 커피 라인을 무
심히 바라볼 뿐이었다.

남편은 근심스럽게 고개를 젓는다. 아무 때라도 껑충 일
어설 것처럼 의자 한 귀퉁이에 앉아 있는 그의 두 눈은 벽
너머를 응시하는 것 같았다. 나는 창으로 쏟아져 들어온
햇빛 속으로 금가루처럼 빛나는 먼지들이 천천히 이동하고
있는 장면을 무심코 쳐다보고 있었다.

갑자기 그가 가라앉은 자기의 기분을 떨쳐버리고 말을
꺼낸다.

잠깐 기다려봐.

남편은 나의 손을 풀고 소파에서 일어나 거실 한구석에
서 먼지를 뒤집어쓴 채, 몸을 숨기고 있는 피아노 앞으로
다가간다. 한 손으로 피아노 뚜껑을 문지르자 포마이커의
단단한 질감이 빛을 드러내었다. 그는 몸을 돌려 나와 눈
을 잠시 마주치더니 쓰다듬던 피아노의 뚜껑을 열고 의자
에 앉아서 건반을 두드린다. 조지 윈스턴의 「디셈버」가 엷

은 먼지 냄새와 함께 공중으로 퍼져나간다.

그는 능숙한 솜씨로 피아노 연주를 시작한다. 이른 아침 햇살이 눈을 부시게 한다. 그의 긴 손가락이 건반을 하나씩 누를 때마다 튀어나온 맑은 음들이 내 주변으로 몰려들어서 어서 그의 요구를 들어주라고 성화를 부리는 것 같다.

젊은 시절, 남편은 자신의 부탁을 관철하는 데 종종 피아노 연주를 동원해서 나를 감동시키곤 했었다. 은행에서 만난 지 얼마 되지 않았을 때였다. 우리는 그날 회사 근처에서 동료들과 술자리를 벌이고 있었을 것이다. 피아노가 있는 작은 카페였다. 시간이 어느 정도 지나고 분위기가 한창 무르익자 나는 일어설 채비를 마치고 동료들에게 인사를 했다. 시간이 그쯤 되면 여자들은 자리를 털고 일어서는 것이 당시의 관례였다. 갑자기 그가 일어서더니 잠깐만 기다려달라고 말을 하고는 피아노 앞으로 다가갔다. 그러곤 지금처럼 느리고 감미로운 곡을 연주하는 거였다. 무슨 곡인지 알 수는 없었으나 그 곡은 너무도 애절하고 슬프게 들렸다. 그 슬픈 음악은 나를 감동시켰다. 나는 연주 틈틈이 보내는 그의 눈길에 사로잡혀서 그 자리에 그대로 앉아 있었다. 동료들의 짓궂은 야유에도 불구하고 나는 12시가 넘어서까지 그의 옆자리에 앉아 있었다. 그날 밤 헤어지면서 우리는 처음으로 손을 잡았다.

아마도 남편은 옛 생각을 해낸 모양이다. 대부분은 그의 피아노 연주에 넘어가 그의 요구대로 되었던 것 같다. 휴가를 반납한다든가, 시어른의 생신 잔치를 집에서 치른다든가, 그와의 냉전을 끝내는 그런 일들…… 그렇지만 지금

나는 그의 피아노 연주를 듣고 있으면서도 젊은 시절의 향
수를 달래는 유희 같은 느낌이 들어서 오히려 쓸쓸해지고
만다. 그러면서도 영롱한 음악 소리는 며칠 전에 본 비디
오의 한 장면을 자꾸만 머릿속에 떠오르게 한다.

■ 바그다드에 한 상인이 있었지요.
아침 일찍 시장에 하인을 보냈는데, 하인이 즉시 돌아
왔어요.
하인은 두려움에 떨면서 주인에게 말했어요.
주인님, 저는 방금 시장에서 죽음을 보았어요.
죽음이 절 보고 있었어요. 저에게 위협적인 신호를 보
냈어요.
주인님, 말을 빌려주세요. 운명으로부터 도망치게요.
죽음이 저를 찾을 수 없도록 사마라로 떠나겠어요.
그리하여 주인은 하인에게 말을 주었지요. ■

며칠 전에 비디오 가게에서 빌려다 본 영화 속의 한 장
면에 삽입된 시였다. 주인공인 스페인의 시인은 총통 정치
에 반대하여 정부로부터 사찰을 받고 있었다. 그 국민시인
의 안위를 걱정해서 몸을 피하기를 권유하는 귀부인 모녀
에게 시인은 피아노 앞에 앉아서 안달루시아 지방의 민요
선율을 배경으로 운율을 최대한 실어서 이 이야기를 읊었
다. 고풍스런 저택의 넓은 거실에 오전의 햇살이 맑게 비
치고, 피아노 앞에서 투명하게 퍼져나가는 시인의 영롱한
음성……

　나는 「디셈버」의 마지막 부분을 듣고 있다. 연주를 마친 남편은 고개를 돌려서 내 눈을 깊이 들여다본다. 그의 눈빛이 간절하게 말을 하고 있다. 어서 대답을 해. 그러겠다고. 병원에 가서 치료를 시작하겠다고.

　갑자기 그의 그윽한 시선이 참으로 어색하게 느껴진다. 우리가 언제 이처럼 가까이 서서 서로의 눈을 들여다본 적이 있었던가…… 그는 지금 시에 등장하고 있는 하인의 주인처럼 내가 죽음으로부터 도망칠 수 있도록 말을 주려고 하는데…… 나는 그의 도움을 선뜻 받아들일 수가 없는 것이다.

　갑자기 나는 누군가가 조금이라도 툭 건드리면 금방이라도 흘러내릴 것 같은 눈물을 감추기 위하여 소파에서 일어서서 창가로 걸어간다.

　당신이 피아노를 치고 있으니까. 그 영화 속의 장면이 자꾸만 떠오르네.

　오랜만에 좋은 영화라는 의견에 일치를 이루면서 함께 보았던지라 남편은 그 영화의 한 장면을 설명하자 나의 의중을 곧장 파악하는 눈치다.

　나도 죽음을 피해 어디든 떠나고 싶다. 바그다드의 하인보다는 똑똑하지 않아도 비슷하게라도 해봐야 하는 거 아닌가?

　덤덤하게 잠깐 여행이라도 다녀오고 싶다고 내가 말을 꺼냈다 해도 내 의사가 무시되거나 하지는 않았을 텐데, 이렇게 불쑥 〈죽음〉이라는 말을 섞어가면서 떠나고 싶다는 말을 내뱉고 나자 갑자기 나는 구명재킷을 입고 물 속에 떠 있는 것처럼 온몸의 힘이 쑤욱 빠져나간다. 그러고 보니 우리는 몇 주일 동안 서로에게 발랄하고 산뜻한 표현 방식을 터득하기 위하여 부단히 노력하고 있었던 듯하다. 〈죽음〉이나 〈실직〉 같은 어둡고 칙칙한 단어를 의식적으로 외면하고, 우리의 일상이라는 돛단배를 정박지까지 순항시킬 수 있는 부드러운 바람을 찾아헤매었던 것 같다. 그런데 지금 나는 돌연 우리의 묵계를 파기하고 있는 것이다. 갑자기 나는 내 마음이 원하는 것을 명확히 알 것 같다. 자연스럽고 싶은 것이다. 화제가 죽음으로 흐르든, 혹은 실직으로 흐르든 그것에 관한 느낌을 아무렇지도 않게 드러낼 수 있는 자연스러운 상태에 머무르고 싶다. 이젠 남편의 얼굴에서도 완강히 버티고 있던 병원행 결의가 지워졌다. 주변 친지들이 드러내놓고 부러워할 정도로 상대방을 배려하는 타입의 사람인지라, 그는 이미 내 마음 속으로 들어와 내가 정말 하고 싶어하는 것들이 무엇인가를 탐색하고 분류하기 시작하고 있는 것이 선연하게 느껴진다.

아주 좋은 생각을 했다고 호들갑스럽다 할 만치 연거푸 덕담을 하는 시동생 부부의 배웅을 받으면서 후쿠오카로 출발하는 비행기에 오른다. 폐암 환자라는 나의 건강 상태를 배려해서 정한 듯 행선지는 뱃부 온천이었다.
비행 시간도 한 시간밖에 안 걸려. 당신도 그 정도 여행이라면 피곤하지 않을 거야. 예전에 북해도 온천에 갔을 때 당신이 아주 좋아했잖아. 온천욕이 좋다면서. 뱃부의 온천도 물이 아주 좋대.

　지레짐작일지 모르지만 남편은 혹시 내가 혼자 떠나고
싶다고 할까 봐 그러는지 나의 의견을 묻거나 희망을 들으
려 하기보다는 자신의 뜻대로 하기 위해서 일을 급하게 추
진하는 것처럼 보였다. 물론 내가 떠나고 싶다는 것은 나
와 관련을 맺고 있는 일체의 것으로부터 떨어져 있고 싶은
것이었다. 그러나 그는 내가 원하는 것을 잠시 환경을 바
꾸어본다는 의미 이상으로 받아들이고 싶지 않은 모양이
다. 그렇다고 굳이 혼자서 가고 싶다고 우기면서 고집을
피우는 것도 유치한 느낌이 들어서 나는 짐짓 모르는 체하
고 말았다.
　요즈음 들어서 나에게는 적극적이고 절실하게 느껴지는
것들이 드물다. 무엇인가를 내 생각대로 관철하기 위해서
아주 작은 설명이라도 필요하다면 나는 그냥 넘기고 만다.
그것은 그만큼 내게 열정이 남아 있지 않다는 뜻이기도 할
것이다. 머지않아 나에겐 〈열정〉 혹은 〈절실함〉 같은 느낌
들이 화석처럼 딱딱하게 굳어진 기억으로만 머릿속에 남
고, 나는 끼니 때마다 병아리처럼 기계적으로 목을 젖혀 머
리를 들어올려 한입 가득 물과 알약을 털어넣고 있겠지.
　이런 사실을 깨달으면서 그런 자신에게 경악이라도 했더
라면 한결 위안이 되었을 텐데, 그 느낌조차도 미미하고
흐릿하게 다가왔기 때문에 쓸쓸함은 오히려 더욱 진해지고
말았다.
　갑자기 강하고 독한 감정이나 느낌들이 어쩐지 설익은
열매같이 생뚱맞고 서툴게만 생각된다. 열정이 있다는 것
은 초보자의 표지다. 나는 내 몸 밖으로 빠져나가 버린 열

정이 남긴 빈 자리를 아무 느낌도 없이 건조한 시선으로 응시한다. 돌연 나는 불타의 경지에 들어선 불자처럼 삶에 있어서 프로의 경지에 올라서 버린 듯한 느낌이다.

우리가 출국장 자동문 안으로 사라질 때까지 자리를 뜨지 않을 시동생 부부에게 손을 흔들면서 나는 남편의 귀에다 대고 아무래도 죽음 몰래 출발하긴 글러버린 것 같다고 투덜거린다. 남편은 검지손가락을 자신의 입술 위에 얹어 쉿 소리를 내면서 얼굴 가득 웃음을 담고 기내 통로로 들어섰으며, 나 또한 여행이 자아내는 분위기 속으로 재빠르게 들어가도록 노력한다.

후쿠오카 공항에 도착하자 우리는 사이좋은 오누이처럼 가이드의 지시에 따라 여행사의 깃발을 찾아간다. 잠시 집을 떠나는 아버지들이 장난삼아 물려준 가장자리를 나치당 소년 대원이나 간직하고 있을 듯한 철저한 소명 의식에 휩싸여 물려받은 어린 아들처럼, 그는 갑자기 나를 보호해야 한다는 사명감으로 충만하여 나를 이끈다. 평소와 다르게 느껴지는 그의 태도가 우습지만 드러내 놓고 표현하는 것도 쑥스러워서 나는 모르는 척하고 여행에 정신을 다 빼앗긴 사람처럼 그의 손에 이끌려 또박또박 발끝에 힘을 주어 걸어간다.

우리가 일찍 도착했는지 가이드 혼자서 깃발을 들고 서 있다. 우리는 깃발 아래 서서 일행들을 기다린다. 한참을 서 있다가 나는 그에게 화장실에 간다는 표시를 눈짓으로 하고 자리를 뜬다. 변기에 물을 내리고, 손을 씻고, 거울 앞으로 얼굴을 들이밀어서 입술을 뾰족하게 내밀어 루주를 칠하고, 짝 달라붙어 있는 머리카락 사이로 손가락을 넣어 풍성해지도록 머리를 매만진 후 화장실을 빠져나온다. 그가 양손을 바지 주머니에 찌른 채 화장실과 깃발의 중간쯤에 서 있다. 천장을 치어다보다가, 고개를 앞뒤로 젖혔다가, 구두코 끝을 세워 대리석 바닥을 콩콩 찍어대고 있다.

일행은 9명이었다. 우리보다 조금 더 나이가 들어 보이는 부부와 우리보다 한두 해 아래로 보이는 부부, 한국을 방문한 재미교포 언니와 함께 여행을 하고 싶어서 왔다는 오십대의 자매, 삼십대 후반으로 짐작되는 깔끔한 인상의 여자 한 사람과 우리였다. 버스에 오르자 미스 리라고 불리는 가이드는 일본에 관한 피상적인 설명을 곁들이면서 지금 여러분들을 대하니 유난히 세련되고 모두 교양이 넘치시는 분들로 뵈어서 이번 여행은 다른 여행 때와 달리 아주 수월하게 끝이 날 것 같다는 공치사를 늘어놓았다. 우리들은 미소와 침묵으로 그녀가 쏟아붓는 은근한 찬사를 받아들인다.

가이드는 3시간 정도 버스를 타고 뱃부로 이동한다고 말했다. 버스 여행에서는 각자 이름과 직업, 여행 동기 같은 것을 밝히고 나면 훨씬 친근감이 생긴다면서 미스 리는 연장자로 보이는 오십대 부부에게 마이크를 내민다. 오십대 후반으로 보이는 남편이 자기 소개를 했다. 금년이 결혼 30주년인데 일본의 온천이 하도 좋다고 해서, 벼르고 벼르다가 나선 길이라고 했다. 신림동 대학가에서 고시원을 운영하고 있는데 둘이서 함께 하는 해외 여행은 처음이라고 한다. 그때 새초롬히 앉아 있던 아내가 뒷좌석을 향하여

선거전을 치르는 의원 후보처럼 연신 사람 좋은 웃음을 흘리고 있는 남편을 쿡쿡 찌른다. 내가 뭘 잘못하고 있느냐는 뜻으로 눈을 위로 치뜨면서 항의하는 남편의 모습이 어린아이 같다. 두 사람의 가벼운 실랑이에 버스 안의 사람들이 질소 가스를 흡입한 것처럼 갑자기 웃는다. 웃음소리는 사람들 사이에 얇게 쳐 있던 투명한 막을 가볍게 찢으면서 퍼져나간다. 나는 고개를 돌려 그를 본다. 좀처럼 웃지 않는 편인 그도 웃고 있다. 나도 웃는다. 사람들이 외로워서 아무것도 아닌 일에 이처럼 웃겠다고 작정하는 거라는 생각이 드는 순간 나는 슬그머니 웃음 자락을 내리접는다.

다음은 그들 바로 뒷좌석에 앉아 있는 우리 차례다. 나는 그가 무슨 말을 꺼낼 것인가 하고 바짝 긴장하여 숨을 죽이고 그의 옆얼굴을 빤히 바라본다. 그는 가이드가 건네주는 마이크를 아주 느린 동작으로 받는다.

머리를 식히러 아내와 함께 왔습니다. 일본 온천은 처음입니다. 잘 부탁드립니다.

그뿐이다. 다음 주일이면 자신이 26년 동안 다니던 은행에서 명예퇴직해야 하기 때문에 머리를 식히러 왔다는 말 같은 건 아예 비치지도 않는다. 아내가 폐암인데 화학치료를 시작하지 않고 있어서 달래볼까 하고 온 여행이라는 말도 하지 않았다.

다음 차례는 아까 버스를 기다리면서 자신들을 소개했던 자매다. 둘만 있고 싶어서 왔다고 말한다. 비행기에 오르는 순간부터 처녓적으로 돌아간 듯한 느낌이라고 애교 있게 말한다. 그리고 삼십대 후반으로 보이는 부부의 차례다. 여자가 자신들을 소개했다. 마침 금요일에 휴가를 낼 수 있어서 일정도 짧고, 일본 온천욕도 유명해서 왔다고 말한다. 마지막으로 혼자 온 여자는 손을 내저으며 마이크를 받지 않는다. 저도 그냥 와본 거예요. 웃음 섞인 여자의 말소리가 마이크 근처를 넘나들면서 좁은 버스 속에 또렷이 자국을 남겼다.

사람들은 모두 적당히 미소짓고 상냥하게 말하면서 패키지 여행객 특유의 분위기를 만들어가고 있다. 우리는 모두 서울에서 출발한, 온천욕을 하고 싶어하는 사람들인 것이다. 몇 자의 한글과 영문 기호와 여권 번호로 표시될 뿐이다. 아무도 실직 같은 건 하지 않았고, 깊은 병에 빠져 있는 사람도 없다.

패키지 여행의 뻔한 절차를 거치는 동안 여행의 설레임은 바닥이 보이는 로션병을 뒤집어놓았다가 병 뚜껑을 열었을 때 같다. 새로움이 잠깐 쏟아지고는 그뿐이었다. 남편과 단둘이서 여행해 본 기억이 별로 없는데도 불구하고 버스 속에 그와 나란히 앉아서 차창 밖을 내다보며 달리고 있는 것이 너무나 익숙하다. 갑자기 나는 아무 일도 일어나지 않는 지루한 평화 속에 갇혀버린 느낌이 든다. 나는 그의 손을 잡고 일본의 낯선 산악 지방 도로를 무심히 쳐다보면서 버스의 흔들림에 몸을 내맡긴다.

갈대풀 숲에 앉아 있던 백로들이 일제히 날개를 펴고 날아오르듯이 수증기 기둥 사이로 솟아오른 신비로운 푸른빛 이내가 순식간에 하늘을 뒤덮는다. 수증기와 이내에 휩싸인 일본식 소나무 정원은 아주 짙푸르다. 그가 터뜨리는 카메라 플래시와 레버 돌리는 소리를 들으면서 나는 마치 자신이 전생을 마음대로 넘나드는 환상 윤회 영화에 출연하고 있는 것 같은 느낌에 휩싸인다. 연륜이 쌓인 낡은 원목 현판에 허리를 외로 꼬는 듯이 씌어져 있는 〈天然 海地獄〉이라는 팻말이 산처럼 내게 다가와 무너져 덮어버릴 것만 같다. 긴 막대기를 짚고, 아주 먼 곳에서 온 지친 여행자처럼 나는 〈地獄 溫泉〉 앞에 서 있다. 지옥, 그 단어는 어쩔 수 없이 소식도 없이 찾아든 손님처럼 나의 일상으로 진주해 온 죽음을 떠올리게 한다. 지하수 물방울이 규칙적인 소리를 내며 떨어지고 있는 어두운 동굴, 나무 한 그루 없고 풀 한 포기 없는 황폐한 회색 돌산에서 끊임없이 이어지는 매질을 견디는 신음소리, 지옥을 향하는 지치고 지친 남루한 사람들의 무리를 잇는 행렬. 나는 지옥을 향해서 전속력으로 질주하기 시작한다. 그러나 곧 그의 카메라와 나의 턱밑 사이를 빠져나가는 한 무리의 관광객들이 흘리는 날카로운 웃음소리와 들뜬 외국어에 부딪혀 나의 몽환은 깨져버리고 만다. 나는 뱃부 원주민 조각상처럼 눈을 부릅뜨고 사람들이 지나가는 동안 〈지옥 천〉을 굽어보고 있다.

더 어둡기 전에 호텔에 도착해야 한다고 서두르는 미스 리를 뒤따라서 짙푸른 소나무 정원과 수증기 사이를 열심히 걷는다. 가끔 이렇게 사진 속에 나를 남겨도 되는 것인가 하는 생각이 들지만 나는 그가 포즈를 취하라고 권하는 곳마다 서서 건치 대회에 출전한 사람처럼 이빨을 드러내고 환하게 웃는다.

예정된 관광을 마치고 호텔에 도착한 시간은 6시가 조금 지나서였다. 서울보다 일찍 날이 저무는지 하늘은 이미 어두워졌다. 미스 리는 카운터에서 체크인을 하고 키를 받느라고 한동안 부산하게 움직인다. 카드 키를 나누어주면서 방에 올라가 유카다로 갈아입고 지정된 장소로 내려오라고 말한다. 우리는 그녀의 지시에 따라 엘리베이터를 타고 흩어진다.

우리가 묵을 방은 일본식 다다미방이었다. 미스 리의 설명으로는 일부러 배려해서 어렵사리 잡았다는 것인데, 눅눅한 공기 속에 배어 있는 짙은 건초 냄새가 나는 다다미를 발바닥으로 문지르는 순간 나는 절였다가 씻어놓은 배추처럼 오히려 파득파득 살아나는 것이 느껴졌다.

나도 이것만 걸치고 돌아다녀 봐? 좀 웃기지 않아? 사람들은 서로 쳐다보면서 유카다 속의 알몸을 상상할 거야.

나는 일부러 옷을 훌훌 벗어서 함부로 여기저기에 던진다.

온천장에서는 다들 유카다만 걸치고 다닌다잖아. 온천장 풍습이라는데 뭘 신경 써.

진짜 다 벗는 거야? 팬티까지?

그런 걸 나한테 왜 묻니? 어서 식당에나 가자. 제일 늦게 가는 건 싫으니까.

정말 궁금해서 묻는데 왜 그래? 자긴 입었어?

입어야지, 그걸 말이라고 묻니? 빨리 내려가자.

왜 서둘러? 호텔 방에 올라간 남녀가 내려오지 않는 건 무슨 이유라고 생각하겠어? 빤한 것 아냐?

　나는 괜히 잘 맨 오비를 풀어 다시 허리에 돌려서 차근차근 매듭을 짓기 시작한다. 그는 속으로는 서두르고 싶겠지만 이제 더 이상 나에게 내색은 하지 않는다. 그는 조직 생활을 오래 한 사람들이 그러하듯이 약속을 어겨서 남에게 조금이라도 폐를 끼친다거나 신경을 쓰게 하는 것은 참지 못하는 사람이다. 그는 내가 괜히 느릿느릿 움직이고 있다는 것을 알고 있다. 그는 내가 폐암 환자가 된 이후로는 어떤 반박이나 재촉, 노골적인 불쾌함의 표시 같은 건 내게 감히 나타낼 생각조차 하지 못한다. 이즈음 나는 그의 앞에서 어떤 폭력을 휘둘러도 용납되는 면책권을 부여받고 있는 느낌이다. 내가 원한다면 그를 발가벗겨서 벽에 세우고 그의 쳐진 아랫배와 흰 다리와 성근 체모 아래로 내려뜨린 자글거리는 표피 주머니를 오랜 시간 꼼꼼히 살펴보는 성폭력을 휘두를 수도 있을 것이다. 내가 그렇게 하고만 싶다면.

　아니, 다시 생각해 보니까 그것은 나의 순전한 착각이다. TV에서 마지막 뉴스가 방영되는 시간, 그가 홈 바 앞으로 다가가 작은 냉장고 문을 열고 차게 식힌 유리컵을 꺼내어 먼저 얼음을 가득 담고, 콜라를 붓고, 그 다음 위스키를 첨가하고 플라스틱 막대기를 들어서 젓기 시작하는 순간, 그는 나의 면책권 밖으로 빠져나간다. 그는 꽤 오랫동안 막대기로 휘젓는 동작을 계속한다. 휘젓는 동안 그는 거의 막대기에 시선을 고정시키고 있어서, 어떻게 보면 이어지는 동작의 궤도를 이탈할 순간을 포착하지 못해서 단순히 그 흐름을 타고 있는 것처럼 보여졌다. 그는 위태롭게 겨우 다음 동작으로 넘어가 식탁에 앉는다. 그의 얼굴에는 어떤 표정도 떠오르지 않는다. 갱 영화에 등장하는 대부 역을 맡고 있는 배우처럼 그는 무표정하다. 그렇다고 그다지 냉혹해 보이지는 않는다. 다만 그 분위기가 너무 무겁게 가라앉아 있어서 아뜩하게 느껴진다.

그는 언제부턴가 매일 밤, 술을 마신다. 그가 술을 마시는 동안에는 그의 앞에 앉아서 그와 눈을 마주친다거나 되지도 않는 떼를 써서 내 의도대로 그를 움직이려고 해보아도 전혀 이루어지지 않는다. 그는 손을 내저을 뿐이다.

가서 자. 술이 조금 취하면 나도 잘 거야.

그가 어떤 날카로운 어투나 아무런 폭력도 쓰지 않는데, 나는 소방 호스의 센 물살에 떠밀려 가듯이 힘없이 일어나게 된다.

나도 술을 마셔야만 잠이 들 수 있었던 적이 있었다.

사진 속에 시간을 불어넣어 현실로 재현시킨 듯, 아름다운 공원이 내려다보이는 신도시의 아파트로 이사한 지 1년이 가까워가는 무렵이었다. 가장이 서울에 직장을 둔 신도시의 여자들 대부분이 그러하듯이 아침 7시면 집안에는 나 혼자 남게 되었다. 남편의 이른 출근, 새벽 등교를 하는 고등학생인 아이들, 대강 어질러진 집안을 수습하고 나서 향긋한 아침 커피를 들고 소파에 앉아서 언뜻 시계를 보면 7시쯤이었다. 나는 이른 아침부터 TV드라마 속에 등장하는 상류 가정의 인테리어와 흡사한 공간 사이로 폭신한 슬리퍼를 끌고 창가로 걸어가서 한 서린 영혼처럼 여기저기 떠 있는 공원의 목련꽃을 내려다보았다. 산책객도 끊어진 아침의 공원에는 푸른 안개가 치마폭처럼 너울거리며 적요 사이로 날아다녔다. 나는 커피잔의 온기가 완전히 사라질 때까지 하염없이 공원을 내려다보았다. 가끔 이러다가 말을 잃어버리는 것이 아닌가 싶어지면 나는 독방에 갇힌 죄수처럼 참 조용하지, 혹은 날씨가 좋아, 같은 흔한 혼자말을 곧잘 되뇌이곤 하였다.

잘 정돈된 실내처럼 안락하고 단순한 일상이었다. 그런데도 가끔 무엇인가를 흉내내고 있는 것 같다는 뜬금없는 생각이 날카롭게 가슴을 저미며 머릿속이 서늘해지는 거였다. 끈질기게 이어지는 의문이 그물에 걸린 물고기처럼 반짝이는 물결을 거스르며 이끌려 올라오는 순간, 어둡고 쓸쓸하던 혹성 하나가 일정 궤도의 운행 속으로 겨우 진입하여 별이 되었는데 이탈하고 말지도 모른다는 그 막연하고 불안한 느낌이 오소소 소름이 돋게 하였다. 그럴 때면 나는 독한 향내를 피우며 뿌려진 적막에 취해서 별의별 생각까지 잡아내는 거라고 스스로를 타일렀다.

혼자 있는 시간이 너무 길어서 그래.

너무나 익숙해서 구석에 처박아버린 그림을 다시 꺼내는 사람처럼 나는 그토록 분명했던 자신의 인생관을 되돌아보았다. 그것은 아주 단순하고 안전하게 쌓아올려진 견고한 성벽이었다. 15년을 걸려서 거머쥔 지금의 행복을 정체도 알 수 없는 이 서늘한 느낌 때문에 결코 포기하지 않을 거라는 확신이 어둠 속의 촛불처럼 가늘게 떨리면서 내게 다가오고 있었다.

안정된 환경 속에서 아이가 끝까지 공부를 마칠 수 있게 해야만 한다. 가능하면 유학을 하고 오랫동안 공부를 해서 세계적인 기업에 입사를 하는 것이 단숨에 상류층으로 편입하는 지름길이다. 남편은 어떻게든 경쟁자를 물리치고 오랫동안 직장에서 살아남아야 한다. 아이에게는 열심히 사는 이 모습을 보여주는 거다. 결코 남에게 어떤 해악도 끼쳐본 적이 없는 모범적인 시민의 모습으로 남겨지고 싶다. 간절한 나의 서원이 이루어지기를. 그런데 지금 내가 바라는 삶의 모습 가운데 무엇이 나의 가슴속을 서늘하게 하는 것인가.

나는 늦은 밤 TV의 흐린 화면에서 변조된 음성으로 흘러나오는 실직 노숙자의 소리를 듣고 있다. 완강하고 불합리한 착취 구조인 자본주의 사회의 모순…… 낙오자에 대한 동정 이외에는 어떤 감각이나 느낌도 떠오르지 않는다. 실직 노숙자들이 스티로폼 조각을 소중하게 옆구리에 끼고 다니는 화면의 영상을 들여다보는데 배경 음악 대신 귓속에는 지하 선로를 지나가는 전동차 바퀴의 철걱이는 소음이 들려왔다. 머릿속이 후끈한 김으로 차오르는 것 같았다. 순간 안락한 실내 온도와 밝고 환한 불빛이 아주 추운 대륙의 벌판 위를 달려가는 냉기로 바뀌어 엄습하였다. 이유를 알 수 없는 죄의식이 길고 긴 몸뚱이를 가진 배암처럼 나를 친친 감아들었다. 나는 반사적으로 우리의 세속적인 성취가 거저 얻어진 것은 아니라는 사실을 기억해 내었다. 완강하고도 요령부득인 힘이 그 기억을 은근한 자부심으로까지 끌어올렸다. 안락에 대한 추구는 암컷의 본능과 흡사한 것이었다.

나는 행복하다.

나는 TV 화면을 향하여 소리를 내어 말을 하였다. 그러자 콜라를 너무 많이 마셨을 때처럼 금방이라도 트림이 올라올 것 같았다. 갑자기 모든 것이 혼돈에 빠져서 허우적대는 것 같았다. 그러면서도 이것은 자족을 표현하는 또 다른 감상적인 방법일지도 모른다는 생각이 들면서 동시에 끝을 모르는 자신의 속물성의 바닥을 본 듯하여서 진저리가 처지도록 자신을 혐오하는 마음이 일었다.

나는 너무 말을 안 하고 사는 것 같아.

어느 일요일 오전 햇볕이 잘 드는 거실 바닥에 앉아서 발톱을 깎고 있는 남편의 등에 대고 불쑥 말했다. 스윽 가슴을 베어오는 그 서늘한 느낌을 어떤 식으로 건 그에게 전달하고 싶었던 것이다. 그는 나의 마음속까지 보살펴주기에는 자기만의 무게에도 항상 지쳐 있는 사람 같았으므로 사실은 별다른 기대 같은 건 없었다. 그랬음에도 그가 한참 후에 등을 돌려 어깨 너머로 나를 바라보는 그 뜨악한 시선의 낯섦이라니…….

그는 물론 성실한 남편 역을 충실하게 해내었다. 그는 월급 전액, 보너스, 그리고 시간 외 근무 수당까지도 나의 통장에 자동으로 입금되도록 조치하였고, 귀가 시간이 늦어지면 전화를 주었고, 가끔은 술자리 중간의 이동 상황까지도 보고해서 나를 은근히 다독거릴 만큼 배려 깊은 남편이었다. 그런데 지금 나는 잘 꾸며진 결혼 생활 15년이 폭격에 맞아 순식간에 형체를 잃어버린 모습을 본 듯하였다.

실체라고는 없는 생활의 연수 같은 추상이 폭격에 무너지는 모습이 실제 눈앞에 보여졌다는 사실이 나는 믿을 수 없었다.

혼자 있을 때면 곧잘 눈물이 흘러내렸다. 울고 있다는 의식이 들지 않았는데도, 눈물은 문자 그대로 눈에서 나오는 물처럼 어떤 감정의 조치에 의하지 않고 혼자 흘러내렸다. 밤에는 어둠 속에서 길을 잃고 헤매는 꿈을 반복해서 꾸었다. 자꾸 어린 시절로 돌아갔다. 누구와 이야기를 하건, 혼자서 생각을 하고 있건, 어린 시절을 말하거나 생각하고 있었다. 지금은 내왕도 뜸해진 친척들 생각이 났다. 돌아가신 외할머니, 외할아버지, 아버지, 오빠 그리고 다른 사람들…… 한없이 헤아려도 죽은 사람들의 숫자는 끝날 것 같지 않았다. 나는 내가 참으로 많이 살았다는 느낌이 들었다. 내 삶의 모습이 지표를 헤치며 자꾸 돋아나는 새순처럼 싱싱하게 여겨지는 것이 아니라, 발작적으로 맴돌며 주변의 모든 것들을 왕성한 식욕으로 먹어치우거나 마구 무찌르고 승리하는 전자 게임 속의 인조인간처럼 여겨져서 징그러워졌다.

중년 여성의 갱년기인가? 혹은 권태기인가?

나는 막연하게 위기감을 느꼈다. 그러나 진부하기 짝이 없는 느낌이라는 생각도 동시에 왔다. 여느 중년 여성과 다를 바 없는 벽을 넘어가고 있을 뿐이라고 자위할수록 감정을 능숙하게 제어하지 못하고 있는 자신이 못나 보였다. 어쨌든 생의 위기를 탈출하는 첫번째 시도로 여성지에서 권하는 대로 주말 여행을 택했다. 많은 사람들이 선택해서 빠른 효과를 보았다는 증언을 믿어보기로 한 것이다. 일상을 떠나서 객관적인 시선으로 자신을 바라보는 방법을 택한 것이다. 남편은 내 의도를 반대하지 않았다. 그렇다고 적극적으로 권장한 것은 물론 아니었다. 다만 내가 지금 참으로 외로움을 타는 중이라고 말했던 언젠가처럼 그토록 낯선 표정은 짓지 않았다는 정도였다.

휴양지 콘도에 도착해서 혼자 저녁을 먹고, 혼자 산책을 하고, 혼자 노래방에 갔다. 대부분 가족 단위로 움직이는 휴양지에서 혼자서 움직인다는 사실만으로도 나는 아주 불편하였다. 저녁 9시가 되자 나는 집으로 전화를 걸었다. 행선지 같은 건 알려고 하지 말라고 떠났을 때와는 너무 다른 모습이었다. 나는 지도를 펴놓고 어디든 떠날 수 있었는데도 겨우 우리 식구가 자주 다니던 휴양지를 선택한 것이다. 즉 그 잠자리, 그 분위기, 그 한정된 공간의 기억 회로 밖으로 벗어나려 하지 않은 것이다. 기껏 시도해 본 것이라고는 슈퍼마켓에서 사 가지고 올라온 와인 한 병을 거의 다 마시고 엉망으로 취해서 엉엉 소리 내어 울면서 사는 건 결국 혼자일 뿐이라고, 인간은 혼자라고 되뇌이다가 잠이 든 것뿐이었다.

다시 시간이 느린 속도로 흘러갔다. 남편은 매일 아침 6시 40분이면 등을 곧게 펴고 출근을 했고, 나는 텅 빈 아침의 공원을 내려다보면서 뜨거운 커피를 마시는 안락한 일상이 흘러가고 있었다.

그리고 얼마 후였다. 남편에게 좋아하는 여자가 있다는 사실을 아주 우연히 알게 되었다. 모든 드라마들이 왜 그처럼 수많은 우연에 얽혀 있었던가를 이제 알 것 같다. 실제로 그런 우연들이 모여서 우리의 삶을 부풀리고, 당기고, 이끌어가기 때문이다. 근래에 혼외정사란 얼마나 흔하고 진부한 소재인가. 눈만 돌리면 혼외정사와 관련된 개그고, 소설이고, 연속극이었다. 웬만큼 쇼킹하고 그로테스크한 에피소드를 삽입하지 않고는 관심을 끌 수도 없을 만큼 흔해빠진 이야기였다. 여성지와 일간지에서 경쟁적으로 보도하는, 서울 주부의 몇십 퍼센트가 혼외정사를 열망하고 있으며 그중의 상당수는 애인이 있다는 보고서가 전혀 새로울 것도 없는 시절이다.

그러나 그런 것들이 전혀 새롭지 않다는 것은 기사였을 때의 이야기다. 구체적으로 남편의 혼외정사를 주제로 한 드라마에 나 자신이 이미 조연으로 출연하고 있었다는 사실을 아는 순간, 그것은 참으로 새롭고 새로웠으며, 너무 새로워서 결코 떠맡고 싶지 않은 배역이었다.

늦게 귀가한 남편이 무슨 일이 있었느냐는 내 일상적인 질문에 일이 밀려서 사무실에 밤 11시까지 있었다고 대답한 것이 최초의 우연이었다. 그날 오후 나는 그에게 급히 연락할 일이 있어서 사무실에 전화를 했다가 방금 퇴근하셨다는 비서의 명쾌한 답변을 들었기 때문이었다. 최초의 우연에서는 결코 알아채지 못했던 사실들이 이내 내 앞에 줄줄이 드러났다. 긴장으로 탱탱하게 당겨진 포충망은 아주 작은 우연까지 포착해 냈다. 호텔에서 워크숍이 있어서 늦었다고 그는 말했는데, 그의 호주머니에서 우연히 발견된 일식 집의 영수증에 찍혀 있는 시간이 바로 그 시간이었다든가…… 드라마의 한 장면으로 객관화시킨다면 인기는커녕 몇 사람의 주의도 끌지 못할 만큼 미미한 사건의 연속일 뿐이었지만 나는 이제 내 인생 전부를 그 우연의 사건들에 걸고 있었다.

나는 박빙 위를 걷는 느낌으로 일상에 떠밀려 가고자 의도하였다. 그러나 시간이 흐르지 않았다. 갑자기 나는 시간의 늪에 갇혀버렸다. 그 늪에서 빠져나가기 위해 커다란 두 날개를 아무리 퍼덕여봐도, 배신이라는 차가운 물에 흠뻑 젖은 날개는 휘젓는 고통만 더할 뿐, 그 늪 속을 빠져나올 수가 없었다. 서서히 시간이 빠져나가고, 상처 자리가 꾸득꾸득 말라붙어서, 젖은 날개에 매달려 있던 시간까지도 떨어져 나갈 때까지 웅크린 자세로 하염없이 기다리는 방법 이외에는 어떤 해결책도 없다는 사실을 나중에야 깨달았다.

드디어 그가 나한테 생긴 변화를 눈치챘다. 우리는 우리 사이에 놓인 이 간극의 정체가 도대체 무엇인가를 짚어내지 않으면 안 된다는 사실에 의견 일치를 보았다. 나는 그때까지 내가 알아낸 일련의 우연들을 아직 그에게 말하지 못하고 있었다. 자존심의 문제였다. 내가 우연의 사건에 내 인생을 걸고 있다는 사실을 차마 털어놓을 수가 없었다. 나는 사회학자들의 권유대로 내 인생과 남편을 별개의 것으로 구분 지으리라고 작정하였다. 그와 나는 현대 가족 사회의 구성과 역할이라는 제목의 세미나에라도 참가한 사람들처럼 비교적 논리적으로 우리의 문제점을 짚어보기로 했다. 그는 꽤 진지했다. 그럼에도 핵심의 언저리만 빙글

거리며 어지럽게 돌고 있을 뿐이었다.

혹시 여자 문제라면 염려하지 말고 털어놔. 어떻게 보면 우린 가장 가까운 친구잖아. 나는 내게 유리하지 않은 기억 같은 거라면 이 순간 이후는 결코 기억하지 않을 거야.

그는 내 설득에 공감한 눈치였다. 그는 순순히 따로 만나는 여자가 있다고 했다. 나는 그의 말을 듣는 순간 한참 동안 고개를 끄덕거렸다. 그것은 좀체 멈추어지지 않았다. 고개를 끄덕이는 것이 머릿속 충격의 완충 장치 역할을 하고 있는 것처럼 느껴졌다. 그가 말을 이었다.

지독히 괴로웠어. 언젠가는 그만두어야 하는데…… 알고는 있으면서도.

이후 몇 가지 질문을 더 던진 것으로 기억된다. 그러나 무슨 내용이었는지 생각나지 않는다. 다만 그 여자를 사랑했었느냐고 물으려다가 너무 바보 같은 질문이라는 생각이 들어서 입을 다물었던 게 떠오른다. 그때 그 자리가 집안이 아니어서 참으로 다행이라고 생각했다. 바 여기저기에서 미래를 약속하거나 혹은 현재의 행복을 확인하는 커플들을 바라보면서 현재의 미묘하고 복잡한 기분을 어떻게든 위장하고 넘어갈 수 있기 때문이었다. 나는 짐짓 무심한 시선으로 사람들을 보고 있었다. 그저 보고 있었다.

그 뒤 며칠 동안은 죽을 듯이 괴로웠다. 차마 인정할 수 없었다. 흔들리는 내 모습을 그에게 보인다는 것은 더욱 못할 일이었다. 배운 사람답게 교양을 잃지 않고 품위를 유지해야 한다고 다짐했다. 곧 이어서 자신이 원인 제공을 한 것은 아닌가 하는 생각에 자신을 점검하기 시작했다.

생활의 개선점들은 빤한 것이었다. 깔끔한 상차림, 쾌적한 침구, 현관 입구에 싱싱한 생화다발을 준비하고 특히 집안에서 나의 옷차림에 신경을 쓰는 생활이 시작되었다. 발작 같은 오기가 사람을 그런 식으로 밀어붙이는 거였다.

그러나 얼마 가지 않아 헛된 오기는 끝이 났다. 그 여자를 만난 것은 결코 나를 사랑하지 않아서가 아니었다는 남편의 변명에도 불구하고 나는 〈그녀 아니면 나〉라는 이분법에 사로잡히고 말았다. 사랑은 하나여서 결코 공유되지 않는다는 사실을 새로운 진리처럼 깨치고 그것을 떠받드는 열렬한 신도가 되고 말았다. 저 넓은 하늘에 한번 지나간 혹성 하나를 보았던 사실을 결코 잊지 않겠다고 하늘을 향해 맹세를 하듯이, 내가 겪었거나 본 것만을 믿고 또 믿었다. 그가 나를 사랑하지 않았다는 사실, 그가 나를 사랑하지 않는 동안 나는 아무 가치도 없이 시들고 있었다는 사실이 마음속에 고통스럽게 들어와 박혔다.

사랑은 능력이다. 사랑에 빠지는 것은 운명이지만, 빠진 사랑을 지키는 데는 절대적으로 능력이 요구된다. 그렇다면 나의 능력은? 갑자기 나의 삶이 나를 삼켜버렸다. 나는 혈투에서 패배한 낙오자였다. 사람의 입에서 나오는 말이 모두 비수였고, 일체의 상상이 가슴을 저미는 듯한 아픔으로 남았다. 나는 내 인생이 그토록 추구하던 모습의 밝은 면이 이제는 끝이 나고 갑자기 어두운 면으로 반전해 버린 것을 인정해야만 하였다. 불륜을 저지른 것은 남편인데, 그 대가를 치러야 하는 것은 온전히 내 몫이었다. 이해되지 않았지만 나는 그의 모든 것을 수용하든가, 그의 모든 것으로부터 떠나야 했다. 둘 다가 나에게는 고통이었다. 두 가지 다 받아들이고 싶지 않았다.

나는 밤이면 술을 마셨다. 피처럼 붉은 와인을 유리잔에 가득 부어서 피를 마시듯이 그것을 들이켰다. 술은 그를 응징하였고, 나를 자유롭게 하였다. 술에 취하면 내 생은 눈처럼 가볍게 공중을 훨훨 날아가다가 정신을 놓아버리는 어느 순간 어디론가 사라져버렸다. 나를 사랑하지 않아서 다른 여자를 만난 것은 아니었을 거라는 생각은 결코 마음에 자리잡지 못했다. 한번도 본 적이 없는 젊은 그녀에 대한 질투심으로 가득한 마음은 몸을 짊어지고 어디로든 막무가내로 떠나가고 싶어하였다. 그 마음이 돌고 돌아 멈추는 곳은 항상 지옥이었다. 나는 술을 마시면서 살고 싶지 않다고 나 자신에게 작은 소리로 말을 하였다. 그럼에도 불구하고 스스로 떠날 수가 없었다.

나는 두 손으로 얼굴을 가리고 무릎 사이에 얼굴을 묻은 채 울면서 나 자신에게 약속했다. 내 지금 보이는 것들 사이에서, 그것들의 빽빽한 중력 사이에서 이렇게 견디고는 있지만 언젠가 돌아갈 날이 오면 가뿐히 몸을 일으켜 떠나겠노라. 지옥이라도 마다 않고 기꺼이 가겠노라. 그렇게 스스로에게 약속하였다. 술에 취하여 잠이 들면 꿈 속에서도 같은 약속을 거듭, 거듭 하고는 했다. 그렇게 나는 매일 밤 술을 마시지 않고는 잠이 들 수가 없었다.

미스 리가 시키는 대로 온천욕을 가볍게 마치고 지정된 식당으로 갔다. 식당은 넓은 다다미 방이었다. 모두 똑같은 무늬의 유카다를 걸친 일행들이 갓 목욕을 마친 발그스름하고 윤기가 나는 얼굴을 하고 목면으로 만든 짙은 감색 방석 위에 무릎을 꿇고 앉자 우리가 일본 전통 영화 속에 출연하고 있는 것 같다. 곧바로 작은 칠기상이 각자 앞에 놓여졌다. 흐린 불빛과 은은한 사미센의 연주 소리, 앞에 놓여 있는 일본 정식 상차림은 색깔과 생김새가 너무 고와서 나는 아, 하고 가볍게 탄성을 지른다. 여행의 새로움이 단번에 살아나서 사람들은 금방 이국의 정취에 흠씬 취하는 모습이다. 과연 맛보다는 보는 음식이라더니, 맛보다는 분위기에 취해서 우리들 모두는 감탄만 하다가 식사를 끝냈다.

새로 지은 호텔답게 로비는 정갈하다. 창 너머 바다는 푸르고 깊어 보였다. 우리 일행들은 흩어져서 더러는 바다를 보러 산책로 표시를 따라 내려가기도 하고, 더러는 호텔을 둘러보았다. 우리는 커피를 마시기 위해 로비 라운지에 자리를 잡았다. 좌석들이 드문드문 배치되어 있어서 옆자리에 앉은 사람들의 말소리가 건너오지 않았다. 천장은 높고, 라운지 한가운데 놓인 커다란 오차드 화분 위로는 필리핀인 듀엣이 부르는 사랑의 노래말이 떨어져 내렸다. 우리는 말없이 검은 바다를 바라보면서 커피를 마신다. 나는 우리 사이에 가로놓이는 침묵이 무거워서 무슨 말이든 해야지 하면서도 적당한 말을 찾지 못한다. 침묵이 길어지면 그가 화학치료 이야기를 꺼낼 텐데…….

돌아가면 곧바로 병원에 입원합시다.

아니나다를까, 그는 지금까지 기회를 보고 있었던 듯 곧장 병원 얘기를 꺼낸다. 평소에 그가 잘 쓰지 않던 존대말이다. 자신의 이미지를 부각시키거나 혹은 중요한 문제에 접근할 때, 자신의 의견을 관철시키려는 분명한 의지를 표현할 때, 그가 사용하는 버릇이다. 그의 서가에 있는 『처세술 개론』, 『직장에서 살아남기』, 『타인을 감명받게 하는 법』 같은 책들을 뒤적여보다가 그의 습관 몇 가지가 그런 책 속에 세밀하게 서술된 것을 보고서야 뒤늦게 그런 습관의 의미를 파악했다. 나는 그에게 선뜻 대답할 수가 없다.

당신은 기억하지 못할지도 모르지만, 나는 3년 전 이미 생의 끈을 놓아버렸노라고. 나는 지금 내 인생의 어두운 지점을 그냥 지나가고 있을 뿐이라고. 그때 이후 나에게는 모든 일들이 그다지 즐거운 것도 아니고, 그다지 나쁠 것도 없는 시간들이었다고. 그냥 견디었을 뿐이라고. 어느 때든지 이 세상을 등질 일이 일어난다면 나는 가뿐하게 몸을 일으켜 기꺼이 따라 나서겠다고 그때 자신에게 한 약속을 지금도 매일 아침마다, 침대에서 눈을 뜰 때마다 기억하고 있노라고…….

그러나 그런 약속을 지키겠다고 말을 꺼내는 순간, 내 의도가 유치한 발상으로 폄훼될 것 같은 우려에서 나는 한 마디도 하지 않는다. 그냥 고집스럽게 앉아 있을 뿐이다.

약속해요. 더 이상 떼를 쓰지 않겠다고.

그의 말소리가 너무 다정해서 하마터면 응, 하고 대답이 튀어나올 것만 같다.

그 순간 미스 리가 로비에서 우리를 발견하고 손짓을 하며 걸어왔다.

다른 분들은 어디 계세요?

바닷가에 가시는 것 같던데요.

나는 잠겨 있던 목소리를 짐짓 쾌활한 척 끌어올려 얼굴 표정까지 상냥하게 만들어서 미스 리를 바라본다.

말씀 안 드려도 다 아시고 가시네요. 그런데 바닷가도 근사하지만, 여기서 5분쯤 가면 에도 시대의 춘화 박물관이 있어요. 그것도 한번은 볼 만한데요…… 어떠세요? 제가 안내를 해드릴까요?

미스 리는 일본 역사를 간략하게 설명한다. 에도 시대에 와서 통일을 이룬 일본에 오랜만에 전쟁 없는 평화가 계속되었으며 문예중흥 시대가 도래했고 덩달아서 춘화도 발달한 모양이라고 자신의 소견을 덧붙였다.

섹스 기구 같은 것도 있나요?

나는 갑자기 서양 영화 속에 등장하는 섹스숍이 생각나서 장난삼아 묻는다.

그럼요. 판매도 하는걸요. 짧은 포르노 영화도 상영하고요. 원래 일본 내에서는 온천장 하면 보편적으로 유곽 산업이 포함된 것으로 인식하거든요. 아마도 그래서 이런 박물관들이 온천장마다 필수인 것처럼 구비되어 있나봐요.

나는 썩 내키지 않는 표정인 그에게 가보자고 거듭 독려한다. 그는 마지못한 표정으로 응했다. 우리는 급하게 방으로 올라가서 유카다를 벗고 평상복으로 갈아입는다. 우리가 다시 로비에 내려왔을 때까지 우리 일행 중 다른 사람들은 아무도 지나가지 않았다고 한다.

바다 냄새가 섞인 미지근한 바람이 불어왔다. 도무지 11월 날씨답지 않게 훈훈하다. 겨울은 우기라는 미스 리의 설명을 들으면서 우리는 호텔 뒷길로 걸어 올라간다. 인도가 없는 2차선 도로에는 한국의 중소 도시에 지금도 남아 있는 일본식 목조 이층집들이 가지런히 붙어 있다. 커다란 버스가 자주 지나다니는 탓에 우리는 어쩔 수 없이 줄을 이루어 걸어간다. 흐린 가로등 불빛 아래로 는개가 내리고 있었다. 어쩌면 도시 전체를 휩싸고 있는 수증기의 축축함이 불빛에 비쳐서 는개처럼 보이는지도 몰랐다. 미스 리는 박물관 간판이 보이는 지점에 멈추어 선다. 돌아가는 길을 설명하고 다시 한번 우리에게 복습을 시키고서야, 다른 일행들을 찾아보아야겠다면서 자리를 떴다.

박물관 매표소 안에는 뜻밖에도 어린 소녀가 앉아 있다. 나는 조금 의아하고 난감한 기분으로 그녀를 바라본다. 소녀는 기계적으로 돈을 받고 미소를 지으면서 표를 내밀고 〈아리가토고자이마스〉 하고 약간 하이톤으로 노래를 부르듯이 인사를 한다. 소녀에게서 표를 받아드는 우리 얼굴이 자기도 모르는 사이에 굳어졌다.

핑크색 조명이 쏟아지는 입구를 통과하자 전시실이 곧장 나타난다. 늦은 시간이라서 그런지 손님은 우리 두 사람뿐이다. 통로의 양쪽 유리벽 속에서 작은 남녀 인형들이 갖가지 포즈로 성행위를 하고 있다. 아주 섬세하고 가느다란 선까지 놓치지 않고 얼굴 표정을 그려넣었다. 인형들은 거의 다 기모노나 혹은 유카다를 입고 성행위를 하고 있었다. 취하고 있는 자세의 돌발성과 대담함에 비하여 발가벗은 인형은 하나도 보이지 않는 게 기이하다.

　너무 갑자기 펼쳐지는 수많은 성행위 포즈에 당황한 나
는 우선 당혹한 표정을 드러내지 않으려고 긴장한다. 비록
18년을 함께 살아온 남편 앞이지만 촌스럽게 보이고 싶지
않아서 나는 별반 대수롭지 않은 장면을 보고 있는 것처럼
대강 훑듯이 스치고 지나간다. 그의 태도도 나와 별로 다
르지 않다. 점잖은 행동에 길들여진 기성 세대의 허위는
이젠 본질로 굳어져 버렸기에, 지금 내가 세밀하게 이것들
을 들여다본다면 그 자체만으로도 대담하고 파격적인 행동
이 될 것이다. 우리는 그저 모든 것을 이미 알거나, 혹은
이미 물린 척하고 덤덤하게 지나치는 것이다.
　나는 갑자기 유리창 앞에 고개를 바짝 들이민다. 실상
나는 성에 관하여 이런 것을 보는 것도 처음이고 분명히
호기심이 있다는 생각이 문득 들었기 때문이다. 나는 성행
위 중인 인형들을 차근차근 보기 시작한다. 그것들 하나
하나가 모두 나와, 성행위 중이었을 때의 나 자신과 비슷
한 처지에 있는 것 같다. 어떻게든 타인과 자신을 최대한
밀착시키기 위하여 갖은 체위를 시도해 보는 실험. 아무리
뒹굴고, 선회하고, 거꾸로 서본들 서로에게 가 닿지 못하
는 목마름이 유리창 속의 벌거벗은 불빛 아래에 드러나 있
었다. 그들의 얼굴에는 하나같이 갈증과 패배가 배어 있었
다. 나는 그들을 찬찬히 살펴보았다. 그들은 지금도 삶을
계속하기 위해서 어떻게든 인생이라는 그 강을 건너려고
노력하는 중이고, 나는 이미 삶을 건너온 느낌이 들었다.
방이 회전 목마처럼 빙글빙글 돌았다. 눈앞에 점과 선의
덩어리가 돌아가고, 가끔 손가락 끝으로 눈두덩을 누르면

나타나던 불타는 색깔이 어른거렸다. 모든 것이 아물거리고 파르르 떨고 형체를 변화하고 있는 것처럼 보였다. 남편이 뭐라고 말을 걸었으나 나의 귀는 물이 가득 찬 것 같다.

뭘 그렇게 정신없이 보는 거야?

그의 말이 아득히 먼 곳에서 들려오는 듯 희미했다. 나는 청각의 변화와 사물의 원근감이 사라져버리는 것에 적이 놀란다. 나는 어깨를 한번 으쓱하고 그의 뒤를 따른다.

성행위를 통하여 무아의 상태에 도달하는 기술 혹은 방법을 찾고자 사람들은 얼마나 많은 힘을 소모하였는가. 그것이 결국 소모이고 얼마나 허망한가를 깨닫게 되는 순간은 어쩌면 지금의 나처럼 스스로를 죽음에 묶어버린 후라야 가능한 것일까? 나는 내 몸이 성욕의 소용돌이 속에 더 이상 머무르지 않고 있음을 느끼고 있다. 수많은 체위와 도구들이 그토록 공허하게 느껴진다는 것이 명백한 증거인 것이다.

문득 남편의 실직이 머릿속에 떠올랐다. 직장을 유지하기 위해서 공부를 계속하고, 승진 시험을 보고, 인사 고과표의 성적을 올리기 위하여 동원할 수 있는 방법을 다 동원하고…… 그런 것들이 지금 보고 있는 체위의 변형과 다를 게 아무것도 없다는 생각이 들었다. 무수한 체위가 구하고 있는 것은 오직 성기의 결합이고 쾌감이듯, 그는 성취욕과 승진에 내몰려서 갖가지 방법을 다 동원해 보았으리라.

순간 몽롱한 의식 상태가 사라졌다. 방은 회전을 중지했고, 정신은 다시 통일되었다. 남은 건 무릎이 아직 휘청거리고 가슴에 허망한 느낌이 가득 차 있어서 목구멍으로 쓴 맛이 확 하게 올라올 것만 같다. 나는 영사막 위에서 끊임없이 성행위를 하고 있는 두 남녀를 한없이 쳐다보다가 그가 팔을 잡아 흔들어서야 고개를 돌리고 천천히 밖으로 나왔다.

검푸른 하늘을 올려다본다. 하늘은 난해한 상형 문자가 씌어진 거대한 한 장의 종이처럼 보였다. 다섯 개의 선명한 별이 떠 있었다. 그 별들은 마치 호텔방의 플라스틱 키에 뚫린 크고 작은 구멍과 같은 형태로 배치되어 있었다. 반드시 건너야 하는 삶의 문의 열쇠가 하늘 위에 침묵을 지키고 떠 있는 것 같았다. 갑자기 모든 것이 아득하게 멀어지고 있다.

나는 실제로 수많은 섹스의 행위를 막 관람하고 나온 듯한 느낌이다. 문득 도시 문명이라는 것이 거짓과 간음 두 개의 바퀴에 의지해서 앞으로 나가는 것이라는 생각이 든다. 사람들은 가장 가까운 사람들에게 먼저, 온천장마다 내뿜는 수증기처럼 거짓말을 뿜어내고 있는 것 같다. 우리는 가까운 사람들부터 가장 심한 상처를 입히기 시작한다. 그래서 우리가 살고 있는 세상이 곧 지옥이라는 격렬한 탄식이 생겨났던가…… 나는 지금 그 말에 기꺼이 동조하고 싶다. 바다 냄새와 도시 전체에 흐르고 있는 엷은 유황 냄새가 잠시 그런 나의 기분을 더욱 사실적으로 만들어준다. 귓가에는 아직도 남녀의 신음소리가 뒤엉켜서 울리고 있다. 나는 아무 소리 없이 왔던 길을 되돌아 내려가는 그의 뒤를 따라 걷기 시작한다.

오는 길에 우리는 불빛이 환하게 켜져 있는 편의점을 발견하였다. 그가 물이나 한 병 사가지고 가자고 해서 그 안으로 들어선다. 자동문이 열리자 창백한 불빛 아래서 말하는 자동 인형처럼 소녀 점원 하나가 고개를 까딱이며 인사를 한다. 가게 안은 텅 비어 있다. 그는 사케 작은 병 하나를 물보다 빨리 찾아낸다. 물과 마른 안주 몇 가지를 더 사고 호텔로 돌아와 곧장 방으로 올라갔다.

다다미 위에 있던 교자상이 치워지고 침구가 깔려 있다. 후톤이라고 불리는 두꺼운 요 두 장을 겹쳐서 깔아놓았다. 그 위에 누워보니 아주 편안하다. 우리는 베란다의 작은 탁자 앞에 유리잔을 올려놓고 마주 앉는다.

조금만 마시고 잘 거야.

그가 나의 시선을 의식했는지 변명하듯이 말한다. 술잔을 앞에 놓고 앉은 그를 보자, 아무리 멀리 떠나와도 우리들 어깨에 얹혀 있는 삶의 무게는 조금도 덜어지지 않았다는 사실이 어둠 속에 떠 있는 불빛처럼 선명하게 드러났다. 그는 술을 마시기 시작한다. 나는 그가 만드는 침묵을 버틸 힘이 없다. 일부러 무슨 말이건 해야 한다.

소감 좀 말해 봐. 포르노가 처음은 아닐 테니까.

나에겐 이제 자기 감정을 조금 더 과장되게 표현하는 버릇이 완전히 붙어버린 모양이다. 의식적으로 가라앉는 분위기를 일으켜 세우는 것이 자신의 몫이라고 은연중에 생각한 것이 항상 이런 결과를 가져온다. 그는 나의 약간 호들갑스런 수선함에 금방 거부 반응을 나타내어 더 입을 굳게 다문다. 그렇지만 지금 나는 암 환자이므로 어떻게 말하고 행동하건 다 양해받는다. 그래서 우리는 항상 어쩐지 자연스럽지 못하다.

생각나니? 내가 처음 은행에 입사했을 때, 선배들에 이끌려 종로 어느 여관에 틀어박혀서 포르노 필름을 처음 보고 구역질을 했다던 거. 나는 그 이후 저런 거 별로 밝히지 않는 편이야. 그다지 흥미가 없었어.

그가 뜻밖에도 진지하게 답변해 주었으므로 나는 기분이 좋아진다.

어머, 당신한테 그런 일면이 있었나. 나는 당신도 평균치 한국 남자들처럼 정력 증진에 총력을 기울이고 있는 줄 알았는데…….

나는 조금 지나치다 싶을 정도로 유쾌하게 말한다.

게다가 수년씩 바람까지 피운 사람이 그런 말을 …….

가볍게 수다를 떤다는 것이 그만 우리를 침묵 속에 좌초하게 만든다. 요즈음 나는 자칫하면 이런 식으로 분위기를 깨뜨려버린다. 친구, 가족, 심지어 딸하고 얘기하다가도 예전의 섭섭했던 기억을 아무 때나 들춰내서 상대방을 정말 곤란하게 만든다.

나는 침묵 가운데서 물소리를 듣는다. 그러나 물소리가 어느 쪽에서 울리고 있는지는 구별할 수가 없다. 그렇다면 당신이 그 여자와 나누었던 것은 성적인 호기심이 아니라 감정의 교감이었느냐고 마저 묻고 싶은 생각이 불쑥 쳐든다. 나는 수시로 그 여자 생각을 한다. 그 여자를 생각하면 어쩐지 괴로워지고 고통스러워졌다. 그러면서도 몸 속에서 퍼져나가는 성적인 욕망을 느꼈다. 그 순간 나의 마음은 두 가지 감정으로 갈라졌다. 한 가지 감정은 잃어버린 것에 대한 슬픔이었다. 그의 배신은 이 세상의 불의와 부정에 비교해서 아무리 하찮은 것이었어도 나에게는 영원히 상처로 남아 있을 것이며, 영원히 회복하기 어려운 오점이었다. 또 한 가지의 감정은 나 자신도 이 배신 속에 몸을 던져서 그와 함께 배신의 비열함과 타락 속에서 더러움을 잔뜩 맛보고 싶은 감정이었다.

나는 당신과 싸우고 싶지 않아. 그런 식으로 나를 희롱하지 마. 당신 마음만 더 다치잖아. 당신은 그 사건 자체를 즐기는 사람처럼 보이는군.

나는 눈을 감는다. 사람들은 선의라는 위장 아래에서 편안한 마음으로 끝없이 거짓말을 한다. 나는 내가 선의의 거짓말을 인정하기 시작한 순간부터 오히려 인간에 대한 신뢰를 잃어버린 것 같다. 그는 어쩌면 지금도 배후에 어떤 사실을 감추고 내 앞에서 선의라는 명분으로 거짓말을 이어가고 있는지도 모른다. 결국 벗겨지고 마는, 덧칠한 페인트처럼 남편의 가언이 끝나는 순간을 위하여 이처럼 그의 마음을 긁고 헐뜯는 것은 아닌가.

당신이 왜 치료를 거부하고 있는지 말하지 않아도 무언가 어렴풋이 느끼고 있어. 나에게 뭔가를 응징하려 하고 있다는 느낌을 왜 모르겠어. 그러나 그건 올바른 판단이 아냐. 당신의 소중한 생명을 왜 그런 도구로 쓰려고 해?

그렇지 않아요. 뭔가 오해하고 있어. 나는 재발한 환자들이 거의 다 치료에 실패하는 것을 너무 많이 보았어. 의사가 나를 도울 수 있는 단계는 이미 지나버린 거야. 의사가 할 수 있는 일은 알지 못할 의학 용어로 나의 임상 증상들을 기록하는 것밖에는 없어. 나는 남은 시간을 결코 그런 식으로 소모하고 싶지 않아서 그래.

남편은 내 눈을 들여다보지 않는다. 그는 밤하늘의 여기저기에 쏘아 올려지고 있는 수증기 기둥을 무심히 올려다보면서 유리컵을 들어 술을 마신다.

나는 당신이 정상적인 반응을 하는 다른 사람들처럼 치료를 받았으면 좋겠어.

그의 풀죽은 목소리는 오히려 나의 모든 행동을 강하게 비난하는 것 같았다. 그럼에도 내 마음은 그와 진실이란 것을 애기한다는 자체를 완강히 거부하고 있다. 그는 나에게 결코 자신의 마음을 열지 않는다. 그가 언제 자신의 진로나 고민을 나에게 토로한 적이 있었던가. 우리는 같은 배를 탄 동지로서 단지 순항을 위한 일기 예보와 항해 도중 필요한 식량의 조달에 대해서만 마지못해 의견을 교환하는 관계일 뿐이었다. 우리에게 내면의 고통 같은 것이 존재하기나 하였던가. 우리는 상대방이 이 문제에 대해 언급하려 하면 의미도 없는 조롱이나 농담으로, 혹은 침묵으로 흘려버렸다. 하긴 인간의 회의를 어떻게 할 것인가? 설사 인간이 산소의 존재를 의심한다 하더라도 호흡은 계속돼야 한다. 중력을 부정할 수도 있으나, 인간은 여전히 땅위를 걸어다녀야 한다. 우리는 서로를 생활이란 기계 속에 알맞은 위치를 찾아 조립시킨 것이다. 그러곤 상대방이 기계 속에서 말썽 없이 맞물려가기를 바라는 것이다. 그는 이미 내 삶의 동지가 아니었다. 나를 기계 속에 물려서 꼼짝할 수 없게 만드는 생활의 굴레일 뿐이었다.

당신이 무슨 이야기를 꺼내도 이젠 놀라지 않아. 어떤 대화를 시작해도 당신은 화제를 내 여자 문제로 끌고 가서 대화를 끝내 버리지. 당신은 지금 자신을 부수고 있는 거야.

맞아. 난 이미 오래전부터 파괴된 폐허와 같았어요. 불타고 부숴지고 깨진 집.

그는 아무 답변도 하지 않았다. 그는 눈을 감는다. 마치 잠이라도 청하려는 사람 같다.

낮이면 나는 먹고 마시고 사람들과 얘기를 나누지요. 그러나 항상 무엇 때문에 내가 그렇게 먹고, 마시고, 걷고 얘기하는지 알 수가 없어요. 무엇을 위해서 책을 읽는지, 무엇을 위해서 병원에 가야 하는지 알 수가 없어요. 아무 흥미도 주지 않아요. 어떤 이야기도 내게 감동을 주지 못해요. 내가 나아갈 곳이라고는 어디에도 없어요. 가끔 나는 내가 깜깜한 밤이라는 생각이 들어요. 그래요. 난 분명히 밤이에요.

나는 울음이 터지려는 것을 간신히 참고 떨리는 목소리로 말을 마친다. 이런 말을 구질구질하게 늘어놓고 있는 자신에게 참을 수 없이 화가 나서 견딜 수가 없다. 나는 공중에 대고 헛웃음 소리를 낸다. 모든 말들이 부질없다는 사실을 잠시라도 잊은 것에 대한 분풀이다. 누구에게라도 속마음을 보인다는 것은 지는 일이다. 나이 들고 삶에 지친 자들의 나약한 모습인 것이다.

그는 아무 말도 하지 않았다.

바깥은 이제 조용해졌다. 간간이 들리던 사람들의 웃음

소리, 말소리들도 이젠 끊겼다. 건너편 온천장의 네온 간판 불빛이 그의 얼굴을 비추었다. 마치 붉은 페인트를 칠한 듯이 붉은 그의 얼굴이 어둠 속에서 나를 보고 있다. 크게 열린 눈이었다.

여보, 이불 속에 들어가 누워요. 그러다간 추워서 감기에 걸리겠어.

나는 그의 손에 이끌려 그의 말대로 이불 속으로 들어간다. 그는 내 옆에 나란히 누워서 나와 그의 몸 위에 이불을 덮는다. 풀먹인 시트의 차가운 촉감이 싫지 않다. 그리고 그는 나의 몸뚱이를 껴안았다. 나는 저항하지 않았다. 아무 말도 하지 않았다. 그 여자의 일이 있고 난 후 처음인 것 같다. 서로 합하고 싶어하는 육체의 욕구와 그 요구에 저항하는 의지의 틈바구니에 끼여서 나는 아무 말도 없이 누워 있었다. 벽에는 미처 여며지지 않은 커튼의 사이로 새어 들어온 네온 한 조각이 벽에 빛을 던지고 있었다. 그 모습이 검붉은 보라색을 칠한 입술처럼 보였다.

다음 날은 이른 아침부터 비가 내렸다. 식사를 하기 전에 미스 리는 우리의 일정을 설명해 주었다. 호텔에서 30분 거리에 있는 야생 원숭이 공원을 관람하고, 버스를 4시간 타고 아소산에 가서 활화산의 분화구를 본다는 거였다. 돌아오는 중에 시간을 봐서 유황 밭을 보거나, 온천 박물관에도 들를 예정이라고 하였다. 흐린 날씨와는 달리 모두 밝은 얼굴로 인사를 나누었다. 특히 고시원을 운영한다는 남자는 연방 위트가 넘치는 우스갯소리를 식탁 앞으로 쏟아놓기에 바빴다. 아마도 젊은이들과 많은 시간을 보낸 탓인지 그의 개그는 중년 남자들이 토해 내는 흔해빠진 음담패설이 아니라서 어딘지 신선했다. 다만 혼자 왔던 그 여자는 식탁에 보이지 않았다. 그녀는 친지를 만나서 개별로 움직이게 되었다고 미스 리가 설명했다.

우산을 쓰고 언덕으로 올라가 산을 뒤덮으며 내려오는 원숭이 무리를 관람하고 사진 몇 장을 찍은 후 우리는 곧장 아소산을 향했다. 아소산을 향하는 길은 강원도의 산길과 흡사하였다. 고산 지대에 이르자 구더기처럼 하얗게 고물거리는 양떼도 없는데, 나는 스코틀랜드를 연상했다. 아마도 끝없는 목초지와 깨끗한 도로 때문인 것 같았다. 십년 전, 그가 런던 지사에 근무하고 있을 때 스코틀랜드에 가보았다. 그때는 나도 암에 걸리지 않았고, 남편은 왕성한 힘으로 업무를 추진했으며, 승진에만 온통 관심이 몰려 있었지. 나 또한 엄청난 물욕으로 그가 놀랄 만큼 많은 본차이나와 캐시미어 스웨터를 사들였으며, 딸아이는 백인들을 제치고 스펠링 챔피언을 따내었는데…… 나는 차창을 스쳐 지나가는 목초지를 바라보면서 내가 살아온 순간들을 잠시 생각했다. 갑자기 나는 이 세계와 아무 연결도 안 돼 있는 듯하다. 모든 사물이 다 낯설고 동떨어져 있는 듯이 여겨진다. 버스 안의 풍경들이, 옆에 앉아서 나처럼 멍하니 밖을 쳐다보고 있는 남편까지도 나와 연결지어지지 않는다. 모든 것들이 방수천 덧옷 위에서 굴러 떨어지는 물방울처럼 내게서 흘러내려 버린다.

나는 정말 죽게 되는 것인가.

비는 아소산의 분화구 앞에 도착했을 때도 그치지 않았다. 비 때문에 다른 날보다 관광객들이 밀리지 않아서 분화구 바로 앞까지 버스를 타고 올라갔다. 버스 속까지 곧장 틈입한 짙은 유황 가스와 수증기가 뒤범벅된 더운 대기가 낮은 기압 아래로 고여들어서 구역질을 일으켰다. 이런 공기를 폐가 얼마나 견뎌낼 수 있을까? 나는 잠깐 버스 밖으로 나갔다가 구역질을 참지 못하고 버스 안으로 돌아오고 말았다. 나는 지금도 분화구 속에서 활활 타오르고 있다는 불꽃을 보는 것을 포기한다. 차창으로 보니 그가 일행과 조금 처져 혼자서 빗속을 걸어가고 있는 것이 보였다. 바람에 밀리듯이 펄럭이는 점퍼자락을 움켜쥐고 언덕을 오르고 있는 그는 금방이라도 바람에 밀려서 나둥그러질 것 같았다. 갑자기 그의 뒷모습이 애처롭고 짠하게 느껴졌다. 그가 보잘것없는 조약돌처럼 아소산에 던져져 있는 것처럼 보였다. 그는 우주를 떠도는 먼지 같고 별똥별처럼 하찮은 존재에 불과하였다.

앞으로 그는 무슨 일을 하면서 살아갈까.

나는 그와는 전혀 다른 세계의 사람처럼 그를 바라보았다. 나는 아직도 그를 사랑하고 있었다. 또한 아직도 그를 미워하고 있었다. 심리학과 일학년 학생도 인간을 동시에 사랑하고 미워할 수 있다는 것을 배우고 있지 않은가.

그날 밤 나는 깊이 잠들 수가 없었다. 물소리, 열풍이 나오는 히터의 작동 소리, 가끔씩 복도에서 문 여닫는 소리가 들렸다. 나는 비를 맞으면서 분화구 속으로 걸어들어가는 남자를 향하여 무슨 말인가를 하려고 하였지만 한마디도 할 수 없는 꿈을 꾸다가 잠에서 깼다. 눈을 떠보니 한밤중이었다. 갓 꾼 꿈의 영상 때문에 기분이 몹시 언짢았다.

이불을 차내 버리고 잤던지 몸이 싸늘하게 추웠다. 나는 어둠 속에서 남편의 이불 속으로 기어 들어간다. 이불 속은 남편의 체온으로 따스했다. 따스함 속으로 파고 들어가면서 나는 문득 그에게서 오빠 같은 혈육애를 느끼고 있었다.

남편은 등을 후톤 위에 대고 꼼짝하지 않는다. 나는 얼굴을 그의 머리 옆에 바짝 디밀고 눕는다. 차가워진 몸을 바짝 붙이자 그의 근육과 성기가 탱탱하게 당겨지고 있는 것이 느껴졌다. 그는 열기로 온 몸이 후끈했다. 나는 여전히 조용히 움직이지 않는다. 마치 첫날밤의 신부처럼 수줍고 조심스럽게.

그 여자 사건 이후 흘러간 시간이 우리 관계를 어색하게 하고 있었다. 이불이 후톤 아래로 끼여 들어가 등에 불편하게 고였다. 나는 몸을 뒤척여 이불을 빼내고 싶었지만 그대로 몸을 움직이지 않고 있다. 그가 먼저 움직여주기를 기다리는 것이다. 다시 물소리가 들리기 시작했다. 난방용 배관이 쩡 하는 소리를 다시 내었다.

나는 아주 깊은 잠에 빠졌다. 누가 흔들어대는 바람에 깨어난다. 짙은 어둠 속에서 눈을 뜬다. 어딘지 낯설다. 지금 어디 있는지 분간이 가지 않는다. 아, 지금은 여행 중이지. 혼돈은 몇 초 만에 풀어진다.

늦잠을 잤나봐.

상체를 일으킨 남편이 시계를 들여다보면서 말한다.

이렇게 어두운데? 모닝콜은 아직 안 울렸잖아.

내가 받고 수화기를 내려놓았어.

남편은 벌떡 일어나더니 커튼을 확 제친다. 창문으로 햇빛이 쏟아져 들어온다. 잠을 설쳤는지 빛에 드러난 남편은 늙고 지쳐보였다. 창 밖에는 햇빛 아래에서 더 많은 수증기 기둥들이 늘어서 있는 것처럼 보였다. 지칠 줄 모르고 뿜어내는 수증기에 숨이 확 막혀버릴 것만 같다. 아침 식사는 거르더라도 온천욕이 하고 싶어서 나는 얼른 유카다를 걸치고 목욕탕으로 간다. 식사 시간이라 탕은 텅 비고 파우더룸 여기저기에 하얀 수건들만 나뒹굴고 있다. 급하게 탕 속으로 들어간다. 발을 담그는 순간 긴장했던 세포가 서서히 풀어지면서 물의 움직임에 따라 천천히 살랑거리기 시작한다. 근육이 낱낱이 풀리면서 물 속으로 흩어지는 느낌에 만족하면서 숨을 깊이 들이쉬었다가 내몰아 쉰다. 그때 왼쪽 어깨에서 등 가운데를 향하여 창이 몸을 관통하는 것처럼 통증이 찌르기 시작한다. 통증의 속도는 더디고 한없이 길었다. 나로 하여금 자신의 존재를 결코 잊지 않게 하려는 힘 같은 것이 느껴질 정도였다. 나는 숨을 멈추고 고개를 쳐들었다. 검은색 유리창 밖이 보인다. 하늘은 암울하고 흐린 빛을 무심히 반사하고 있다. 통증은 아직도 몸속에서 진행중이다. 온몸에 땀이 저절로 배어나는 것이 물 속에서도 느껴졌다. 이제 나는 견습 환자 수습 기간을 마치고 드디어 정식 환자가 된 것이다. 하나 더 이상 쓰디쓴 자조의 웃음 같은 것은 나오지 않았다.

서두른다고 서둘렀으나 로비에 내려오자 일행은 이미 버스에 오른 뒤였다. 우리를 발견한 미스 리가 식당에 들러서 요구르트라도 마시고 오라고 한다. 우리는 손을 내저으며 빠른 걸음으로 주차장에 서 있는 버스에 오른다. 중간쯤 비어 있는 좌석을 잡아 선반 위에 손가방을 올리고 자리에 앉으면서 우리는 기다리게 해서 미안하다는 말을 연거푸 늘어놓는다. 그때 양복을 단정하게 차려 입은 중년 남자가 캔버스지로 만든 슈트케이스를 어깨에 메고 버스 뒤쪽에서 걸어나왔다. 어깨에 걸친 슈트케이스가 너무 두툼해서 그가 아무리 조심하려 해도 통로에 앉아 있는 사람들을 스치게 된다. 그는 연신 미안하다는 뜻으로 고개를 까딱이면서 한쪽 손바닥을 펼쳐서 손짓을 한다. 못 보던 사람이다. 그 남자에 이어 혼자 여행 중이던 삼십대 여자가 뒤따라 내려간다. 그들이 내리고 나자 버스 안의 분위기가 금방 술렁이기 시작한다. 지난 이틀 동안 웃음을 잃지 않고 친절하던 일본인 버스 운전기사가 운전석에서 일어서서 몸을 돌려서 쿠데타를 일으켜 입성한 병사처럼 굳은 표정으로 좌석 쪽을 바라보더니 밖으로 휙 뛰쳐나간다. 남편과 나는 의아하여 서로를 쳐다본다. 바로 앞에 앉아 있던 자매 여행객 중의 동생이 의아한 표정으로 주위를 둘러보고 있는 나에게 사태를 말해 주었다.

지금 서둘러서 후쿠오카 공항으로 출발해야 하는데 인원이 한 사람 넘친다는 거였다. 혼자 왔던 그 여자에게 동행이 생겼기 때문이었다. 어제 오후에 그 여자는 미스 리에게 자신의 동행이 오늘 아침에 동승해도 되겠느냐고 물었다고 하였다. 미스 리는 관계없다고 승낙을 하였는데, 공교롭게도 오늘 아침 그 운전 기사가 준비한 버스는 10명이 정원이라는 거였다. 기사는 정원 초과를 하고는 고속 도로에 오를 수 없다고 화를 내는 거였고, 미스 리는 왜 당신이 제멋대로 버스 기종을 바꾸었느냐고 항의하는 거라고 하였다. 지금 와서 공항으로 가는 다른 버스를 찾아보기에는 시간이 너무 촉박했다. 3시간 반 이상 걸리는 거리니 택시 대절 같은 건 난감할 터라는 거였다. 그런데 미스 리는 그 여자를 은근히 걱정하는 것처럼 말하고는 있지만 실상은 그렇게 보이지 않는다고 웃으면서 말했다. 고시원 하는 아저씨가 그 남자가 누구냐고 미스 리에게 은근히 물었더니 그렇고 그런 사이 아니겠느냐고 단정짓듯이 말하더라고 하였다.

남편은 그녀와 내가 나누는 대화에는 관심이 없다는 듯이 차창 밖으로 시선을 고정시키고 있다. 버스 안의 일행들은 지금의 상황이 어떻게 전개되어 갈 것인지 아주 흥미 있는 것 같아보였다. 〈그렇고 그런 사이〉라는 말을 듣는 순간 나는 시간을 거슬러 올라가고 있는 나를 제어할 수가 없었다. 의식적으로 회피해 왔던 남편의 그 여자가 여러 장의 영상과 함께 떠오르는 것이다.

그때 자매 여행객 중에서 미국서 왔다는 언니가 창문을 열고 미스 리를 부른다. 그녀는 우리가 그 여자와 셋이서 끼여 앉을 터이니, 버스 기사에게 양해를 구해 보라고 말한다. 미스 리는 일본의 고속도로 법을 기사가 어기려고 할지 모르겠다고 그 여자에게도 들릴 만큼 큰 소리로 말하면서 기사를 찾으러 가는지 황망히 호텔 쪽으로 걸어갔다. 가방을 메고 막 떠오르는 햇빛 아래 긴 그림자를 그리면서 미스 리의 뒷모습을 향하여 서 있는 두 사람의 모습이 고아처럼 애처로워 보였다.

서로의 숨소리가 뜨겁게 느껴질 만큼 비좁은 버스는 기사의 협조로 겨우 마무리가 지어져 출발하게 되었다. 미스 리가 낯선 남자에게 버스 입구에 있는 자기 옆 좌석을 지정해 주었다. 그 남자는 슈트케이스를 선반에 올려놓고 앉으면서 맨 뒷좌석의 자매들 사이에 끼여 앉아 있는 그 여자를 재빨리 살펴보았다. 남자와 여자가 짧은 순간 마주보았다. 그 순간 나는 지하 동굴을 헤치고 밖으로 잘못 나온 박쥐처럼 눈을 감고 싶었다.

그들이 마주친 시선 속에는 욕망이나 슬픔을 보물처럼 간직한 채 서로에 대한 전념, 호의, 즉 정신집중 같은 깊은 광기가 강렬한 힘으로 스파크를 튀기며 버티고 있는 것 같았다. 우연의 힘은 물론, 하늘의 섭리라도 자신들을 마음대로 할 수 없다는 그런 의지가. 그 모습은 예리하게 내 마음속의 한 지점에 와 닿는다. 그것은 날카롭고 숨막히는 그 무엇이다. 그것은 침묵 속에서 소리친다. 그것은 떠도는 번갯불이다.

남자가 잠시 짧게 한숨을 쉬더니 앞으로 몸을 돌려 자리에 앉았다. 여자의 굳은 얼굴에서 희미하게 배어나오는 만족의 미소…… 그 순간 두 사람은 소리를 내지 않았어도 말을 하고 있었을 것이다. 조금만 참아. 조금만 가면……

그들의 비밀을 품은 표정이 뿜어내는 열정이 사건의 현장을 떠나 마치 화살처럼 나를 꿰뚫기 위해서 온다. 내 가슴이 저절로 열리면서 그 위에 굵디굵은 소금이 설설 뿌려지고 자동적으로 서서히 닫힌다.

버스에 타고 있는 사람들이 하나같이 입을 다물고 말없이 바깥을 내다보고 있다. 모두 그 여자와 낯선 남자의 관계에 대한 자신의 감정들을 정리하고 분석하고 있는 듯한 분위기다. 술렁이던 분위기가 가라앉을 즈음, 나는 낮달처럼 희미한 가을 태양을 무심히 쳐다보고 있었다.

인간이 산다는 것 자체가 속임수 위에서 성립하고 있다는 지금까지의 생각이 서서히 흔들리기 시작한다. 사악한 것을 보면 도망치고, 위험이 나타나면 숨어서 스스로의 도덕률을 지켜나가는 것이 인간의 도리라고 배웠지만, 사람들은 막상 자기 앞에 일이 일어나면 고스란히 그 일을 받아들일 수밖에 없을 것이다. 저 여자가, 혹은 저 남자가 악마라서 서로의 배우자에게 상처를 입히는 것이 아니라, 그들에게 일어나야 할 사건이 일어난 것뿐이었다. 그들의 인생에 새로운 사랑이 깃들였고, 그들은 그 사랑을 받아들이면서 나름대로의 갈등을 겪고 있는 것이다. 그것은 나에게도 마찬가지였다. 배신을 고스란히 맞이하는 것이 내 몫의 삶이었던 것이다. 나는 지금 남편이 의도적으로 나에게 배신감을 주려고 하지 않았다는 사실을 깨닫고 있다. 그런데 나는 그가 나를 배신한 것이라는 생각 때문에 그토록 괴로워하였고, 뒷걸음쳐서 〈죽음〉 속으로 들어갔다. 나는 이미 나 자신의 삶을 마치 마취당한 나비들처럼 핀으로 벽에 꽂아버린 것이다. 자신의 삶이 벽에 꽂혀서 박제가 되어가는 것을 자신과는 무관한 하나의 삶처럼 무심히 바라보고 있었던 것이다.

나는 내면에서 우러나오는 자기 목소리를 들으려고 한참 창 밖을 내다보았다. 남편도 꼼짝하지 않고 차창을 내다보고 있다. 버스가 터널로 들어서는 순간 갑자기 어두워진 차창에서 우리의 두 눈이 반짝 빛을 내며 마주쳤다. 그 순간 나는 남편의 손을 더듬어 그 위에 내 손을 포갠다. 그가 다른 한 손으로 내 손을 감쌌다.

병원에 가는 거지.

그의 말이 끝나기 전에 버스는 터널을 빠져 나간다. 해가 다시 나타났지만 우리는 손을 풀지 않았다.

병원에 가자. 가서 치료 시작하자.

그가 다시 한번 같은 말을 반복하였다. 나는 희미하게 웃으면서 고개를 끄덕인다.

그 순간 스페인의 시인이 마지막 구절을 읊는 장면이 머릿속에 떠올랐다.

■그 다음날 주인이 시장에 갔는데 그도 죽음을 보았죠.

주인은 죽음에게 물었죠.

왜 내 하인에게 협박을 했습니까.

그러자 죽음이 대답하기를.

협박이 아니라 내 자신이 경악했다오.

바그다드에서 그 하인을 볼 줄은 몰랐거든요.

오늘 밤 나는 그와 약속이 있거든요.

사마라에서. ■

  그는 지금 나에게 말을 주어서 죽음으로부터 도망치게
할 수 있다고 믿고 있는 것은 아닐 것이다. 물론 사마라의
약속이 취소될 리 없다는 사실도 알고 있을 것이다. 다만
그는 우리가 알고 있는 모든 방법을 동원하여 죽음에 저항
하는 것이 삶에 대한 진지한 자세라는 사실을 알고 있기
때문에 노력하고 있을 것이다.
  나는 그의 손을 힘주어 잡는다.
  죽음은 인간의 정신을 집중하게 만들었는가.
  나는 알 수 없는 뿌리를 따라 나의 내부 깊은 곳으로 파
고드는 슬픔을 느낀다.
  그리고 그 슬픔 밑에 깔려 있는 기쁨을 보고 있다.

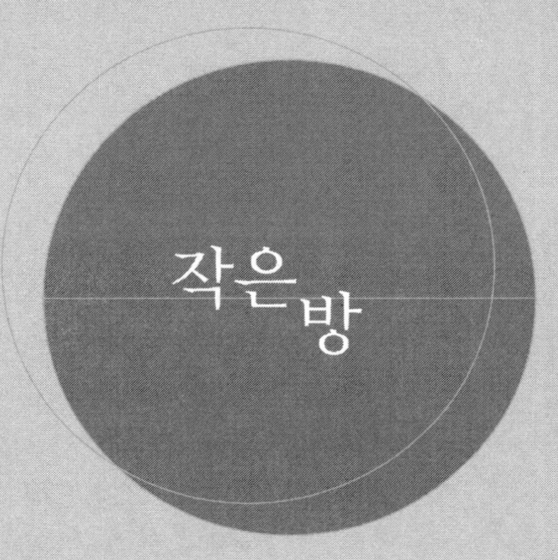

작은 방

작은 방

여자 목소리

이마를 찡그리면서 귀를 세운다.

푸른 빛이 감도는 커튼을 투과한 미세한 빛. 전력의 숨
소리를 희미하게 내지르는 콤팩트 냉장고. 방금 던진 맥주
캔을 받아들인 채 아직 떨림을 멈추지 못하고 있는 알루미
늄 휴지통의 덮개. 그리고 욕실에서 들리는 쏴아 하는 물
소리.

또 그 여자의 목소리다.

좋아.

소리는 작지만 선명하다. 나른하면서도 편안하다. 눈에
힘을 주고 벽을 훑는다. 눈길은 욕실로 통하는 출입문 앞
에서 멈춘다. 이 작은 여관방 어디에도 그런 소리를 냈을
만한 여자가 숨어 있을 공간이라고는 없다.

좋아.

그것은 단순한 환청에 불과하다고 단정하기에는 지나치게 현실감을 불러일으킨다. 특히 모호한 어미의 억양은 맨발바닥에 붙은 파리 잡는 끈끈이처럼 물컹 하는 이질감을 느끼게 한다. 나는 그 느낌을 몸에서 털어내기라도 하는 사람처럼 침대에서 일어나 창 쪽으로 다가가 커튼을 밀친다. 커튼 뒤에 머물고 있던 햇빛이 일제히 우와 소리를 지르며 달려든다. 창문 아래는 크고 작은 지붕들이 사이 좋게 엎드려 있다. 지붕을 이리저리 가로지르는 전선에 내린 햇빛이 각도에 따라 투명한 빛을 이룬다.

나는 황급히 커튼을 오므린다.

근래 며칠째 나는 여자의 목소리를 듣고 있다. 긍정인지 의문문인지 판단하기 힘든 〈좋아〉 하는 여자의 목소리가 들릴 때마다 나는 아주 잠깐씩 시간을 놓아버린다. 그것을 물리적인 시간으로 잴 수 있을지는 잘 모르겠다.

맨 처음 그 소리를 들은 것은 카메라의 렌즈에 눈을 대고 사물의 핀트를 조절하고 있을 때였다. 그때도 지금처럼 선명한 목소리가 들렸다. 나는 잠시 숨을 죽이고 가만히 있었다. 나와 사물 이외에는 아무도 없는 것이 분명한 스튜디오 안에서 그 소리를 처음 들었을 때의 느낌이란…… 섬뜩했다. 그때 나는 사물의 핀트를 조절하기에는 지나치게 길다 싶을 동안 뚫어지게 렌즈에 시선을 고정하고 있었다.

그러고도 그 소리를 몇 번 더 들은 적이 있다. 레이아웃이 끝난 화면 배치 도면을 휘두르며 부장이 다그칠 때도 느닷없이 그 소리를 들었고, 술을 진탕 마시고 동료들 앞에서 인생의 허망함을 피력하고 있을 때도 그 소리가 들려왔다.

어쩌면 지금 나는 극세분화된 시간의 분절 속에 머물고 있는 건 아닌지 모르겠다. 조금 아까 나의 남방셔츠 자락으로 젖가슴을 가리면서 뒷걸음질로 욕실에 들어간 여자가 던졌던 말이 이제야 공간을 건너서 나의 뇌에 전달되고 있는 것은 아닐까. 소리의 속도가 사람의 움직임보다 느려지는 초자연 현상이 일어나고 있다면 충분히 가능한 일이다. 그렇지만…….

나는 텔레비전을 켠다. 냉장고 속에서 마지막 남은 캔맥주를 꺼내서 딴다.

좋아.

그 소리는 아무래도 의문문인 것 같다. 케이블 TV에서 전생을 넘나드는 영화를 몇 편 보더니, 이젠 으스스한 환청이 귀에까지 들리는가 싶은 생각이 들자 저절로 실소가 나온다.

나는 소리를 잊기로 한다. 캔에 남은 맥주를 무슨 귀한 보약이라도 되는 양 마지막 한 방울이 목구멍에 떨어질 때까지 고개를 젖히고 떨어뜨린다. 그러고는 지금까지 호흡하는 방법을 잊었던 사람처럼 신중하게 숨을 깊이 들이쉰다. 천천히, 공기의 맛을 음미하면서. 공기는 머릿속을 돌아 가슴으로 내려온다. 가슴을 통과한 공기들이 서서히 흩어진다.

텔레비전을 끈 뒤 나는 다시 침대에 눕는다. 바깥의 빛과 대조된 어둠이 사물들을 부드럽게 만들고 있다. 나는 끝없이 이어지고 있는 듯한 물소리를 들으며 천천히 눈동자를 움직인다.

작은 방이다. 게다가 침대 이외에도 만화 영화 속에서처럼 재채기만 해도 금방 허물어질 것 같은 낡은 옷장과 화장대까지 놓여 있어서 방은 더욱 빼꼭하다.

작은 방이 좋다. 아무것도 놓여 있지 않다면 더욱 좋다. 달력은 물론 서화나 거울 쪼가리 하나 붙어 있지 않아서 자칫 황량하다는 느낌이 들 정도로 깨끗한 벽을 가진 방이라면 더더욱 좋다. 웅크리고 누워서 눈동자만 굴려도 방안이 한눈에 쏘옥 들어올 만큼 작은, 상자 속 같은.

특히 대낮에 지금처럼 어두운 방에 누워 있을 때, 나는 아주 편안해진다. 현실에 대해서 일정한 거리를 두고 냉정하게 간파할 만한 능력을 갖추지도 못했고, 삶을 대수롭지 않게 여기고 있다고 냉소적으로 말할 수 있을 만큼 강한 심장을 가져본 적 없는 내가 편안하게 나를 놓아버리는 순간이 바로 지금이다.

간혹 자신의 삶에 대하여 어떤 기대도 품어본 적이 없었기 때문에 무엇을 잃는다 하더라도 대수로울 게 없노라고 자신 있게 말하는 사람들이 있다. 그럴 때 나는 한번도 내 인생과 정면으로 맞서서 질책하고, 무시해 본 적이 없었다는 생각이 들어서 더욱 쓸쓸해진다.

돌이켜보면 나는 항상 내가 만나는 모든 것들에게 기대를 걸고 염원을 지녔었다. 그렇게 서른세 해를 버티고 나서 내가 품는 기대가 나를 허물어뜨리기 위해 존재한다는 사실을 간파하였다.

지금 나는?

그냥 이렇게 어둠 속에 누워 있는 것이 좋다.

어둠 속에서 어쩌다 들춰진 커튼 사이로 한 가닥 햇빛이 들어오기라도 하면, 햇빛이 무슨 날카로운 발톱이라도 달고 공격하고 있는 것처럼 나는 닥치는 대로 손에 집히는 이불자락이나, 옷가지로 황급히 얼굴을 가리는 등 한바탕 난리를 피운다. 그때의 나는 흡사 햇빛의 반경에서 재빨리 벗어나지 못하면 육신이 먼지로 화해 버리는 흡혈귀처럼 공포에 차 있는 모습이다.

어쨌건 어둠은 나의 가장 편안한 안식처이다. 가끔 어둠 속에서 혼자 있을 때도 있지만, 대부분은 여자와 함께 있다.

갑자기 화려한 빛이 내 허리를 관통한다. 작은 방과 어둠에 대한 찬사에 파묻혀 있는 나의 의식 위로 샤워를 마친 여자가 목욕실 빛을 등뒤로 한 채 당당히 다가오고 있다. 나는 그녀를 더할 수 없이 사랑스러운 눈빛으로 바라본다. 섹스를 마치고 난 후에 내가 보낼 수 있는 유일한 만족의 표시는 바로 이런 눈빛밖에 없을 것이다. 나는 손을 뻗어 여자를 내 옆으로 인도한다. 빛이 사라진다.

이젠, 가야 되잖아요.

으흐음…….

나는 그녀의 살에 얼굴을 파묻으며 그녀를 끌어당긴다.

우리는 오늘 아침에 처음 만난 사이다. 4시간 동안 스튜디오에서 광고 사진을 찍었다. 나는 렌즈에 잡힌 여자를 꼼꼼히 관찰하였다. 어느 순간 마음속에 가라앉아 있던 나의 어떤 의지가 렌즈에 잡힌 피사체와 충돌하며 아주 짧게 불꽃을 내지르는 것을 보았다. 아주 가끔 그런 일이 일어난다. 그리고 우리는 함께 점심을 먹었다. 잠깐만 쉬자는 의견에 우리는 아주 쉽게 접근했다. 우리는 대낮에 여관의 후문 손잡이를 함께 잡으며 눈을 마주치며 웃었다.

여자의 몸이 차다. 그 느낌이 상쾌하다. 그녀의 찬 피부가 닿자 다시 부푸는 아랫도리의 기운에 몰려 나는 여자를 힘주어 안는다.

이 세상에서 섹스보다 더 친밀하고 완전한 소통이 있을 수 있을까.

나는 어둠 속에서 가장 편안한 마음으로 사물을 보고 있다. 얼굴을 찡그리거나 눈을 부릅뜨지 않는다. 손으로 주변의 사물을 더듬어볼 뿐이지만, 모든 존재를 일일이 눈으로 확인하는 듯한 느낌이다.

언제부턴가 나는 손의 촉감을 더 믿고 의지하게 되었다. 밝은 빛 아래서 바라본 사람의 표정을 통해 마음을 읽는 것보다, 어둠 속에서 손으로 만져본 몸이 표현하는 느낌이 더 정직했다는, 나 나름대로의 어떤 확신 때문에 그럴 것이다.

나는 어둠 속에서 내 옆에 누워 있는 여자를 만진다. 몸은 참으로 정직하다. 춥거나 긴장하면 오솔오솔한 소름을 꺼칠하게 쪼옥 드러내었다가도, 마음의 문이 조금씩 열리면서 금세 따뜻하고 매끄러운 윤기를 살갗으로 내어보낸다. 아주 천천히 상기되는 여자의 살갗의 변화를 놓치지 않고 쫓던 내 손은 어느새 스스로 무장을 풀고 여자의 의식 속으로 가볍게 들어가 자리를 잡는다. 우리는 금방 하나라는 느낌에 사로잡힌다. 나의 말초적인 감각들은 그녀로부터 울리는 몸의 소리를 듣는다. 그것은 공기를 가르면서 오는 것이 아니라, 몸의 떨림에서 파생한다. 나는 상대방의 마음을 읽기 위해 당치 않은 상상으로 마음이 불편해지지 않아도 되는 몸이 좋다.

좋아?

또 그 목소리다. 이번엔 다정하게도 묻는다. 나는 여자의 얼굴을 빠안히 들여다본다. 여자의 얼굴이 금세 뜨악해진다.

왜에……? 가야 하잖아. 점심 너무 길게 먹는다고 사람들이 이상하게 생각하지 않겠어?

나는 한참 동안 여자를 바라본다.

그래, 좋아. 여자와 함께 이 작고 어두운 방에서 누워 있는 것이 아주 좋아.

나는 어둠을 향해 대답한다.

그런데 이 목소리는 왜 내 주변을 떠돌고 있는 것일까. 나는 갑자기 의아한 기분이다. 내가 무엇인가를 행동하고 있는 순간순간, 불쑥 고개를 디밀어서 좋아? 라고 확인하는 목소리가 조금씩 부담스러운 것은 사실이다.

왜지?

나는 갑자기 참을 수 없는 기분이 된다. 아마도 어둡고 작은 방에서 벌거벗고 누워 여자와 뒹구는 중에 그 소리를 들었기 때문에 화가 나는지도 모르겠다. 나는 갑자기 화가 난다. 목소리를 가만두지 않겠다고 다짐한다. 이참에 다시 이 목소리가 내 곁에 들러붙지 않도록 마음을 단단히 먹어

재울 수가 없었다. 나는 곧바로 알 만한 사람들을 만나보았다. 상대방의 해외 유학 경력이 높이 평가되었을 것이라고 하였다. 그러나 나는 그 사실을 인정할 수가 없었다. 상대방의 그 유학이라는 것이 불과 일 년 정도의 연수에 지나지 않았기 때문이었다. 사진전에서의 입상이라든가, 논문 발표가 아닌 다음에야 그것이 무슨 힘을 발휘할 수 있겠는가. 나는 진정한 이유를 찾기 전에는 현재의 충격과 상처에 빠져서 자신이 한참 동안 혼란스러울 것이라는 예감을 지울 수가 없었다.

마침내 나는 나의 탈락이라기보다 배제의 이유를 알았다. 어처구니없게도 나의 그 출세작인 맨발의 남자 사진이 표절이라는 것이었다. 게다가 그 의견을 제시한 사람은 바로 은애였다. 그녀는 남미 사진 작가의 작품집을 증거로 내놓았다. 그것은 나의 사진과 흡사한 구도를 지닌 것으로 나도 여러 번 본 적이 있는 것이었다.

그러나 책상 앞에 앉아서 타이프라이터를 치고 있다는 장면 하나만 가지고 어떻게 표절이라고 단정할 수 있단 말인가. 해외 작가의 작품은 19세기에 유행하였던 꼭 끼는 양복으로 정장을 한 남자가 구식 타자기 앞에서 몰두하여 자판을 들여다보는 것이었다. 남자의 긴장된 모습이 넉넉한 시대였으리라고 짐작되는 전세기적인 분위기와 엇갈려 막연한 불신과 의심으로 충만되어 있었다. 그래서 사진을 대하는 독자로 하여금 비애에 젖게 만들었다. 그에 반하여 나의 사진은 허름한 남방셔츠와 낡은 모직 바지를 입고 맨발인 남자가 군데군데 흠집이 드러나는 나무 책상 앞에 앉아 워드 프로세서 너머를 응시하고 있었다. 그의 눈에는 자신이 소유했었다고 믿는 모든 것을 던져버릴 수 있는 사람만이 갖는 공허함이 담겨 있었다.

언젠가 나는 늦은 밤 지하철 입구 근처의 돌의자에서 약속한 친구를 기다리고 있었다. 변두리 번화가는 시간이 꽤 깊었는데도 취객과 행인들로 붐볐다. 내 앞의 또다른 돌의자에는 노동자 풍의 사내 둘이서 잔뜩 취해가지고 이 주머니 저 주머니에서 돈을 꺼내 들고 서로 계산을 맞추고 있었다. 그들은 술 취한 손으로 한 움큼의 돈을 서투르게 헤아려댔다. 돈이 나의 시선을 끌었을까. 나는 시간을 잊은 채 그들을 바라보고 있었다. 그때 그들을 나처럼 물끄러미 바라보고 있던 중년 여인이 돈을 흘릴지도 모르니 간수를 잘 하라고 말했다. 그러자 돈을 쥔 사내가 부인에게 물었다.

아주머니, 이거 얼마나 돼뵈요?

이백만 원……쯤.

사내가 고개를 끄덕였다.

이 돈 드릴까요?

구경하던 부인은 상냥한 음성으로 아니라고 사양을 했다.

이 돈 아주머니한테 드릴 수 있어요. 우리 지금 이 돈으루 다 술 먹으러 갈거거든요.

얼마만큼 힘을 팔아서 받은 돈이었을까.

돈다발을 펄럭이며 그녀에게 줄 수도 있다고 말하는 그 사내의 두 눈은 이 도시의 황량한 공허를 고스란히 간직하고 있었다. 그것은 나의 서글픈 심정 속으로 들어와 혼합

한 외모와 대비된 그녀의 소극적인 말씨는 그녀를 부드러운 여자라는 느낌이 들게 한다.

스튜디오를 드나드는 모델들 사이에서 나의 평판이 어떤지 확실히 모르겠다. 그녀들은 내 앞에서 항상 호의적이다. 항상 호의적이기 때문에 내 평판이 그리 좋은 것 같지는 않다.

그녀들은 나를 대하는 방법을 아는 것 같다. 좋은 사진을 찍기 위해서라면 무슨 짓이라도 서슴없이 해치울 수 있는 사람들이므로 나는 그녀들의 접근을 막지 않는다. 어쩌면 이 여자도 지금 자신의 그런 욕구를 표현했는지도 모르겠다.

욕구를 가진 사람들은 대부분 열정적이다. 나는 지금 희선의 열정을 느낀다. 그러나 나는 열정적인 사람들을 그다지 좋아하는 것 같지 않다. 내 몸 속 어디에서도 가뿐하게 몸을 일으켜 그들이 원하는 기대에 오르기 위하여 애쓰는 의지가 느껴지지 않기 때문이다. 그러나 그게 무슨 상관이랴. 내가 먼저 손을 내밀지 않으면 그만이지. 아무튼 나는 기꺼이 희선의 제안을 받아들인다.

오르페와 에우리디체

우리는 스튜디오를 나와 자동차에 오른다. 희선은 별로 말이 없다. 패션 잡지 속에서 튀어나온 것처럼 생긴 여자가 입마저 다물고 있다. 그녀에게서 불란서 인형을 떠올리면서 괜히 나는 쓸쓸한 마음이 된다.

자동차 안의 라디오에서는 〈오르페와 에우리디체〉에 관한 오페라 이야기가 진행되고 있었다. 해설자의 장황한 설명이 이어지는 중간중간에 내가 말한다.

막이 오르자마자 장중하고 그윽하게 울려퍼지는 님프들의 합창이 내게 깊은 인상을 주었다고.

라디오에서는 에우리디체의 죽음을 슬퍼하는 오르페의 애절한 아리아가 흘러나온다. 이마를 찡그린 듯, 고개를 갸웃하며 아리아에 열중하는 희선의 모습은 참으로 눈부시게 아름답다. 그녀의 자태가 너무 고와서 나는 숨을 죽인다.

나는 갑자기 뭔지 알 수 없는 슬픔의 골짜기 속으로 굴러 떨어지는 듯한 환상에 빠진다. 너무나 뻔한 일상 중에서 우연히 고개를 쳐들었을 때, 푸른 하늘의 저쪽으로부터 무심히 들려오는 아리아 한 소절이 내 가슴에 깊이 들어와 박히는 것이 느껴진다. 땅속에서 캐낸 낡은 관 뚜껑이 열리는 순간 수천 마리의 나비가 날아오르는 것을 본 듯한 느낌이다. 그것은 치명적인 통증이었다.

나의 이러한 증세는 새로운 여자가 마음을 열게 한다는 신호 같은 것이다. 몇 번의 경험을 거치며 깨닫게 된 사실이지만 만나고 있는 여자가 마음에 닿는 순간, 갑자기 온 세상이 옅은 슬픔으로 채색되는 느낌을 받는다. 현실은 갑자기 설득력을 잃고 멈추어버리며, 억지로 매달리지 않으면 안 되는 일상의 일들은 하찮게 여겨지고 만다.

그 징후가 지금처럼 아무것도 아닌 일에 슬픔을 느끼는 것이었다. 사실 따지고 보면 오르페의 아리아 「내 사랑은

도 거의 중단한 상태였다. 그런데 하루는 그녀가 나의 집 앞에 와서 나를 기다리고 있었다. 우리는 집 앞에 있는 공원을 걸었다. 겨울 햇살은 힘없이 땅 위에 내려앉았고, 바람은 차고 매서웠다. 공원의 나무들은 잎을 잃은 채 얼어붙은 연못 안을 향하여 힘없이 고개를 떨어뜨리고 있었다. 은애는 그간에 있었던 일을 이야기해 주었다. 나의 맨발의 남자가 뜨기 시작했을 즈음인데 사진학과 선후배들이 회식하는 자리에서 나의 작품이 거론되었다고 했다. 그 작품은 어떤 조건으로 계약한 것인가, 돈은 좀 만졌는가, 그로 인해서 광고 업계에 탄탄한 자리매김을 할 수 있지 않겠는가 하는 이야기들이었다. 그때 은애는 나와 함께 그 비슷한 작품을 본 적이 있었는데, 내가 그런 식으로 소화해서 훌륭하게 변화를 시켰다고 감탄했다는 것이었다. 그러자 그것이 누구 작품이었나, 그는 그 작품에서 과연 동기를 따온 것일까, 하는 의문을 던지는 사람도 있었으나, 우리들의 작업상 해외 사진 작품을 보고 동기를 얻었던 경우도 있던 터라서 자연스럽게 잡담으로 끝이 났다. 그런데 몇 개월이 지나 교수 한 분이 자기를 불러서 나의 맨발의 남자와 비슷한 구도를 가진 사진의 출처를 알고 싶다고 했다는 것이다. 그녀는 별다른 의심 없이 그 사진집을 들고 가서 나의 작품과 구성이 비슷하다는 논평까지 했다는 것이었다. 그러나 나의 취직을 방해한다든가 나의 능력을 평가절하하거나 모함하고 싶은 의도는 전혀 없었다는 설명도 빼놓지 않았다.

나에게 화내지 마. 나의 의도를 의심하지 말아줘. 일이 그런 식으로 전개되리라고는 전혀 예상하지 않았어.

그녀는 나의 취직이 틀어지고 그 원인 제공자가 자신이었다는 사실을 아는 순간 당황하였으며 자신도 모르게 내 앞에 나설 수가 없었다고 했다. 그러나 계속 나를 피할 수는 없었고, 자신의 의도를 나에게 밝혀야만이 자신의 짐을 벗을 수 있을 것 같아서 찾아왔다고 말했다. 이런 빌어먹을! 나는 그 순간 그녀의 맹한 무지에 치를 떨고 있었다. 내가 그 동안 총명하다고 믿어왔던 그녀의 어떤 부분들이 그토록 허망하게 무너져 내리는 것을 지켜볼 수밖에 없었다. 그녀는 지금 내 앞에서 스스로를 꾸짖으며 애절한 탄원을 하고 있었다. 사실상 천성적으로 몰두하기 잘하는 그녀는 주변의 시선을 최대한으로 무시하며 자기 세계에만 집착했을 것이다. 그녀는 자신의 의견이 어떤 파장을 그릴 것이라는 생각은 전혀 없었으리라.

너는 나의 맨발의 남자를 표절이라고 생각하니?

표절이라고 단언할 수는 없지만 동기는 얻었다고 생각해.

무슨 근거로 그렇게 확신을 할 수 있지?

두 작품을 분할해 봐. 삼상한에 남자의 상체가 들어가 있고, 이상한에 타이프라이터가 놓여 있지. 그리고 화면 내에서의 빛의 조절과 원근법도 거의 흡사한 느낌을 주고 있어.

어느 누구건 책상 앞에 앉은 인물을 찍겠다면 가장 안정감 있는 구도가 그거야. 다른 구성비는 불안을 야기하잖아. 그것은 오래전부터 정설로 받아들여지고 있어. 도대체 너는 내 작품 안의 정서와 사진첩 안의 정서에서 차이를 고개를 돌렸다. 마주 내려오며 엇갈리는 에스컬레이터에서 빛이 멀어지고 있다. 아, 일순간에 고통이 내 몸뚱이를 관통하며 온몸의 신경을 차갑게 식혀간다.

그 여자다.

나는 무릎이 떨려오는 것을 주체할 수 없다. 어떻게 해야 할지 모르겠다. 그녀의 눈빛에 명중당한 나의 육체가 허공 속에서 완전히 분해되는 중이라는 생각이 든다. 나는 마지막 순간까지 자신을 노려보는 사람의 눈빛을 실제로 확인해 보지 않으면 안 되는 사람처럼 시선을 그녀에게 고정시키려고 애를 써본다. 그러나 그녀는 에스컬레이터와 함께 그대로 흘러가버린다.

나는 순간 두 개의 구멍이 뿜어내던 그 빛, 즉 그녀의 두 눈이 의심스러워진다. 내가 알고 있었던 바로 그 두 눈이 나를 향해 빛나고 있었다는 것은 순전히 나의 착각인가. 그녀라면 왜 나를 돌아다보지 않았을까?

나는 갑자기 내가 본 것을 믿을 수 없어진다. 스스로가 잠시 어떤 환상에 사로잡혔던 기분이다. 그러나 조금 전에 수천 개의 비늘이 내 몸을 덮었던 느낌이 하도 선명하여서 어떻게 해야 할지 모르겠다. 내 옆에 바짝 붙어 서 있는 희선만 아니라면 어떻게든지 되돌아가서 그녀를 확인하고 싶다. 물론, 확인 이상을 원하는 것은 아무것도 없다. 내가 마치 살인 청부업자의 망원 렌즈에 잡힌 표적처럼 느껴진다. 지금의 느낌으로부터 도망치고 싶다.

나는 사람들에 떠밀려 또다른 에스컬레이터에 옮겨 실려진다. 소리를 죽인 텔레비전의 화면 속에 등장하는 인물처

럼 내면을 박탈당한 사람 같은 착각에 빠진다. 그토록 회
상하기를 기피해 왔던 그녀와의 일들이 백화점 매장 속에
쌓여 있는 물건들처럼 한꺼번에 눈 안으로 들어오는 느낌
이다.

그녀를 마지막 본 것이 벌써 세 해쯤 전인가…….

그 여자의 이름이 가희였던가…….

마치 지금까지 수십 년간을 억제해 온 모든 추억들이 내
가 지금 주위에 보고 있는 모든 것들 사이로 옮겨온 것 같
다. 눈앞에 스치는 상품의 진열대와 줄지어 늘어선 벽의
장식장 속으로 추억들이 들어와 자리를 잡는다. 그것들이
나를 완전히 포위한다.

이미지는 서로 공명과 반사를 불러일으키는 능력을 가진
모양이다. 가희는 돌연 내게 은애를 연상시킨다. 가희와
은애는 전혀 연관되지 않은 세계에 살고 있음에도 불구하
고 나는 왜 항상 두 사람을 동시에 떠올리게 되는 것일까.
가희의 이야기를 하자면 은애를 먼저 말하지 않고는 거의
불가능하다.

은애

은애를 만난 것은 사진학과 대학원을 졸업한 직후였다.
대학원을 졸업하면서도 사진의 포괄적인 개념에 대하여 혼
란을 겪는 중이었다. 시간의 정지를 포착한다는 엄연한 존
재보다는 사실과 사실이 만나 빚어내는 환상 같은 새로운

적막

　내 인생에 있어서 가장 침체했던 시기라고 이름 지었던
나날들. 그러나 사실 따지고 보면 그토록 치욕스러울 것도
없는 나날을 가지고 나는 호들갑스럽게 아픔을 과장하고
피를 철철 흘렸다고 생각하는 것이나 아닌지. 하나 아무튼
그 시기 이후로 나는 한 여자에게 오랫동안 머무르지 않았
다. 닻을 내리려 하여도 불현듯 솟아오르는 어떤 불신감이
나를 다시 거리로 내모는 것이었다.
　나는 지금 아주 작은 일까지도 기억할 수 있다. 은애를
처음 만났던 날짜와 시간, 날씨, 나누었던 이야기와 그때
의 느낌 등, 그리고 그녀에게 함몰해 가면서 느꼈던 나의
괴로운 기억들. 모든 것이 뒤죽박죽이었다. 그녀의 무엇이
나의 산문적인 밋밋한 삶에 그토록 짙은 호소력을 가질 수
있었던지 나는 지금도 이해할 수가 없다.
　이제 모든 것이 끊어져 버리고 말았다. 그토록 빠르게
일자리, 예술적인 성취감, 사랑과 사랑의 추구를 박탈당했
다. 그리고 결국 인생의 진로도 바뀌고 말았다. 마치 밝은
곳에서 어두운 방으로 들어갔을 때처럼 세월이 감에 따라
시야는 점차 밝아오기 시작하리라고 마음을 달래기도 하였
으나, 나는 내 앞에 갑자기 놓여 있는 어두움에 나의 시력
을 도저히 맞출 수가 없었다.
　이제 나에게 남겨진 것은 끝이 보이지 않는 휴지부뿐이
었다. 나는 막연한 시간 속으로 던져졌다. 나는 어떤 것에
도 집착하지 않고, 자신의 미래에 대해서도 무관심으로 일

관하리라고 작정하였다. 나는 항복하고 싶지 않았다. 나는 일종의 오기로써 자신의 끝없는 내적 방어에 골몰하고 있었다.

나는 잠을 제대로 자지도 못하였다. 한낮에도 불면의 독약이 몸에 고스란히 남아 있어서 황량한 지하 도시 속을 정신이 나간 사람처럼 움직였다. 모든 것이 구역질나고 무의미하게 보였다. 깊은 적의를 품고 흘러간 시간들을 응시했다. 나에게는 지나간 사건들을 회상해 볼 수 있는 즐거움이 결코 주어지지 않았다. 과거의 시간을 들추어낼수록 오히려 오래전의 일들에까지 어두운 그림자만 드리우게 되었다. 나의 내면의 방은 굳게 잠겨졌고 어떤 충격에도 열리려고 하지 않았다.

나의 내부에서는 비애가 엄습하고 있었다. 자신의 의지로 선택하였던 모든 것들이 들뜬 동경에 불과했을 뿐, 알고 보면 지금 내가 살고 있는 인생에 있어서 가장 기본적이고도 통상적인 의례를 치른 것뿐이었다는 사실의 깨달음이 나에게 비애를 안겨다주는 것 같았다. 내가 처한 상황이 어떤 예정되어진 운명에 불과할지도 모른다는 깨달음이 던지는 비애이기도 하였다. 자신의 깊숙한 내면 세계에로의 침잠에도 불구하고 손을 내미는 은애에 대한 그리움이 나를 더욱 참담한 비애 속으로 몰아넣었다. 그리고 나는 공포를 느꼈다. 꺼지지 않는 선정적 사랑과, 그 사랑을 외면하므로 해서 얻어지는 저 쓸쓸한 운명으로부터의 공포였다. 나는 내 영혼이 가엾게 떨고 있는 것을 느꼈다.

나는 자신이 이루어내야 할 단 하나의 목표를 설정해야

그즈음 부쩍 나는 사진에 관한 한 자신을 예술가라고 말할 수 있다는 자부심이 내면으로부터 분수처럼 솟아오르는 것을 어쩔 수 없었다. 은애의 말대로 사물의 개념을 축소시켜서 단순한 피사체로 볼 수 있다는 자신감의 발로였을 것이다. 심지어는 눈에 보이지 않는 시간의 연속성까지도 물질에 투사시킬 수 있다는 자신감까지 겹치고 있었다.

그녀를 만나면서부터인지, 혹은 사진에 대한 열정을 느끼면서부터였는지 나는 확실하게 말할 수는 없다. 다만 당시 나는 자신이 인생의 항로를 조정하는 힘을 어렴풋하게나마 움켜쥐고 있다는 생각이 들었다. 가끔 시대나 역사를 들먹이는 동료들과 대화를 하다보면 나를 그토록 매혹시키고 황홀케 하는 세속적인 성공이라는 것이 너무나도 보잘것없다는 생각이 들어서 다소 처량해지기도 하였으나, 그것은 어디까지나 잘 나가는 사람들이 느끼는 감미로운 도취의 상태를 감상적으로 표출하는 것이라고 단정해 버렸다.

그녀를 안 지 얼마 후 나는 곧바로 대학에서 강의를 하게 되었는데, 내가 강사 자리에 애착을 가질 이유는 많이 있었다. 우선 편안하였고, 나의 예술적 기량을 넓히는 공부를 계속하는 데 많은 시간을 제공할 수 있었으며 대학교수라는 평생 직업도 괜찮을 듯싶었다. 모든 것이 잘 돼나가고 있다는 만족감에 도취한 나는 들뜨기 잘하는 어린아이 같았다.

은애에 관해서도 마찬가지였다. 나는 그녀에게서 타고난 조용함과 단순함을 느꼈다. 그녀는 조용히 그리고 집중력을 가지고 일했다. 그녀의 모습은 언제나 깨끗이 정돈된

나의 내면의 방에 들어와 있었다. 그녀는 자신의 일에 꿍
장히 골몰하고 있어서 주위에 대해서는 전혀 신경을 쓰지
아니하고 자신의 내면으로만 파고드는 사람 같았다. 그녀
는 모든 것으로부터 초연하며 높은 곳에서 세상을 내려다
보는 사람 같았다. 그녀의 곁에 있으면 나는 그녀의 파장
에 의해 완전히 조율되는 것 같았다. 나는 그녀를 존경하
고 있다고 느꼈다. 그녀의 마음속에 아무리 작더라도 나의
방을 갖고 싶은 열망에 빠져들었다.

사랑의 발전에 있어서의 일대 전환점이란 어떤 극적인
사건들에 의해 만들어지는 것이 아니고 우습게도 하찮은
것들에 의해 좌우되는 경우가 흔히 있다. 은애에 대한 나
의 사랑에 있어서도 마찬가지다.

나는 첫사랑이 대부분 그러하듯이 어느 사이에 그녀를
여신으로 받들고 있었다. 그녀의 뛰어난 두뇌와 탁월한 감
각이 나로 하여금 그렇게 믿도록 부추겼을 것이다. 거기에
는 그녀가 일류 대학의 사회학과 출신이라는 사실도 한몫
크게 작용하였을 것이다. 그런데 어느 순간 그녀가 드러난
사물 자체만을 보는 것은 그녀 자신의 훈련에 의해서 얻어
진 것이 아니라, 체질적으로 사물의 배후를 볼 수 없는 사
람이라는 사실을 깨달았다. 그녀는 어떤 구체적인 지식을
익혀 예술에 대한 열정에 휩쓸릴 수는 있었지만 내가 상상
했던 대로 뚜렷한 천부적 자질을 타고나지는 않았다.

우리들은 그 당시에 여러 개의 스터디 그룹으로 나뉘어
작품 활동을 하고 공개적인 평가와 토론을 하였다. 그녀는
작품을 처음 대했을 때의 느낌이나, 제작하게 된 동기, 주

민 호프집에서 생맥주 잔을 앞에 놓고 멍하니 앉아 있기도 하였고, 발 디딜 틈도 없이 사람으로 가득 찬 개봉관에서 옥수수 튀김을 입에 넣으며 SF영화를 보기도 하였다. 그래도 시간이 멈추어 있으면 나는 도심에 있는 서점에 들어가서 이 책 저 책을 서가에서 뽑아 들추어보았다.

그여자, 가희

책에는 모든 말의 구조와 철자가 허용하는 일체의 조합이 존재하고 있었다. 책은 각 개인의 의식이 무언가를 가르치거나 인식의 깨달음이 지나가버리기 이전에 그 속에 담은 것이다. 자신의 존재 의의를 구조화시키려는 가장 적극적인 도구가 책으로 나타난다. 그러나 나는 그 모든 행위들이 부질없어 보였다. 과거의 철저한 말살을 위해 떠돌고 있는 나와는 정반대되는 입장이라는 느낌 때문이었다.
그때였다.
무얼 도와드릴까요?
나는 고개를 들어 목소리가 들리는 쪽을 돌아보았다. 왜 이 순간 나는 그 목소리가 〈Can I help you?〉라고 말하고 있다는 느낌을 받았을까. 아마도 사무적이면서도 상냥한 억양에서 서구적인 느낌을 강하게 받은 탓일 것이다. 그러나 어쨌건 나는 의아스러운 눈빛으로 그녀를 쳐다보았다. 아주 짧은 순간이지만 내가 서 있는 그곳이 이국이라는 착각이 일었고 나는 현재 유배지를 떠도는 듯한 느낌이었으며 그녀 또한 이국의 여인 같은 생각이 강하게 들었다. 나는 나도 모르게 서구인의 제스처를 빌리고 있었다. 양손을 벌리고 어깨를 으쓱했다. 이번에는 그녀의 얼굴에 당혹스러운 그림자가 스치는 것을 보았다. 아마도 그녀는 나를 외국인으로 여기고 있음이 분명하였다.

마이너 화이트가 있을까요?

어색한 표정으로 고개를 돌리려는 그녀를 붙들며 내가 물은 말이었다.

그녀의 눈동자가 천천히 확대되고 있었다. 그리고 아주 흐리게 미소가 흘러나왔다. 그러더니 점점 더 확실하게 웃음을 지었다.

한국 분이시죠? 며칠째 한국책만 집는 것을 보았는데 순간 외국 분인 줄 알고 당황했잖아요.

그녀의 말꼬리에는 어리광이 묻어났다. 그것이 말랑하고 부드러운 느낌을 주었다.

누구라고요?

마이너 화이트.

그게 뭐죠?

사진집.

다른 제목은 없나요?

네.

그녀는 다시 건조한 얼굴로 돌아가 있었다. 아무도 없는 서점에서 그녀와 나는 퀴즈 문제 풀이 쇼에라도 나간 사람처럼 숨가쁘게 질문과 답을 주고받았다.

나는 왜 갑자기 마이너 화이트가 생각난 것일까? 표절

려는 것이었다.

여자들은 대부분 정신적인 사랑이야말로 그들이 꿈꾸어 오던 참사랑에 근접한다는 환상에 빠져 있는 경향이 있다. 어떤 의미에서 은애는 여자들이 갖는 요소를 누구보다도 강하게 간직하고 있었다. 나는 그녀의 육체에는 별다른 관심이 없는 사람처럼 행동했다. 자연스럽게 우리는 정신적인 사랑을 나누는 사람들처럼 되어갔다. 그러나 그것은 어떻게 보면 대학 강사였던 나와, 대학원생이었던 은애 사이에서 발생할 수 있는 자연스러운 현상일 수밖에 없는 일이었다.

사실상 그것은 내 쪽에서 보면 일종의 가면에 불과했다. 나는 그녀의 순결성을 지켜주는 것이 나의 진정한 사랑의 표시라고는 생각지 않았기 때문이었다. 우리는 어딘지 모르게 부자연스럽고 인위적이며 지루한 관계를 계속했다.

영혼과 육체 간의 서글픈 불화만 극복할 수 있다면 우리에게는 그다지 문제될 것이 없었다. 우리는 이제 젊지 않았다. 두 사람 다 서른 살을 앞에 두고 있었다. 사회적으로건 개인적으로건 무언가 획을 그어야 할 단계라는 것을 우리 두 사람은 물론 잘 알고 있었다. 우리는 모든 청춘들이 자연스럽게 귀결되는 결혼이라는 형식 속으로 들어서기만 하면 일시에 해결될 문제를 고통 속에서 이리저리 살펴보는 중이었다.

상업과 예술

그때 학교에서는 전임 강사 자리가 거론되고 있었다. 페
미니즘 운동가들은 인정하고 싶지 않겠지마는 어쩔 수 없
이 우리 사회는 남성들에게 유리하게 되어 있다. 전임 강
사 자리는 은애보다도 나에게 유리한 것이었다. 외국 유학
파인 타교 출신 남자와 내가 경합을 벌이고 있다는 소식이
주변에 깔렸다. 아무래도 내가 낙점될 것이라는 예상이 나
돌았다. 심지어는 의례적인 심사 과정을 거치는 것뿐이라
는 소문도 들려왔다.

나도 내가 유력할 것이라는 소문이 도는 것에 대한 어떤
믿음이 있었다. 공교롭게도 그즈음 상업 광고 사진을 몇
장 제작했는데 그중 한 장이 엄청난 인기를 얻는 중이었
다. 대학 사회마저 상업주의에 편승하여 유명세에 민감하
다는 것은 어떻게 보면 천박하기 그지없으나 그것도 일종
의 시대 조류라고 보아야 할 것이다. 나의 작품이 매일 아
침 일간지 전면을 뒤덮으며 부각되는 것은 아무튼 나로 하
여금 우쭐한 기분이 들게 하였다. 허름한 남방 셔츠와 맨
발인 작가가 낡은 책상 앞에서 워드 프로세서를 응시하고
있는 사진이었다. 어딘지 품위 있는 느낌이 고급 독자들의
취향에 맞는 듯했다. 어쨌든 그 작품의 히트는 나의 취직
경합에 영향력을 발휘하였다.

그러나 뜻밖에도 결과는 내가 아니었다. 무엇이 잘못되
었는지 믿을 수가 없었다. 나는 비참하였다. 그 이유를 알
지 않고는 나의 내면에서 울려오고 있는 야유의 소리를 잠

야 한다고 작정한다.

왜 내 귀에만 들리는 것일까?

그 순간 나는 그 여자를 떠올렸다.

며칠 전, 백화점의 에스컬레이터를 오르다가 잠시 스치며 비켜갔던 여자의 모습이 떠오른 것은. 그녀가 불붙은 불꽃놀이 화약의 뇌관 끝처럼 파란 불꽃을 일으키며 내게 다가온다.

그래. 아마도 그 여자를 보았기 때문일 거야.

희선

그날 하루 종일 나는 희선을 카메라에 담고 있었다. 렌즈에 희선을 담으면서 맨 처음 떠오른 느낌은 드문 미인이라는 것이었다. 큰 눈, 아주 조금 들린 듯한 코가 오히려 상큼하고 천진했다. 손가락을 긴 머리카락 속에 집어넣어 쓸어내리는 모습은 지극히 우아하고 섹시했다.

물 속에서도 지워지지 않는 여름용 케이크 파운데이션 광고 사진을 찍는 중이었다. 흰색 수영복을 입고 물 속에서 솟아올라 당당하게 걸어 나오는 장면이다. 사내아이처럼 밋밋한 그녀의 가슴선이 나의 시선을 강하게 끌었다. 단단한 어깨선과 근육이 움직이는 허벅지를 렌즈에 담으며 나는 갑자기 팽창하는 성기로 인한 아랫배의 동통에 아찔해졌다.

우리는 하루 종일 작업을 계속했다. 옷을 갈아보고, 배경을 바꾸기도 하고, 각기 다른 소도구들을 등장시켜 본다. 희선은 쉽게 지치지 않았다. 제법 근성이 있어 보인다. 나는 희선의 근성에 호감을 갖는다. 두터운 화장 위로 미처 솟지 못했던 땀이 그녀의 귓불을 타고 목으로 흘러내린다. 그쯤 되면 간지러워서 표정이 움직일 텐데 그녀는 인형 같은 미소를 계속 짓고 있다.

이 여자와 함께 작고 어두운 방에 눕고 싶다…….

어느 순간부턴가 나는 머릿속에 이 생각을 떠올리고 있었다.

나는 그녀에게 나의 저녁 시간이 비어 있다는 암시를 은근히 비친다. 그렇다고 아무리 그녀에게 관심을 지녔더라도 결코 내가 먼저 저녁 식사를 하자고 제의하지 않는다. 나는 기다리는 데 익숙하다. 여자들이 자신의 관심을 나에게 표시할 때까지 기다리는 데 매우 익숙하다.

가끔 나는 내가 호기심을 품었던 여자와 막상 호젓이 만나서 식사를 하고 이야기를 나누다보면, 지금까지 여자에게서 느꼈던 이미지와 그림자가 엇갈리기 시작하면서 호기심은커녕 성욕까지도 사라져버리는 경험을 여러 번 겪은 탓이다. 역시 이성과의 관계란 의도대로 다 되어지는 것이 아니다. 비록 짧은 만남이라 할지라도 같은 빛깔의 정서를 공유하지 않고서는 시간을 함께한다는 것이 고역일 뿐이다.

촬영이 거의 끝나갈 즈음, 드디어 희선이 말한다. 배고픈데 함께 저녁 먹으러 가도 되느냐고. 혼자 하는 식사는 별로라고.

그녀는 뜻밖에 작은 목소리로 웅얼거리듯 말한다. 선명

되었다. 자폭하는 심정으로 자신을 내던질 수 있는 사람들
만이 가질 수 있는 그 눈빛을 나는 오랫동안 잊지 못했다.
그 눈빛을 어떻게든지 사진에 담고 싶었다.
 적어도 나는 맨발의 남자를 찍은 작품 속에 그 공허를
담았다고 생각했다. 학문이건 예술이건 어떤 경지를 터득
하기 위한 열망으로 몸부림치던 사람이 한걸음 한걸음 깊
은 심연에 가까이 접근하고 있는데, 그것이 아득히 먼 고
대에서부터 전해지는 동일한 경험일 뿐이라는 사실을 문득
깨닫게 된 사람의 눈빛을 포착해 내고 싶었다. 그런 나의
열정이 표절이라니. 한마디로 어처구니없을 뿐이었다. 구
도와 표현 매체가 비슷하다는 이유만으로 표절 여부를 들
먹이는 은애의 감성에 대해서는 더 이상 따지고 싶지도 않
았다.

실연

 그후, 나의 세계는 산산이 부서져 버렸다. 나는 폐허 속
에 버려진 자신의 초라한 모습을 발견하였다. 은애와 함께
하였던 그 오랜 세월이 나의 마음을 아프게 하였다. 특히
폐허 속에 유기되어 있는 자신의 모습을 남처럼 지켜보며
시간을 견디어야 하는 고통은 비참 그 자체였다. 내 마음
속에 남아 있는 은애에 대한 일말의 의구심이 나의 마음을
아프게 하였고 내 자신을 짓누르고 있었다.
 나의 머리는 은애에 대한 이 생각 저 생각으로 회전 목

마처럼 빙글빙글 돌고 있었다. 그녀는 나에 대하여 어떤 생각, 어떤 감정을 품고 있었을까. 나의 끊임없는 욕망을 그녀는 뚜렷이 느끼고 있었을 것이다. 한사코 육체적 관계를 외면해 오던 그녀의 태도를 처녀로서의 당연한 수줍음이나 권리라고 여기었던 자신이 돌연 어리석은 것처럼 느껴졌다. 그녀가 나를 사랑하였다면 그토록 오랫동안 나로 하여금 욕망에 떨게 하지는 않았으리라는 의구심이 일었다. 나는 스스로에 대한 당혹감과 혐오는 물론이고 그녀의 처사까지도 매정하게 느껴져서 한없이 서글프기만 하였다. 그러나 더욱 슬픈 것은 그럼에도 불구하고 아직도 강력하게 그녀를 그리워하고 원하는 나의 육체적 욕구는 꺼질 줄 모른다는 사실이었다.

밤이 이슥하도록 이리저리 뒤척이면서 잠을 이루지 못하는 시간이 늘어만 갔다. 아침이면 조소와 조롱이 뒤섞여서 어둠을 밀어내고 찾아드는 것이었다. 나는 내가 뭔가 손을 쓰기도 전에 부당한 대우를 받았다는 생각 때문에 현기증이 일었다. 그러나 나의 자존심과 감수성은 그녀에게 어느 것에 대해서도 물어보는 것을 용서하지 않았다. 나는 시간을 견디고 있을 뿐이었다. 시간이 흘러감에 따라 그 모든 고통은 한 토막의 에피소드로 서서히 떠올랐다. 나의 세계는 산산이 부서져 버렸기 때문에 어느 무엇에도 속하지 않았다. 나는 모든 것이 잊혀지기를 간절하게 바라고 있는 자신을 깨달았다. 사진. 은애. 사랑. 성공.

나는 은애를 피했다. 학교에도 되도록이면 나가지 않았다. 때는 마침 겨울 방학이었고, 잦은 감기를 핑계로 작품

어디에······」는 누가 듣고 있어도 회상하기를 기피해 왔던 슬픈 과거의 사실 속으로 자신을 인도하는 듯한 느낌을 받을 것이다. 그러나 나는 이러한 일반적인 사실들은 무시해 버린다. 참으로 오랜만에 맛보는 슬픔이기 때문이다.

나는 나의 이러한 속마음을 희선에게 어떻게든 전달하고 싶다. 오페라 전곡을 그녀에게 들려줄 수 있다면.

나는 무언가에 들뜬 기분으로 가까운 백화점을 찾아 자동차의 방향을 바꾼다.

백화점, 에스컬레이터

우리는 지하에서 에스컬레이터에 오른다. 주차 안내원이 지하 주차장으로 자동차를 계속 내려보낼 때, 이미 복잡하리라고 짐작한다. 하지만 평일에 기껏 복잡해 보았자 별거 아닐 거라고 우리는 서로를 안심시킨다.

1층에 올라온 우리는 짐작보다 훨씬 복잡한 인파를 만난다.

나는 희선을 바라본다. 그녀의 눈을 붙들고 인파를 뚫고 5층까지 에스컬레이터를 타고 올라가서 CD를 사도 되겠느냐는 뜻이 담긴 눈빛을 보낸다. 그녀는 사진 촬영을 할 때처럼 소리내지 않고 눈과 입으로만 매혹적인 미소를 흘리고 있다.

그녀를 잘 알지 못하는 나는, 그녀가 마음속으로 무슨 생각을 하고 있는지 알아차릴 수가 없다. 다만 그녀의 성격이 쉽게 속마음을 드러내놓는 편이 아니라는 것만 짐작할 뿐이다.

복잡한 매장 속에서 이리저리 떠밀리는 것은 싫지만. 그러나 어떤 의미에서 시장 바닥을 헤치고 줄을 서서 원하는 것을 찾아다니는 이것이야말로 현실적인 의미의 세속이 아닌가.

한때의 나는 세속적인 삶의 틀을 벗어나는 것만이 인간의 삶이라고 굳게 믿었다. 세속의 삶은 식물의 삶이며, 권태이며, 패배라고 믿었다. 나는 사회적으로 안정된 직장이나, 안락한 자동차, 부드러운 모직 양복 같은 것을 추구하는 사람들을 마음속으로 은근히 혐오하였다. 내가 원하는 것은 정신 세계의 어떤 욕구를 성취하기 위해 학문 안에 안주하는 것이었다. 하다못해 전문적인 분야에서 인정을 받으려는 강한 집착까지도 세속적인 삶이라고 생각했다. 그런 비물질적 삶에의 희구가 나의 빡빡한 사고를 한층 더 당당하게 만들었던 것 같다.

그러나 차라리 물질을 소유하는 것이 오히려 단순하고 명쾌하다는 사실을 나는 근래에 깨닫게 되었다. 자신의 내면 안에서 성취되어졌다고 여겨지는 예술적 행위라는 것의 모호함을 이제 나는 확실히 인정하고 있다. 그런 의미에서 백화점에서의 줄서기가 가장 명확한 의미의 세속이라는 생각이 들자 혼자서 비죽이 자조적인 웃음을 흘리는 순간이었다.

나는 아주 짧은 순간 날카로운 섬광 속으로 빠져들어 간 느낌이다. 수천 개의 은빛 비늘이 나의 몸을 일순간 덮어 버리는 것 같다. 나는 본능적으로 빛이 날아오는 방향으로 느끼니?

지금 정서를 운운할 때가 아니야. 너는 이미 구성상으로 표절이라는 판결을 받은 사람이야. 네가 당당하려면 애초에 그런 실마리 같은 건 남기지 말았어야 해. 나는 사진집을 제공한 것 이외에는 잘못이 없어. 그러나 나는 네가 의도적으로 표절했으리라고는 믿지 않는 사람 중의 하나야.

그녀는 지금 내가 표절했다고 믿기 때문에 나를 찾아온 것이다. 모든 사람들이 나를 비열한 놈이라고 욕하고 나의 도덕성을 매도하기 때문에 그토록 번민하다가 나를 만나러 왔다. 마치 곤경에 빠진 사람을 그대로 둔다는 것은 자신이 잔인하고 도덕적으로 용납할 수 없기 때문에 사랑의 이름을 걸고 내 앞에 나타난 것이었다. 이제 난 그녀에게 내 잘못을 인정하고 속죄하며 그녀에게 구원을 청하기만 하면 나는 그녀의 진정한 사랑을 얻을 수 있을 것이다. 어쩌면 내가 그토록 갈구했던 그녀의 육체 속으로 들어가는 것도 허락받을 수 있으리라.

너의 재능은 탁월해. 너는 네 자신의 상상력만으로도 훌륭한 작품을 반드시 빚어낼 수 있을 거야.

나는 그 순간 은애에 대한 나의 사랑이 구체적인 물질로서 형상화되어 밝은 빛으로 나타나는 것을 보았다. 허공에 손을 내밀면 빛은 내 손 안에 들어올 것이다. 그토록 갈구하던 은애의 사랑이 지금 내 앞에 있다. 그러나 나는 이 사랑을 얻기 위하여 표절이라는 자인을 대가로 치르어야 한다. 그러나 나는 치를 수 없었다. 왜냐하면 나는 그날 밤 보았던 남루한 사내의 공허한 눈빛을 잊을 수 없기 때

문이었다. 모든 것을 잃는 한이 있더라도 삶을 던져버릴
만큼 간절한 사람들이 뿜어내는 그 눈빛을 나는 포기할 수
없기 때문이었다.

표절이 아니야. 너는 그 공허감을 아니?

우리는 말없이 서로를 바라보았다. 빨리 저무는 겨울 해
가 조화를 이루지 못하고 기묘한 모습으로 고아들처럼 서
있는 우리의 그림자를 길게 늘이고 있었다. 나는 황량한
공원을 바라보았다. 은애가 몸을 돌려 걷기 시작했다. 나
는 그 자리에 가만히 서서 나로부터 멀어져 가는 내 젊은
날을 바라보고 있었다. 금방이라도 뒤쫓아가서 그녀를 세
우고 싶은 마음을 간신히 누르느라고 주먹을 꼭 쥐고 어금
니를 물었다.

만약에 사람들이 혼신을 다하여 귀를 기울이고 있으면
미래에 대한 예언 같은 것을 들을 수 있다면, 아마도 우리
의 인생은 꽤나 합리적으로 운용되었을 것이다. 혹은 〈지
성이면 감천〉이라는 속담대로만 이 세상이 움직인다는 보
장만 되어 있었더라도 삶은 한결 단순해졌을 것이다. 무엇
하나도 등기 우편처럼 확실하게 오는 것이 없는 세상을, 나
는 신화를 찾아나선 사람처럼 항상 막연한 기대를 가슴에
품은 채, 어떠한 예언을 기다리고 있었다. 나는 무성한 가
정 속에서 증명된 것 〈하나〉를 찾기 위하여 헤매었다. 그 겨
울은 오직 은애와의 헤어짐만을 확실하게 남기고 흘러갔다.

영역이 실재하리라는 막연한 자신의 산술에 사로잡혀 있었다. 사물의 정밀성을 가지고 회화의 환상을 도출할 수 없었던 나는 마음속에 몇 개의 어렴풋한 개념의 편린들을 앞날에 대한 화두로 끌어안고 살고 있을 때였다.

당시 나는 선배의 건축 공사장 사무실에 나가서 현장 사진 찍는 일을 거들고 있었다. 건물을 짓고, 공사를 끝내면 나는 그 동안의 작업 과정을 일일히 사진에 담았다. 그때 나는 홀연히 나타난 사진 한 장에 완전히 매료되었다. 그것은 미처 치우지 못한 건축 공사장의 쓰레기더미 사이로 우리가 완공한 주택을 아득히 멀리 잡은 것이었다. 나는 그 사진을 대하는 순간 짙은 감동을 맛보았다. 어떤 목가적인 분위기를 표현한 것도 아니었는데 사진에서 보이는 집은 인간들이 추구해 마지않던 가장 안락한 공간이라는 느낌을 강하게 던져주었다. 사무실에서는 일이 끝나면 의례적인 회식이 있었다. 나는 그 자리에서 그 사진을 찍은 은애를 만나게 되었다.

그녀는 다른 대학의 사회학과를 졸업하고 나서 사진학과 대학원에 진학한 후배였다. 선배 대접을 깍듯이 하느라고 그랬던지 그녀는 내가 건네는 술잔을 마다하지 않고 거뜬히 받아넘겼다. 그러곤 내가 무슨 말을 할 때면 눈을 맞부딪치며 고개를 끄덕인다든가 눈을 깜박거리는 것으로 자신이 지금 주의 깊게 내 말을 듣고 있다는 표시를 했다. 군데군데 내가 지루하거나 혹은 나 자신만이 떠들고 있다는 느낌을 주지 않으려는 배려가 역력히 배어 있는 태도로 간간히 그녀는 사진에 관한 자신의 견해나 혹은 작업 경험을 말하는 것이었다.

사진을 〈찍는〉 그녀는 모든 사물을 축소시켜서 단순한 하나의 피사체로 본다고 말했다. 사물의 이미지나 그것이 풍기는 미는 사진기를 잡은 인간의 마음에 의해 각색이 되어서, 감성이 윤색되는 경우가 허다하므로 사물의 단순화라는 것은 생각보다 힘이 든 〈도의 경지〉라고 표현했다. 사실과 사실이 무수히 얽혀서 뒤섞인 화면에는 하나의 새로운 전설이 경이적으로 나타나기도 한다는 그녀의 작업을 이야기하는 은애가 사실상 나에게는 하나의 새로운 전설로 대체되는 순간이었다.

이집트의 상형 문자들을 해독할 수 없는 사람들에게는 그것이 단순하게 환상적인 그림으로 파악되듯이 나에겐 은애의 모든 것이 아름답게 비쳤다. 그 동안 내가 공부했던 〈사실도〉와 현실 계산만이 필수라고 여겼던 사진에 대한 나의 개념은 갑자기 물이 스며드는 구명 보트처럼 불확실한 공간이 돼버리고 말았다. 나는 지금까지 나의 마음을 혼란으로 떠들썩하게 만들곤 했던 모든 불투명한 상황이 〈사진기〉 앞에서 확실하게 단순화되어서 나타나는 것을 본 듯하였다.

나는 작업을 하러 은애를 따라 나서기 시작했다. 그녀는 다른 학과를 전공했다는 불리한 조건을 극복하느라고 그러는지 정력적으로 작업에 대들었다. 그녀와 작업을 함께하는 것이 행복했던지, 아니면 작업이 좋아서 그랬던지 아무튼 나는 사진을 찍으러 다니는 것이 그토록 행복하게 느껴지기는 처음이었다.

한다는 사실을 점차 깨닫기 시작하였다. 나를 에워싸고 있는 이 불투명한 현실을 어떻게 해서건 박차고 떠나는 것이었다. 어떠한 사실도 현재의 나에게는 위안이 되지 못하였다. 나는 이 상황으로부터 벗어나기 위하여 지속적으로 노력해야 한다고 깨달았다.

바다가 있는 남쪽의 도시

우선 서울을 떠나기로 했다. 마침 멀리 떨어져 있는 남쪽의 항구 도시에 있는 전문 대학에서 시간 강사를 구하고 있었다. 떠나는 것이 우선이었던 나는 작은 가방을 꾸려서 기차를 탔다.

학교는 시외곽 변두리가 끝없이 펼쳐지는 곳에 있었다. 바다는 보이지 않고 벌판과 폐차장이, 논밭과 쓰레기 더미와 아파트가 황량한 벌판의 먼지를 고스란히 맞으면서 학교와 기묘한 대조를 이루며 서 있었다. 벌판에 서 있는 고층 아파트 두 동은 미묘한 부조화로 나의 시선을 끌었다. 나는 강의가 없는 대부분의 시간을 벌판의 자욱한 먼지 속을 헤매고 있었다. 벌판 한가운데 있는 아파트의 모퉁이에는 커다란 느티나무가 한 그루 서 있었다. 나무는 주위 환경과는 너무 어울리지 않아 마치 외톨이 방랑자처럼 보였는데, 그 외톨이처럼 어울리지 않는 모습이 주위의 경관과 닮은꼴이라는 사실을 발견하는 순간 나는 괜히 흐뭇한 느낌에 빠져들었다. 그것은 어떤 의미에서 서울을 떠나 떠도는 나 자신의 이미지와 비슷하다는 느낌 때문이었다. 나는 폐차장이나 쓰레기 하치장이 이곳에 속하지 않았던 것처럼 나 또한 이곳에 속하지 않으며, 학교의 시멘트 건물이나 아파트가 이곳에 속하지 않았던 것처럼 나 또한 이곳에 속하지 않는다는 사실이 나에게 깊은 위안을 주었다.

차츰 나는 내 인생이 출구를 잃어버렸다는 사실에 익숙하게 되었다. 실제로 피할 수 없는 현재의 나를 받아들이는 길 이외에는 아무런 방법이 없다는 사실에 차츰 익숙하게 되었다.

먼저 금의환향이라는 콤플렉스에서 빠져나오도록 노력하지 않으면 안 되었다. 팔 하나를 잃은 검객이 산 속에 숨어서 검의 도를 깨친 후에 과거의 적을 단죄하러 나타난다는 「돌아온 외팔이」 검객의 이야기처럼 나 자신이 불후의 명작을 들고 혜성처럼 입성한다는 환상을 우선 버려야 했다.

나는 자신을 증오로부터 해방시켜야 한다는 사실을 깨달았다. 하나 사람들은 자신 스스로의 힘으로 내면의 증오를 희석시키거나 무로 만들 수가 없는 것이다. 결국 자신의 보잘것없는 제한된 힘을 의식하면서 스스로의 노여움을 조금이라도 덜어보려고 생각했지만 나는 내 마음을 짓누르는 그 무게를 결코 잊지 못했다.

평범하고 단조로운 일상 속에서 시간은 흘러갔다. 나의 내면에서 울려오는 울음소리도 지쳐서 잦아드는 중이었고 여름이 시작되고 있었다. 나의 어깨에는 가끔씩 카메라 가방이 다시 걸렸다. 어느 때는 벌판이 아닌 소도시의 시가지 쪽으로 발걸음을 옮기기도 하였다. 조잡한 장식으로 꾸제 의식 같은 것에는 별로 개의하지 않았다. 그녀는 테크닉을 지나칠 정도로 중요시하였다. 물론 사진에 있어서는 그녀 말대로 테크닉이 전부 다일지 모른다. 그러나 그 바탕에 휴머니즘이 깃들이지 않고는 어떤 예술적 행위도 감동이 없다는 것은 자명한 일이다. 그러나 은애는 테크닉을 뛰어넘는 감동의 참맛을 설명하라고 떼를 쓰는 어린아이 같은 수준이었다. 그렇다고 그녀에 대한 나의 관심이 사라진 것은 결코 아니다. 오히려 홀가분해졌다고나 할까. 나는 그녀로부터 여신의 옷자락을 서서히 흔들어 벗기기 시작하였다. 그리고 얼마 가지 않아서 나는 그녀가 여신의 느낌으로부터 조그마하게 갈라지는 작은 틈을 느끼기 시작했다. 나의 가슴속은 들끓는 애정으로 가득 찼다. 그리고 머릿속은 텅 비어버렸다.

정신적 사랑

한창 젊은 젊은이의 사랑은 심리적인 면과 생리적인 요소가 상당히 미묘하게 작용한다는 것은 분명하다. 나는 그 복잡한 유기적인 관계를 설명으로써 풀어나갈 수 있을지 모르겠다.

정신 속에서 여신처럼 은애를 우러르고 있다보면, 어느 사이에 은애는 생리적 대상으로 옮겨져 있었다. 나는 꿈 속에서 그녀를 차지하려고 갖은 애를 썼고, 그녀와의 정사를 안타깝게 고대했다. 많은 밤을 속옷을 적시는 몽정에 시달렸다는 사실을 털어놓아야겠다. 나의 넘치는 욕정은 그래보았자 현실 속에서 키스, 애무 정도밖에 도달하지 못했다. 하지만 나는 그녀를 만날 때마다 마지막 선까지 가고 싶은 생각밖에 없었다.

나는 그녀를 만날 때마다 거의 매일같이 간절하고 애절한 마음으로 그녀의 육체를 갈망하였다. 나는 내 인생에서 최초로 한 여자에 대한 성적 갈망이 그토록 완강하고 거세며 오랜 시간을 두고 갈 수 있다는 사실을 경험하였다. 그 갈망 속에 모든 것이 포함되어 있었다. 육체와 영혼, 순간적인 환희와 영원한 소유에 대한 열정, 정념과 순수한 사랑이 고루 희석되어서 말이다.

아마도 수영을 배우려고 물 속에 처음 들어간 느낌이 이와 흡사했을까? 나 자신의 열정이 두려웠다. 그러나 어찌나 혼자서만 그토록 질긴 성적 갈망에 시달릴 수 있었겠는가 하는 의문이 요즈음 들기 시작한다. 어쩌면 은애는 내 앞에서 마음껏 그녀의 관능을 흩트리고 있었을지도 모르겠다. 그때까지 나는 그녀를 존경하느라고 그녀가 가진 관능적 요소들을 일부러 무시해 오고 있었을지도 몰랐다. 그 관능의 부정에 대해 나는 너무나도 익숙해 있었기 때문에 그런 관능이 그녀에게 있는지조차 몰랐을 것이다. 그래서 실제로 우리 사이에 무언가 결여된 것이 있다는 사실조차도 눈치 채지 못했던 것이다. 그후 나는 그녀를 여신으로부터 끌어내려 여인의 자리에 세우자마자 끝없는 성적 갈망에 시달리기 시작했다. 그러나 내가 실제로 그녀에게 행동한 것은 어리석기 짝이 없는 방법으로 그녀를 감동시키시비 이후로 사진집 같은 건 죽을 때까지 들여다보고 싶지 않을 줄 알았는데. 어쩌면 저 벌판을 헤매면서 나는 마이너 화이트의 사진 한 장을 떠올렸는지도 모르겠다. 햇볕이 강렬하게 내리쬐는 대낮의 가로수 길을 찍은 것이었다. 역광을 최대한 이용하여 흑백을 강하게 대비시킨 장면에서 가로수들은 잎새 하나하나가 아우성을 내지르고 있는 듯하였다. 그 소리가 하도 강하고 처절하게 느껴져서 나도 모르게 고개를 돌리고 말았다. 그런데 지금 느닷없이 그 사진이 보고 싶었다. 그가 찍은 고드름, 그가 찍은 바윗돌, 그가 찍은 사물들을 보고 싶었다. 그가 표현하고자 했던 추상성들을 지금이라면 확실하게 이해할 수 있을 것 같은 느낌이 들었다.

그녀는 나에게 어디에서 살며, 무엇을 하며, 책방에는 왜 자주 오는지에 대해 자연스럽게 물었다. 나는 아무런 거북스러운 느낌도 없이 이 도시의 유일한 전문 대학에 시간 강사로 나가고 있으며, 사진학을 하고 있지만 요즈음은 거의 카메라를 잡고 있지 않으며, 그다지 하는 일 없이 벌판을 헤매고 다니다가, 그것도 시들해져서 서점에 왔을 거라고 말했다. 나는 그녀와 말을 하는 도중에 내가 그동안 얼마나 자주 서점에 들렀으며, 얼마나 긴 시간을 책들 사이에 서 있었는가를 확인했다. 그녀는 혼자 다니는 것이 좋으냐고 물었다. 나는 인생이 울적해서 혼자 다니는 것이 더 좋은 모양이라고 대답했다. 그녀는 고개를 천천히 끄덕였다. 수수하면서도 평범한 그녀의 얼굴이 내 말을 골똘히 새겨듣는 모습을 나는 카메라 렌즈를 조절하듯 찬찬히 뜯

어보았다. 아무때건 부담 갖지 말고 서점에 들르라는 그녀
의 말을 뒤로 하며 서점을 나설 때 나는 우리들이 굉장히
친밀한 사이라는 생각이 들었다.

　나는 여전히 추억을 짓밟으며 자신을 괴롭히는 중이었
다. 은애를 향해 던졌던 나의 삶은 거짓으로 더럽혀지지
않은 순수한 진실이었다. 그러나 은애는 나에게서 모든 것
을 빼앗아가 버렸다. 나는 여전히 잠을 제대로 이루지 못
하고 어둠 속에서 낮아지는 천장을 향해 두 눈을 부릅뜨고
허공을 응시하고 있었다. 때때로 나의 밤은 후회와, 추억
과 뼈 아픈 회한으로 채워져 흘렀다. 그러나 마침내 과거
를 응시하던 나는 은애와 보냈던 아름다운 장면들을 잠시
돌이켜보고는 마음을 고쳐먹었다. 은애가 나에게서 모든
것을 빼앗아간 것이 아니라, 오히려 반대로 어느 누구보다
많은 것을 나에게 주었었다. 은애 또한 진실을 나에게 준
것이다. 어떠한 것도 지나간 과거의 시간에 존재했었던 사
실들을 부정할 수는 없었다. 그것은 비록 흘러가 버렸고
다시 현재로 이어질 수는 없다고 할지라도 사랑의 신화 속
에서는 그대로 남아 있는 것이다. 흘러간 시간에 대한 울
적한 심사가 전신을 엄습했다. 이는 단순히 과거의 시간이
헛되고 부질없어서가 아니라 부질없다고 느끼고 있는 스스
로의 행동이 부질없다는 생각 때문에 한없이 씁쓸했다.

　다시 나는 걷잡을 수 없이 우울한 기분에 휩싸이기 시작
했다. 이젠 벌판을 헤매이는 일조차 나에게 어떤 위안도
되지 못하였다. 학교는 여름 방학으로 문을 닫았고, 날씨
는 연일 폭염을 퍼붓고 있었다. 나는 작은 방안의 맨바닥

에 등을 대고 죽은 사람처럼 가만히 누워 지냈다. 가만히 있을 뿐인데도 흘러내린 땀이 썩어가는 시체의 주위에 고이는 물처럼 흥건하였다. 가끔씩 하숙집 주인 할머니만 의아한 눈빛으로 방문을 열어보았다.

절망에서 빠져나오게 하는 것은 과연 시간뿐이었을까. 나는 시간의 알몸과 정면으로 대치해 있었다. 시간의 순수한 무게에 짓눌려 있었다. 어떤 순간에는 시간조차도 나를 구원하지 못하리라는 생각이 들었다. 그것은 엄청난 공포심을 몰고 왔다. 나는 가능한 한, 시간의 흘러간 부분을 재단사가 옷감을 자르듯이 가위로 싹둑싹둑 잘라내고 있었다.

학교가 시작되었다. 내게 있어서 유일한 외부 세계와의 끈이 학교였다. 나는 한바탕 중병을 치른 사람이 오랜만에 외출을 하면 바깥 세상이 근사하고 새로운 기분을 자아낼 것이라고 기대했지만 나들이는 색다른 느낌을 주지 않았다. 다만 억지로 삶의 관성에 휩쓸려 마지못한 듯이 살아가는 나의 처지만 확인하면서 쓸쓸해졌다. 오랜만에 강사실에 들어가자, 조교가 유난히도 반가이 나를 맞이하면서 전화번호가 적힌 메모지를 주었다. 거기에는 〈마이너 화이트와 유가희〉라고 씌어 있었다. 나는 잠시 어리둥절했다. 유가희 씨라는 분께서 마이너 화이트를 구해 놓았으니 서점에 들러달라는 메모를 남겼다는 조교의 설명을 듣고서야 즉각 그녀를 기억해 냈다. 동시에 그녀가 부담 갖지 말고 서점에 들르라고 말했을 때 나 자신이 그녀를 친밀하게 느꼈던 느낌도 생생히 떠올랐다.

아, 이 도시에 그녀가 있었구나.

　나는 한참 동안 그 메모지를 손에 들고 바라보았다. 몇 달 간의 항해를 마치고 임시 기항한 항구의 단골 카페에서 누군가 당신을 찾는 사람이 있다는 연락을 받은 듯한 기분이었다. 문득 그녀를 두고 나 혼자서 이 도시의 시간과 맞서 있었던 자신을 책망이라도 할 것만 같았다. 나는 잠시 전화기를 바라보았다.

　어둠이 천천히 도시 위로 깔렸고 나는 한동안 머뭇거리다가 마침내 서점의 문을 밀었다. 서점은 사람들로 제법 붐볐다. 나는 빠르게 눈을 움직여 카운터 쪽에서 그녀를 찾았다. 계산대 앞에는 젊은 아가씨가 어떤 남학생의 책을 포장하고 있었다. 나는 돌아가버릴까 하고 생각했다. 카운터에 있는 아가씨에게 그녀를 어떻게 설명해야 할지 모르는 기분이 들어서였다. 그러나 나는 서가 사이로 천천히 발걸음을 떼어 활자의 물결 속으로 걸어 들어갔다.

　얼마나 그렇게 서가에 서 있었을까.

　한 선생님 오셨어요?

　나는 그녀의 목소리에 끌려 현실로 걸어 나왔다. 그것은 오랜 세월을 고적하게 지낸 사람이 냉혹한 무관심으로부터 깨어나 끌려 나오는 것 같은 느낌이었다. 여름 해가 길게 그림자를 끌며 넘어가는 동안 가끔씩 방문 앞에서 선생니임, 방에 계세요 하고 기척을 내던 하숙집 할머니의 부름 말고는 꼼짝도 하지 않았던 세상에 대한 무관심이 그녀의 음성에서 갈라져 버리는 중이었다.

　방학엔 서울에 계셨겠지요. 어쩌면 이미 마이너 화이트를 구하셨을지 모르겠다고 생각은 했지만…… 아무튼 책이

왔으니까 연락을 드렸어요. 어떻게 한 선생님을 찾았는지 궁금하지도 않으세요. 제가 생각해도 제 머리가 잘 돌아가는 것 같아요. 학교에 전화를 걸어서 선생님을 찾아낼 생각을 다 하다니…… 하긴 사진학과가 있는 대학이라면 이 도시에선 거기뿐이니까 그런 발상을 낼 수 있었겠지요. 사진학과에 전화를 걸어서 마르고 날카로운 인상의 선생님을 찾고 있다고 했어요. 그랬더니 전화를 받는 사람 말이 사진학과 선생님들은 다 날카롭고 마르셨는데요라고 하지 않겠어요.

이야기 중간중간에 그녀의 맑은 웃음소리가 책갈피 사이에 끼워두웠던 마른 꽃잎들이 팔랑이며 흘러내리듯 허공에 울렸다.

그래서 제 말이 내가 찾고 있는 그 선생님은 어딘지 우울한 분위기를 던지고 있다. 키도 크고 세련된 매너 때문에 독특한 분이다. 이렇게 말을 했더니 전화를 거시는 분께서 우리 선생님한테 상당히 반하신 것 같군요, 저희 학교에 그런 분은 한우진 선생님뿐이에요, 이러더군요.

그녀는 결국 나로부터 격렬한 웃음까지 토하게 만들었다. 나는 나의 웃음소리를 들으면서 그것이 전혀 나의 것처럼 생각되지 않았다. 얼마만에 내 몸 안의 성대가 떨림판을 울렸는지 기억조차도 없었다. 나는 너무나 노골적인 그녀의 부추김을 어떻게 해석해야 할지 몰랐다. 나는 갑자기 내가 위안과 연민을 찾아 이 자리에 와 있는 듯한 생각이 들었다.

아, 말도 안 돼요. 내가 그렇게 멋있는 사람이라니…….

나는 갑자기 자신의 비참함을 떠올렸다. 좌절한 젊은이
의 참담함, 즐거움과 희망도 없이 계속되는 나날의 절망
감, 은애에 대한 헛된 구애의 시간들이 나의 머릿속을 빠
르게 지나갔다.

한 선생님은 정말 근사하시잖아요.

나는 더 이상 그녀의 단정적인 찬사에 화답할 말도, 미
소도 찾아내지 못했다. 갑자기 찾아온 짧은 침묵이 지금까
지 명랑하던 그녀를 어색하게 하였는지 불안한 눈빛으로
입을 다문 채 내 앞에 서 있었다. 나는 우리 사이의 미세
한 불협 화음을 조율하여 얼른 제 위치로 돌려놓고 싶은
나머지 무슨 말이건 해야 한다고 깨달았다.

사진집을 볼까요.

아, 그렇지.

그녀는 일부러 자신을 과장스레 책망하며 정지 화면이
해제된 순간처럼 몸놀림을 크게 하며 움직였다.

나는 조심스럽게 그녀가 카운터 아래에서 소중하게 꺼내
주는 마이너 화이트를 받아들었다. 책장을 들추자 바다를
배경으로 부서진 기둥을 클로즈업시킨 작품이 튀어나왔다.
나도 모르게 한숨이 새어나왔다. 아, 바다. 나는 탄식처럼
낮게 그 말을 뱉었다. 갑자기 눈이 시원해지며 가슴이 트
이는 듯하였다. 참으로 오랜만에 보는 사진집이었다. 마이
너 화이트의 추상성들은 그대로 나의 눈으로 들어와 곧장
뇌리에 돌처럼 단단히 틀어박혔다. 나는 숨을 죽이고 책장
을 덮으며 가만히 어루만져 보았다. 하숙방에 돌아가서 차
근차근 음미를 하면서 사진집을 세밀히 볼 생각을 하자 나

는 행복해졌다. 나는 진심으로 그녀에게 고마움을 느꼈다.

참 좋은 책이지요. 너무 고마워서…… 어떻게든 보답을 하고 싶은데요.

그녀는 내 제의를 선선히 받아들였다. 우리는 서점 문을 닫은 후에 길 건너에 있는 호프집에서 술을 마시기로 약속했다. 나는 어떤 다른 기대나 위무, 혹은 들뜬 기분으로 한 약속은 아니었다.

투명한 맥주, 레몬, 마이너 화이트

수수하고 작은 호프집은 그녀를 기다리고 있는 나 이외에는 주인 여자와 심부름을 하는 청년뿐이었다. 나는 창가에 앉아서 불이 켜 있는 그녀의 서점을 바라보았다. 길에는 간간이 자동차와 사람들이 지나갔다. 나는 내가 길 모퉁이에 서서 연인을 기다리고 있는 듯한 착각에 빠졌다. 그러나 금세 그러한 연상은 나를 쓸쓸하게 만들고 말았다. 외부와의 연결 끈이 일체 끊어진 상태에서 허상이라도 잡으려고 자신이 헛손질을 하는 것 같아서였다. 만약에 내가 서울에서 취직이 되고 은애와의 사랑도 순조롭게 진행이 되고 있었다면 과연 어떻게 달라졌을까라는 생각이 들었다. 좋은 책을 구해 준 서점의 주인과의 사이에 있는 약속을 기다리면서 이런 상상을 하고 있지 않았을 것이다.

이때 문득 나는 가희가 나의 광고 작품과 해외 작가의 사진집을 본다면 어떠한 판정을 내릴 것인가 하고 궁금해

졌다. 나는 머릿속에서 가희를 두 장의 사진 사이에 세워
놓아 보았다. 표절 여부를 가희에게 묻는다면 그녀는 과연
어느 쪽에 설 것인가를 스스로에게 질문해 보았다. 그러나
이것은 나에게는 잔인하고 가혹한 상상이었다. 문외한일수
록 눈에 보이는 사실만 가지고 판단하려 들 것이다. 사실
과 사실이 얽혀 빚어낸 새로운 전설 같은 것에 그녀가 과
연 관심을 기울일 것이라는 기대는 아예 접어두어야 하리
라는 예상이 들어서였다. 나에게서는 새로운 습관이 생겨
나고 있었다. 새로운 사람을 만나면 과연 이 사람이 나의
작품은 표절이 아니라고 선언할 수 있을까 하는 상상을 머
릿속에서 해보는 것이었다. 상상의 끝은 매번 모호하고 혼
돈된 기분 속으로 빠져들게 만들었다. 그러나 어떤 거역할
수 없는 갈망이 나를 상상 속으로 집요하게 이끌었다.

　서점의 불이 꺼졌다. 밖으로 나온 가희가 유리문을 잠그
고, 팔을 들어 그물 셔터를 잡아당겼다. 자물쇠라도 채우
는지 잠시 몸을 웅크리고 앉았다. 다시 일어선 그녀가 좌
우를 살피면서 길을 건넜다. 콩콩 하고 발소리가 들려올
것처럼 산뜻하고 가벼워 보였다. 그러나 그녀가 문을 밀었
을 때 나는 혹하고 끼치는 무더운 바람을 느끼며 현실의
사실은 항시 상상의 균형을 깨뜨리기 위해 존재한다는 생
각을 했다. 내 앞에는 늦더위에 숨이 막힐 듯한 저녁 시간
이 남아 있었고, 몸을 뒤척이기만 하여도 땀이 고이는 하
숙방과 몸부림치면서 빠져나가고 싶은 은애에 대한 기억이
있을 뿐이었다. 나는 잠시 또 한번 현실을 뛰어넘어 혼자
뛰고, 몸을 비틀고, 달리고, 선회해서 상상 속으로 들어가

있었던 것이다.

　오래 기다리셨죠. 죄송해요.

　아니, 별로…….

　가희는 정중하고 부드럽게 말을 하는 것이 습관인 모양이었다. 나는 갑자기 사무적인 일로 그녀를 만나기 위해서 기다리던 중인 것 같다. 가희는 투명한 병에 담긴 맥주와 레몬 조각을 주문했다. 나도 같은 것으로 달라고 하였다. 주문한 것들이 테이블 위에 놓였다. 가희는 맥주병 입구를 레몬 조각으로 천천히 문지르며 속으로 밀어넣었다. 레몬 냄새가 화악 끼쳤다. 그녀는 맥주병을 천천히 입으로 가져가 그대로 마셨다. 나는 그녀를 따라서 똑같이 움직였다. 가희가 나를 향해 조용히 미소를 지었다. 우리는 침묵 속에서 맥주병을 입에 물고 있었다. 조금 아까 사무적인 일로 앉아 있는 것 같던 기분은 어느새 흔적도 없이 사라지고 말았다. 서점 안에서 가희에게 느꼈던 지나치리만큼 수다스러울지도 모른다는 그녀에 대한 지레 의심도 말끔히 사라져버렸다. 가희는 생활의 힘든 전투에서 돌아온 전사처럼 지금 말없이 살아 있음을 음미하면서 쉬고 있었다. 그녀는 전혀 서두르는 기색이 없이 몇 병의 맥주를 더 마셨다. 천천히 움직이는 것이 그녀를 우수로 충만된 것처럼 느끼게 하였다.

　바다 사진이 좋으신가 보지요.

　나는 눈을 그녀에게 마주쳤다.

　아까 그 사진만 들여다보시더군요.

　아,

나는 고개를 끄덕이며 말했다.

갑자기 눈이 시원해져서요. 폐허의 흰 돌기둥 위로 햇살이 내리쪼이고 정지한 시간 속에서도 흔들리는 바다를 찍은 거죠. 나는 바다를 가까이 대해 본 적이 거의 없어요. 그래서 그런지 바다는 내게 있어서 추상성이나 다름없는 것 같아요.

우리는 바다를 이야기했다. 바다는 가까이에 있었다. 학교와 반대쪽 시가지 끝이 바다라고 했다. 우리는 바다를 보러 갔다. 그리고 많은 이야기를 했다. 가희는 나보다 세 살이 많았는데 결혼한 적이 있다고 말했다. 그녀는 새로운 사람을 만나면 그 사람이 친구가 될 사람이건, 남자이건 여자이건 무조건 자신이 결혼했던 적이 있다는 사실을 밝힌다고 말했다. 세 살 된 딸이 한밤중까지 잠들지 않고 자기를 기다리고 있다고 말을 할 때는 어쩐지 슬퍼 보였다. 친정 아버지의 서점을 자기가 대신 돌보기 시작하자 아버지는 이제 아예 서점엔 나오지도 않는다는 말도 하였다.

슬픔이나 울적한 느낌에서 얻어진 공감보다도 더 사람을 가까워지게 만드는 것은 없을 것이다. 그 조용한 슬픔은 어떠한 종류의 방어나 체면치레의 가면을 벗겨내고 어느 누구든지 서로에게 공감을 불러일으키며, 사람을 가까워지게 만드는 것이었다. 그러나 그런 감정의 교환은 참으로 드문 일이다. 왜냐하면 사람들은 문명에 길들여져 있어서 영혼의 참모습을 보여주지 않기 때문이다. 상대방을 재보고, 달아보고, 혹시 자신이 어떤 실수라도 저질러서 자신의 이미지를 훼손시키는 경우에 이르지나 않을까 하고 암

중모색을 하다보면 영혼의 참모습 같은 건 아예 생각하지도 못해 버리기 십상이니까. 그런데 지금 나는 영혼의 본모습을 보여주고 있었다. 나는 누구에게도 꺼내본 적이 없는 이야기를 띄엄띄엄 하기 시작했다. 그녀를 기다리면서 〈표절〉에 대한 당신의 반응을 상상하고 있었노라고 말했다. 가희는 내 말을 진지하게 듣더니 천천히 고개를 끄덕였다. 그리고 자신의 대답은 당신 같은 분은 결코 〈표절〉을 하실 분이 아니라고 말했다. 사진 작품을 직접 보고 비교하지 않아도 자신의 대답은 이미 정해졌다고 말했다.

우리들은 가장 일상적인 것들에 관하여 이야기하기 시작했다. 그녀를 처음 만났을 때, 외국어로 말을 주고받는 것 같다는 느낌이 드는 것과 흡사했다. 단조로운 단어와 건조한 어감이 오히려 나를 그녀에게 아주 친밀하게 느끼도록 하는 것 같았다. 우리는 모래 위에 앉았다. 한밤중인데도 제법 많은 사람들이 술을 마시고 있었고, 이야기를 나누는 소리가 선명하게 들렸다. 술이 깨느라고 추워지는지 가희가 몸을 떨고 있는 것이 느껴졌다. 나는 가만히 그녀의 어깨를 감쌌다. 바다에 띄워놓은 해안 초소에 켜 있는 탐조등의 불빛에 그녀의 살갗에 돋은 소름이 희미하게 비쳐졌다. 나는 그녀의 팔을 어루만졌다. 설레임이나 조급한 느낌은 들지 않았다. 그녀가 가여웠고, 우리들이 굉장히 친밀한 사이라는 생각만 들었다. 나는 가희의 꼭 다문 건조한 입술 위에 나의 입술을 포개었다. 그녀의 입술에 패인 수없이 많은 주름들이 나의 입술에 닿는 것이 느껴졌다. 나는 그녀의 까슬거리는 입술의 주름을 내 입술의 느낌으로 하나씩 헤아리기 시작하였다.

수수하고 작은 방

그날 저녁부터 나의 내면은 조금씩 변하였다. 시름과 자학과 회한과 해후에 대한 미련이 가득한 내면은 더 이상 아니었다. 오랫동안 정지되어 있던 시간이 몰라볼 정도로 기운차게 흐르기 시작했다. 나는 이제 누구를 만나기 위해서 외출을 시작하였고, 그녀를 만나면 따뜻한 마음이 내 몸 안에서 고루 스미는 것이 느껴졌다. 서점의 불이 꺼지기를 기다리고 가희가 콩콩 소리를 내면서 길을 건너 뛰어 오는 것을 바라보며 나는 내면의 울음이 더 이상 들리지 않는 것을 알았다. 우리는 레몬 조각으로 적신 투명한 맥주를 마시고 바닷가를 거닐었다. 우리는 포옹하고 키스했다. 그러다가 자연스럽게 방을 찾았다. 어색한 침묵 속에서 돈을 치르고 쑥스러운 기분으로 안내자의 뒤를 따라 방으로 들어가는 것은 내키지 않았지만 이것이 가장 빠르고 손쉬운 방법이었다. 수수하고 작은 방에서 짧고 건조한 섹스를 나눴다. 샤워를 마치고 침대에 나란히 누워 있으면 파도 소리가 들려왔다. 나는 가희에게 팔을 내주고 천장을 바라보았다. 그녀가 웅얼거리듯 간간이 일상을 이야기할 때에 내 가슴속에서 미세하게 울리기 시작하는 바람소리를 들었다. 나를 향한 그녀의 사랑이 깊어질수록 나는 이 바람소리가 거세어질 것이라는 막연한 예상을 더듬으며 담배를 찾아 물었다.

그해 가을 내내 나는 가희를 만나러 다녔다. 가희는 행복한 것처럼 보였다. 그 도시에서는 구하기 힘들었을 〈미모 조딕〉의 사진집 같은 것을 구해가지고 나타날 때의 그녀는 너무도 행복해 보여서 나는 아주 잠시이긴 했어도 가슴이 싸하니 저려오곤 하였다. 나는 가희에게 이러지 말라고 말했다. 그러면 그녀는 너무도 애처로이 앉아 있었기 때문에 나는 길게 만류할 수가 없었다. 가희는 나에게 무엇을 가져다준다는 것이 진실한 즐거움이고 사랑의 표현 방법인 것 같았다. 나는 나에 대한 그녀의 갈망이 커지는 것을 느꼈다. 동시에 그것은 나 자신이 지녔던 예전의 느낌을 생각나게 하는 것이었다. 어쩌면 은애는 나의 사랑과 갈망을 지금의 나처럼 받아들였을 것이라는 깨달음이었다. 그 깨달음은 나를 깊이 슬프게 하였다.

가희는 자신을 나에게 내주었지만, 나는 그녀의 머리카락 너머로 벽을 응시하고 있었다. 나는 가희의 가슴에 얼굴을 파묻으면서 블라우스 속의 둥실한 융기에 불화의 심연이 입을 크게 벌리고 있는 것을 들여다보고 있었다. 나는 단단히 밀폐되어 있는 자신의 가슴을 스스로 열려고 하였지만 나의 내부는 완강하게 거부하는 것이었다. 나는 나의 영혼을 육체로부터 잘라내고 선명한 과거의 사랑을 잊기 위하여 가희의 입 속으로 혀를 밀어넣고 격렬한 키스를 퍼부었다. 상당히 묘한 일이었지만 이쯤 기분을 고조시키면 격정이 나를 뒤덮고 그녀를 덮쳤다. 나는 어떻게든지 가희의 갈망을 채워주고 싶었다. 그렇게 하는 것이 나를 옛사랑으로부터 단절시키는 길이라고 생각해서였다. 그러나 은애는 여전히 나의 머리를 자신의 두 손아귀 속에 꽉 움켜쥐고 있었다.

사랑을 주면서도 사랑을 받지 못하는 가희가 자신의 슬픈 마음을 어떻게든지 숨기려고 하는 모습은 나를 고통스럽게 했다. 가희의 사랑이 더할수록 나는 과거의 시간이 내게 피할 수 없는 광대한 상처의 심연 속에 함몰되고 말았다는 사실을 깨닫게 되었다. 있었던 것은 있었던 것이고, 그것은 절대로 되돌리거나 잊혀지지 않는다는 사실이었다. 오직 시간만이 나의 슬픔과 증오와 회한을 흐리게 할 수 있을 뿐이며, 그럴 수 있기까지는 아직도 수없는 순간들을 고통 속에서 견디어야 한다는 사실이었다.

그 해가 끝나던 날 나는 그 호프집에 앉아서 서점의 불이 꺼지기를 기다리고 있었다. 가희는 콩콩 소리를 내며 달려왔고 문을 열자 차가운 바람이 실내로 확 몰려들었다. 가희는 여전히 상냥하고 부드럽게 인사를 했으며 나에게 따뜻한 존경의 시선을 보내고 있었다. 우리는 다른 날과 다름없이 레몬즙을 바른 투명한 맥주를 마셨다. 어쩌다 눈이 마주치면 가희는 어둠 속에서 환하게 웃었는데 나는 그 웃음이 그대로 멈추어서 내 가슴속에 박히는 것 같은 환상에 몇 번이나 빠지고 있었다. 그 웃음 뒤에 숨어 있는 가희의 깊은 슬픔이 나로 하여금 그런 말을 꺼내도록 내몰았을 것이다.

당신의 기대치와 나의 현실치를 인정해야겠지요?

가희의 두 눈이 어찌나 둥그렇게 커졌는지 얼굴의 다른

부분들은 그냥 눈 주위에 붙어 있는 부속물들처럼 여겨져서 나는 그녀의 눈 이외에는 아무것도 의식할 수 없었다. 나는 지금 어떤 애매모호한 표현을 모두 다 동원시켜서라도 가희의 슬픔을 조금이라도 엷게 하면서 나 자신의 스스로에 대한 혐오감을 떨쳐버리려고 하는 중이었다. 가희가 만약에 내가 말한 기대치와 현실치라는 것을 명확히 설명해 달라고 요구해 온다면 어떻게 대답할 것인가를 나는 잠시 생각하고 있었다. 설마 가희는 내가 그녀의 기대치는 결혼이고, 나의 현실치가 의미하는 것은 유희라고 생각하지는 않겠지. 나는 그녀가 나에게 바치는 정성을 다한 사랑만큼 그녀를 사랑할 수 없다는 현실을 인정하자고 그녀에게 말하고 있는 것이었다. 이런 말을 하고 안 하는 차이를 나는 어떻게 설명해야 할는지 알 수가 없다. 다만 한 가지 분명한 것은 가희의 가슴속에서 내가 차지하는 자리가 얼마나 크고 깊은가를 알고 있다. 그리고 그녀의 슬픔 또한 그녀를 너무도 무겁게 내리누르고 있어서 나마저도 그녀의 슬픔에 짓눌려서 괴로워한다는 사실을 나는 알고 있다.

가희는 투명한 맥주를 마셨다. 우리는 깊은 침묵 속으로 떨어졌다.

그 말씀은 앞으로 저를 보시지 않겠다는 뜻인가요?

나는 할말을 찾았다. 그러나 어디에서도 적당한 말을 찾아낼 수가 없었다. 나는 그만 고개를 숙이고 말았다. 그냥 내 마음속의 황량함이 그렇게 시키는 거라고. 그냥 내 스스로의 혐오감이 이런 말을 하도록 시킨다고. 그러나 나는 아무말도 하지 않았다. 그녀의 모습이 녹아서 사라지듯 하더니 결국은 커다랗고 투명한 두 눈만 의자 위에 남았다. 우리는 호프집을 나와 서점 쪽으로 길을 건넜다. 거리는 차가운 바람 속에서 세밑을 밝히는 색색등으로 애처로워 보였다. 색색등보다도 더 애처로워 보이는 가희에게 나는 평상시처럼 손을 내밀었다. 태엽을 감으면 작동하는 인형처럼 가희가 나를 따라서 손을 내밀었다. 나는 짧게 가희의 손을 잡았다가 놓았다. 뒤돌아보면 그녀가 아직도 서 있을 것 같아서 나는 뒤도 돌아보지 않은 채 그 자리를 떠났다.

취직

나는 가희를 찾아가지 않았다. 그 도시의 황량한 공허가 다시 나를 엄습하기 시작했다. 나는 그 도시를 떠나기로 했다. 마침 어느 광고 회사에서 나의 작품 사진 한 장을 자신들의 광고에 쓰겠다는 제의가 있어서 나의 입성은 자연스럽게 이루어졌다. 나는 그후 곧장 학교를 떠났다. 광고 회사에 취직을 하고 주로 스튜디오 안에서 인물과 사물 사진을 찍었다. 꼭 예술적인 작품을 만드는 데 인생을 걸어야 할 필요가 있다고는 생각지 않는다. 그냥 살아가는 데 급급한 사람들도 있어야 하지 않겠는가 하는 생각이 나를 위안했다.

　시간이 흘러감에 따라 사랑은 일종의 허상으로, 사적인

종교로, 하나의 신화로 변해 버리고 말았다. 이 신화는 거기에 참여했던 사람들로부터 날이 가면 갈수록 점점 멀어져 가게 된다. 그리고 비록 사랑의 신화 속에서는 그들이 그대로 남아 있다 하더라도 실재에서는 이미 오래전에 다른 사람들이 되어 있다. 나는 한걸음 한걸음 사랑의 정의로부터 뒷걸음질을 치고 있었다. 아마도 가까이에서 그 속을 들여다보고 참여하는 데 깊은 두려움을 느끼고 있었기 때문일 것이다.

오르페의 아리아 전곡

주차장에서 백화점을 벗어나는 데 우리는 많은 시간을 써버렸다. 큰길로 나와 자동차의 물결 속으로 들어서자 여자가 콤팩트 디스크의 포장지를 뜯어서 나에게 내민다. 나는 오디오를 켜고 디스크를 꽂는다.

유리디체의 죽음을 슬퍼하는 정령들의 합창이 애절하게 흘러나온다. 나는 합창에 매료되어 가슴이 뻐근해지는 슬픔을 느낀다. 그러나 희선은 합창의 경건함 같은 것에는 그다지 신경을 쓰는 것 같지 않다.

10여 년의 나이 차이가 느껴지는 순간이다. 이 여자가 구사하는 어휘나 사고 방식이 나와는 많이 다르다고 느껴져서 나는 희선에게 끌리는 중이다. 희선은 자신과 나 이외의 어떤 것에도 무관심하다. 희선은 자신의 육체를 소중히 여긴다. 그것은 육체의 느낌에 충실하다는 뜻이다. 희선은 자신의 육체가 요구하는 갈망을 결코 숨기거나 혹은 회피하지 않는다. 자신의 존재를 나에게 확실하게 부각시키기 위한 방법을 열정적으로 찾아내서 집착이다 싶을 만큼 끈질기게 자신을 과시하려고 든다.

열정은 나의 정서에 맞지 않지만, 불화라고 단순하게 표현할 수는 없다. 나는 아직 희선의 선정적인 매력에 사로잡혀 있고, 나는 끝없이 그녀로부터 육체적인 욕구의 충동을 느끼는 중이다. 아직 한참 더 희선이 이끄는 길을 기꺼이 따라나설 것이다.

희선의 외면과 젊음이 주는 선정적 느낌이 진부해질 때까지, 나는 잠시 은애에 대한 기억을 멀리 할 것이고, 물고기처럼 서가 사이를 유영하고 있을 가희의 아픔을 떨쳐버리고 있을 것이다.

나는 아직도 은애를 보고 싶어하지 않는다. 은애에 대한 나의 사랑의 기억이 깊은 아픔을 주기 때문이다. 어쩌면 서점의 가희도 나와 같은 마음이 들어서 황급히 나를 스쳐지나가버렸을지도 모르겠다. 내가 은애를 떠올릴 때마다 느끼는 이 아픔을 가희도 간직하고 있을지 모르겠다. 아무리 오랜 시간이 지나도 잊혀지지 않는 아픔을 잊어버리는 순간이 오기를 나는 간절히 고대하고 있다.

유리디체를 부르는 오르페의 아리아가 애절하게 자동차 속을 메운다. 희선은 말이 없다. 고전적인 사랑의 애절함이 낯설어서일까. 나는 이 세상 어디에도 오르페의 사랑은 존재하지 않는다는 확신을 가슴에 품으며 자동차의 속력을 높인다.

저녁 식사를 할 만한 적당한 자리가 머릿속에서 떠오르
지 않는다.
대신 수수하고 작은 방이 화면 보호 상태인 컴퓨터의 모
니터에 흐르는 별처럼 떠오른다.

착오

다시 소리를 듣기 위해 주의를 모은다.
푸른 빛이 감도는 커튼. 전력의 숨소리를 거칠게 토하고
있는 작은 냉장고. 겨우 자신을 추스르고 있는 나무 옷장
과 화장대. 엎드린 여자의 등 위로 늘어져 있는 머리카락.
여자가 자신의 등뒤로 손을 내민다. 나는 그 손을 잡고
물끄러미 바라보고 있다.
만약 이 순간 그 목소리가 좋아? 하고 또다시 물어온다
면…….
슬그머니 여자의 손을 밀쳐놓고 나는 꼼짝하지 않는다.
그동안 나는 충실하게 패배하지 못하였다는 생각이 든
다. 지금 나는, 나로부터 어떤 교훈, 어떤 체념을 이끌어
내려는 것은 아니다.
아마도 나는 그 목소리에 침묵으로 답할 수밖에 없으리
라는 생각이 들어 이렇게 쓸쓸해지는 모양이다.
이젠 작고 어두운 이 방을 나서야 될 때가 온 것 같다.
나는 듣기를 멈추고 숨을 쉬기 위해 그냥 누워 있다.
나는 눈을 들어 빛을 찾기 위해 눈동자를 굴리기 시작한다.

좋아하는 것들로부터 내 자신만을 포기하면 되는 것인
데…….
그렇다고 무슨 큰 지장이 있겠는가…….
나는 눈을 감는다. 눈가가 축축해진다.
나만 포기하면 되는 것인데…….
나는 흐르는 눈물을 내버려둔다.

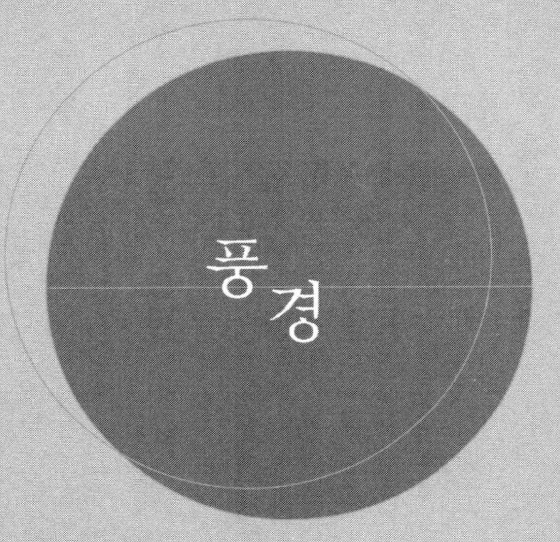
풍경

풍경

지금 가면 때를 밀 수 있을까 하고 그가 말을 했을 때 나는 아주 잠시지만 숨을 멈췄다. 그가 내게 말을 걸어와서 놀란 탓이다. 언제부턴가 우리는 거의 말을 나누지 않았다. 함께 살아가면서 꼭 필요로 하는 지시어 내지는 청유형의 말들만 오갔으므로 지금처럼 도움을 청하는 뜻이 담긴 그의 말에 당연히 놀랄 수밖에 없었다. 마침 설거지 중인 것이 참으로 다행스러웠다. 물소리에 그의 말을 못 들은 척하고 나는 일부러 수도물의 수압을 조금 더 세게 올린다.

남편은 내일 다시 연변으로 출발할 예정이었으므로 목욕탕에 갈 모양이다. 그는 한국일간신문 콘소시엄의 특파원으로 2년째 연변에 체류 중이었다. 해외 교민을 향한 국민들의 관심에 힘입어 갑자기 마련된 자리라 그는 길게 생각할 여유도 없이 연변행을 선뜻 응락하였다. 당시에도 마땅한 일자리가 없었던 것은 아니다. 그의 어학 능력을 인정하는 주변 사람들이 그에게 수시로 출판사나 언론 계통에 자리를 소개했으나 그는 얼마 견디지 못하고 뛰쳐나와 버렸다. 그가 버티지 못하는 이유는 물론 타당한 것들이었다. 휴지만도 못한 번역물들을 책이라고 만들 수 없어서 출근을 거부하는가 하면, 잡지사에서는 떡값이 오가는 취재 관행이 구역질나서 참을 수 없다고 했다. 그런 그를 나는 속수무책으로 바라보는 것 이외에는 아무런 할 일이 없었다.

그가 연변행을 결심했을 때 나는 단지 자신이 시류에 합류하지 못하고 자꾸만 도태당하는 듯한 느낌이 부담스러워서 서울을 떠나려는 것이라고 생각했다. 어쩌면 나는 그가 등지려고 하는 많은 사항들 속에서 나를 포함시킬 만큼 용기가 없었을지도 모르겠다. 그러나 이젠 그가 나를 거역한다는 사실을 인정해야만 한다.

아무리 꼼꼼하게 그릇을 헹구는데도 이젠 끝을 내야만 한다. 그러나 나는 아직까지 나의 태도를 정하지 못한다.

그의 귀국 후 일주일 동안 우리는 단둘이 앉아 있을 때는 거의 말을 나누지 않았다. 조금 아까처럼 손님이 다녀가거나 혹은 다른 식구들이 찾아왔을 때, 분위기를 깨뜨리지 않으려고 마지못해 평온을 가장한 대화들 이외에는 무슨 말을 해야 하는지를 거의 잊은 사람 같다. 조금 아까도 그의 후배가 찾아와서 형수님, 오랜만에 형님을 만나니까 좋으시지요, 하고 너스레를 떨었을 때 나는 네에라는 대답을 끌어올리느라고 목구멍 속에 작고 날카로운 의료용 핀

셋을 깊숙이 밀어넣는 듯한 고통과 공포를 동시에 느껴야만 했다. 후배를 사이에 두고 그와 내가 내뱉는 말들이 작은 새떼가 되어 희고 검은 빛을 서로 번득이며 섞여보려고 애를 써보았으나 결국은 각기 다른 무리로 헤어져 갈라 내리는 광경이 영상처럼 시야를 어지럽혔다.

마지막으로 행주를 빨아 힘껏 비틀어 물기를 짠다. 그것을 다시 펴서 공중에 툴툴 털며 그가 어디에 있는지 옆눈질로 찾았다. 그는 마루문 앞에 서서 앞집이 가로막혀 보자기만큼 드러난 하늘을 올려다보고 서 있다.

목욕한 지가 하도 오래되어서.

혼자말이지만 선명하게 울린다. 내가 몸을 돌리는 아주 짧은 순간에 내리꽂힌 햇빛에 그의 머리가 서광을 입은 것처럼 하얘진다. 나는 성스러운 광경에 너무 놀라서 눈에 힘을 주고 그의 머리를 다시 바라본다. 그러나 그 흰빛은 그의 흰 머리카락 몇 오라기와 햇빛이 빚어내었던 착란이었음을 나는 금세 깨닫는다.

목욕 가실 거예요?

남의 말소리 같아서 어색하기만 하다. 여전히 희끗거리는 그의 머리카락이 내 눈을 찌른다.

이 동네에도 목욕탕이 있나. 통 보이지가 않던데.

그도 나를 향해 말하는 것이 몹시 어색한 모양이다. 그러나 다행히도 내 몸속의 여성스러움이 저절로 튀어나와 나는 한없이 공손하게 그의 말에 대답을 하고 있다. 내 의지와 무관한 상냥함이다.

방이 두 칸에 작은 목욕탕이 있고 현관 바로 입구에 싱크대가 놓여 있는 작은 집이다. 앞뒤로 4층 높이로 꽉 막힌 다세대 주택들이 빼꼭이 차 있어서 금세라도 옆 건물의 소리가 다 들린다. 그래도 남향으로 지어져 있어서 대낮이면 이맘때쯤 유일하게 햇빛이 든다. 남편은 그 빛 속에 등을 보이고 서 있다. 나는 설거지의 마지막 마무리로 행주를 들고 싱크대의 물기를 닦고 냉장고를 문지른다. 냉장고 정면까지 햇빛이 깊숙이 들어와 있다. 어두우면 거의 드러나지 않는 냉장고 옆 모서리의 패인 상처가 그 빛에 드러난다.

남편은 연변에 가기 전에 거의 매일 술을 마셨다. 깡마른 몸의 어디에도 그 술을 버틸 만한 구석이 없을 것 같은데 그는 인사불성이 되도록 술을 마시고 들어왔다. 술을 마시고 왔다 하여서 말이 많아져 속마음을 나에게 털어놓거나 하는 사람은 아니었으므로 내가 그를 위해서 해줄 수 있는 것이라고는 극히 제한된 것밖에는 없었다. 새벽녘 목이 타서 마른 입술을 달싹일 때에 차가운 물을 그의 입가에 대준다든가 혹은 그의 구미에 맞는 콩나물국을 끓여주는 것이 다였다. 그런데 참으로 이상한 것은 한번도 그가 나에게 자신의 내면 세계에 관하여 토로해 주기 바란 적이 없었다. 그는 내게 있어선 항상 높은 곳에서 군림하고 있었기 때문이리라. 아주 가끔 나는 그가 어떻게 나와 결혼을 작정했을까 싶을 때가 있다. 사실은 자주 내 마음속에서 일어나는 의문이지만 나는 어쩌면 본능적으로 이 사실 가까이에 이르고 싶어하지 않았을 것이다.

유난히도 추운 한밤중이었다. 그날도 남편은 엄청나게

취해 있었다. 우리는 단독 주택의 2층에 세들어 살았는데 그 집의 출입구는 외부에 설치된 좁은 철제 계단과 이어져 있었다. 술이 취한 그가 비틀거리며 계단을 오르는 동안 나는 그가 발을 헛디디기나 하여 구를까 봐 하도 가슴을 졸여서 뻐근할 지경이었다.

계단을 반쯤 오르던 그가 갑자기 무릎을 꿇더니 구역질을 했다. 어둠 속에서 그의 등이 한번씩 꿈틀댈 때마다 물컹물컹 쏟아내는 토사물에서 하얀 김이 피어올랐다. 어둠 속에서도 눈에 잡히는 김이 너무도 이상한 생각이 들어서 순간 나는 이것이 실제로 눈에 보이는 것인가, 아니면 김이 일 것이라고 간주하기 때문에 보고 있는 것으로 착각한 것인가를 따졌을 것이다. 그날 남편은 소비의 사회에서 열등 구성원 대표가 나 같은 놈이라고 소리쳤다. 차라리 통제되어 있다면 매일 탈출을 꿈꾸었으리라고도 했다.

남편은 밤새 토했다. 결국은 주홍빛 플라스틱 바가지 하나 가득 핏물까지 쏟아내었다. 술이 엉망으로 취해 있으면서도 그는 핏물을 구분했다. 같은 붉은 계통 색깔 속에서도 핏빛을 찾아내는 그와 내가 신통하다는 생각이 들었다. 갑자기 그는 피를 보더니 잠잠해졌다. 술이 확 깨는 눈치였다. 겁을 내는 그가 어쩐지 낯설었다. 그러나 사실 내 마음 한쪽에서는 그가 겁을 내는 것 같지 않다는 생각을 끈질기게 붙들고 있는 자신을 느꼈다.

육체의 고통은 마음속의 불안이나 방황의 고통을 누르는 모양이었다. 절대 안정을 요하는 위궤양으로 판명된 그는 일주일 간 꼬박 자리에 누워 있었다. 그때라고 형편이 나왔던 건 아니지만 나는 그를 위하여 생전 처음으로 녹용이 든 보약을 지었다. 가진 돈이 모자라서 식당의 주방에서 허드렛일을 거드는 친정 어머니의 돈까지 빌려서였다. 한 약방 의사는 약을 달여서 비닐팩 포장까지 해준다는 것을 마다하고 집에 와서 가스불에 약탕관을 앉혔다. 한약 달이는 냄새가 집안에 퍼지기 시작하고 얼마 안 있어 그가 무엇이냐고 물었다. 내 딴에는 참으로 자랑스럽게 당신을 위해서 지어온 보약이니 연변으로 출발하기 전에 정성껏 드시라고 하자 그는 잠자코 있더니 한참 후에 필요없다고 말했다. 자신과 의논 없이 비싼 약을 지어와서 그런가 하는 생각에 나는 입을 다물었다. 그러다가 괜찮아지리라고 생각했다. 그러나 나의 생각은 빗나갔다. 정작 달인 약을 받쳐들고 갔을 때 그는 자꾸 마시라고 채근하는 나를 향해 약대접을 내리쳤다. 그때 사기 파편이 냉장고 문짝에 튀어 상처를 입혔다.

그는 얼마 뒤에 떠났다. 나의 생활 대책이라든가, 나의 거취 문제 같은 현실적인 문제는 한마디도 언급하지 않은 채 다만 가서 연락하겠노라는 말뿐이었다. 그가 떠난 후에도 출입문 밖 계단에는 그의 토사물이 군데군데 얼어서 엉겨 있었다. 나는 아무런 감정 없이 그것들을 바라보았다. 초록빛이 남아 있는 것을 보며 그날 안주로 야채 같은 것을 먹었던가 보다라는 추측을 해보았다. 아무리 살펴보아도 낱알은 찾을 수 없었다. 그는 술을 마실 때는 저녁 밥을 먹지 않았던 젊을 때 습관을 아직도 지키는 모양이라고 생각했다.

　결혼 초기에는 자신의 생각을 열띠어 나에게 설명한 적
도 있었던 것 같다. 당시 그는 대학에서 강의를 하였고 학
교는 연일 이어지는 데모로 혼돈 상황이었다. 그는 운신의
폭을 스스로 한없이 좁히며 할말을 하지 못하고 교단에 서
있는 스스로에 대한 괴리감이 불쾌해서 참을 수 없다고 말
했다. 어린 학생들의 순수한 의도가 어쩐지 다른 세력에
의해서 조종당하고 있는 것 같은데 그것을 확연하게 말할
수 없는 자신의 괴로움을 진지하게 토로하였다. 그러나 나
의 짧은 지식과 이해는 그를 완전히 납득하지 못하였으므
로 그는 아마도 답답해하였으리라.

　그를 만난 곳은 내가 다니던 출판사였다. 일본의 세계
여행 자료집을 번역 출판해서 짭짤한 수입을 올렸던 그 회
사는 레저, 스포츠 등과 같이 잡다한 일본 책들을 번역하
고 있었다. 그는 그 사무실에 드나들던 수많은 일본어 번
역사 중의 한 사람이었다. 나는 당연히 일본어에 꽤 능통
한 사람들이 작업에 임하고 있으리라고 생각했는데 어느
회식 자리에서 그는 이제 겨우 1년 공부해서 번역을 하고
있을 뿐이라고 큰소리치는 것이었다. 돈이 되는 일거리라
면 저승까지 쫓아간다고 말하는 그가 천박해 보이기보다는
어린애 같은 호기를 부리는 것처럼 보였다. 그가 사장 앞
에서도 앞뒤 가리지 않고 그런 말을 늘어놓으면 어느새 나
의 가슴은 조마조마해졌다. 다행스럽게도 사장은 그러한
그의 행동을 젊은 사람의 치기나 객기로 여기는 것 같았
다. 사장은 그에게 계속 일거리를 주었다. 아마도 그가 약
속을 잘 지켰고 일의 처리 속도가 빨라서 사장의 마음에

드는 모양이었다.

　그는 항상 우울한 눈을 하고 우리 사무실에 들어왔다. 그가 진지한 표정으로 오른쪽 이마를 갸웃하며 자신이 맡을 일에 관하여 귀를 기울이고 있을 때면 그의 모습 전체가 밝은 빛덩어리로 휩싸인 것처럼 보였다. 그의 주변을 흐르던 공기도 속도를 늦추고 그의 어깨를 상냥스럽게 치고 지나갔다. 그가 움직이면 어린 소년들의 순결한 합창이 따스하게 울렸다. 갑자기 나는 세상에서 가장 행복한 사람이 되었다. 그를 바라보는 순간이면 현실은 일시에 정지되고 나는 다른 별로 이주당한 느낌이었다. 참으로 행복한 이주였다.

　언제부턴가 나는 접안 렌즈를 그에게 들이밀고 있었다. 현미경의 프레파라트에 올려진 그를 관찰할 때면 온몸의 솜털이 스스로 뿌리를 세웠고 근육들은 제어할 수 없는 힘에 밀려서 부르르 떨렸다. 그와 접촉이 가능한 핑계를 찾느라고 나는 열에 뜬 사람처럼 허둥대었다. 그의 원고를 교정하는 것은 물론 어떻게 해서라도 그와 전화 통화를 할 수 있는 기회를 잡느라고 필사적이었다. 그가 경계할지도 모른다는 불안감이 없지는 않았지만 그렇다고 내 관심을 거둘 수도 없었다.

　마음만 먹으면 자리를 가리지 않고 번역을 할 수 있고, 낮술을 즐기며 일주일에 서너 번은 집 주위의 산에 오른다는 것을 알았다. 그의 마음속에는 운동권을 지지하고 있으면서도 정작 운동권 친구들을 대하면 그네들의 모순점을 하도 날카롭게 지적해서 화나게 한다든가, 여자들과 사귀는

것을 싫어하는 편은 아니지만 결코 자신을 던져서 열정에
빠질 사람도 아니라는 주변의 평을 들었다. 그는 석양이
막 기울고 난 직후 회색 시간에 무섭도록 외로움을 탄다는
것도 알아내었다. 이제 나는 어떻게 해서든지 그의 회색
시간에 편승할 길을 찾아야 했다.

여고를 졸업하고 지적인 분위기라곤 어디에서도 찾아볼
수 없던 내게 그는 경이로운 대상이었다. 생존이라는 완강
한 벽 속에 안주해 있던 나에게는 자신을 스스로 제어하고
억압하는 삶의 방식은 고전주의를 지향하는 데서 비롯하였
으리라는 말을 스스럼없이 하는 그가 일종의 여백이었다.

그대는 아무것도 아닌 나로 하여금 한없이 커져 버리게
하는 환상을 갖게 하므로 나쁜 사람이라고 투정하듯 얘기
했을 때 이미 그에 대한 나의 열정과 존경심은 최고에 이
르렀을 것이다. 그를 옆에서 바라볼 수만 있어도 나는 만
족하고 행복하였다. 그의 실체를 손으로 확인하지 않아도
끔찍한 열락으로 치솟았다. 그와 같은 공기를 마시는 같은
도시에 살고 있다고 생각하면 어느새 나는 주체할 수 없이
행복해졌다. 수많은 시간들 중에서 그와 함께하는 시간대
에 함께 서는 것만으로도 나는 스스로 충일되어서 터져버
릴 듯한 기쁨을 느꼈다. 나는 감히 그의 영혼 속에 자리
잡기를 원하지 못했다. 그의 실체를 직접 느끼는 것만으로
도 엄청난 감동이기 때문이었다.

햇빛이 물러가자 냉장고 모서리의 상처도 다시 모습을
감춘다. 우리는 또다시 침묵에 좌초해 있었던 모양이다.

이제 나는 그가 입을 다물어도 고통스러워하지 않는다. 그가 마련한 공백의 상태에 머물면서 상념의 숲속에 깊이 들어가 이리저리 거닐다보면 어느 결에 이미 현재에 돌아와 있는 자신을 깨닫기 때문이다. 언제부턴가 나는 그가 단지 말없는 시간을 좋아하는 사람이라고 생각하기로 했다. 그의 침묵을 어떤 시위나 의지의 방식으로 해석하고 그가 침묵하기 시작하면 끔찍스러운 고통에 빠져버렸던 시간들로 돌아가지 않기로 했다.

목욕탕이 어디에 있다고요?

그가 내게 사용하는 극존칭어가 우리 사이의 거리를 표시하는 것 같아 나의 가슴은 죽염을 삼켰을 때처럼 쓴 물이 고여서 쓰라리다. 그러나 상냥하게 상대방을 존중하도록 입력되어 있는 내 나름의 본능에 따라서 목욕탕의 위치를 설명한다.

그가 연변에 가고 없을 때 이사한 집이었으므로 새로 생긴 이 동네의 교통편이나 생활 시설물 따위가 익숙하지 않아서 그는 꽤나 애를 먹는 눈치였다. 그러나 그는 무엇 하나 묻는 법이 없었다. 그런 사람이라고 치면 지금 목욕탕 위치를 물었다는 것은 어쩌면 나와 화해를 하겠다는 뜻인지도 모를 일이다. 나는 몇 번 말로써 약도를 그려보다가 함께 따라 나선다.

수건과 속옷, 그리고 손가락 마디만한 병에 담긴 화장품 샘플을 몇 개 집어넣은 작은 비닐 가방을 들고 그를 뒤따른다. 언덕 아래 큰길에서 올라오는 자동차 소리가 우리를 순식간에 현실로 옮겨놓는다. 침묵 속을 유영하며 정신력에 의지해서 의사 소통을 하던 우리는 갑자기 원시적인 환경에 놓여진 것 같다. 고도의 심리전으로 피로해진 뇌파가 소음 속에서 갑자기 흐물거리며 방전해 버릴 것만 같다.

그의 시골집을 찾거나 나의 어머니에게 인사를 드리러 가기 위해 오늘처럼 집을 나섰던 옛일이 떠올라 나는 순간 당혹스럽다. 턱없이 높아 보이던 사람의 아내가 되어 현실적인 선을 이리저리 그어대는 스스로가 믿기지 않아서 자신도 모르게 그를 훔쳐보면서 가슴속의 행복을 확인하던 순간이 빠르게 머릿속을 스치며 지나갔다. 그러나 그가 빚어내던 완강한 침묵의 동굴 속을 포복하였던 기억들도 동시에 떠올라 나는 고개를 돌려 언덕 아래를 무심히 바라보며 걷는다.

순금가루가 들어간 화장품이 있어?

이번엔 그의 말이 하대로 바뀐다. 친숙한 그의 어감을 받아들일 새도 없이 나는 그의 질문 의도를 파악하려고 있는 대로 촉각을 세운다.

연변서 같이 일하는 여자가 그런 소리를 하더군.

글쎄요. 전 잘 모르지만 화장품 가게에 가서 물어보면 알겠지요. 사거리에 내려가면 화장품 코너가 여럿 있어요.

갑자기 머리 위로 피가 몰렸다가 일제히 아래로 쏟아져 내린다. 아무렇지도 않은 듯 대답하면서도 나는 이미 그의 눈을 피한다. 행여 그의 옷자락이라도 내 눈 안에 들어올까봐 나는 되도록 먼 곳으로 시선을 돌린다. 그러나 아무리 먼 데를 바라보아도 생긋이 웃고 있는 그 여자를 쫓아 버릴 수가 없다.

그날도 다른 날과 마찬가지로 6시가 되자 기계적으로 퇴근 준비를 시작했다. 필기구들을 서랍 속에 밀어넣고 교정지를 가지런히 모아 책꽂이에 꽂고 손바닥으로 책상면을 몇 번 문질러 먼지를 쓸어내렸다. 날이 어둑해지면 갑자기 생기가 도는 젊은 동료들과 하직 인사를 나누고 사무실을 나서자 갑자기 밀려드는 어두움의 물결이 하도 적막하여서 나는 한참 동안 망연히 서 있었다. 더 어두워지면 더욱 돌아가기 싫은 집을 머릿속에 떠올렸으나 그래도 발길이 떨어지지 않았다.

어쩌다 그가 송고한 기사를 신문에서 대하면 갑자기 시야가 부옇게 흐려지면서 가슴 깊은 곳으로부터 올라오는 고통의 물결에 나를 내맡긴 채 한참 동안 망연해 있곤 하였다. 순식간에 찾아드는 그의 출연으로 인하여 나는 힘이 빠져나가는 것을 느꼈다. 그러고는 이유도 없이 아무나 붙잡고 헛웃음을 섞어가며 상대편이 얘기할 기회도 주지 않고 수다스러워진 나는 도망치듯 빠른 말투로 떠들었다. 그리곤 잠시 후 플러그를 뽑아버린 라디오처럼 침묵했다.

누구든 얘기할 사람이 필요했다. 그의 기사를 보았거나, 혹은 그의 소식을 들은 날이면 이 증상은 어김없이 찾아왔다. 주변의 사물들이 일체의 기본 개념을 깨뜨리고 이끼 낀 표면처럼 슬픔을 일제히 드러내버린다. 도시의 어두운 골목과 빌딩이 흘리는 불빛의 끝없는 변주, 그리고 그 변주 사이를 늙어버린 내가 몸을 흔들거리며 술에 취한 채 걸어간다.

얘 이 서방은 너에게 정말 관심이 없는 모양이구나.

술에 취하면 어머니의 낮은 목소리가 공중에서 조심스럽게 울려온다. 이미 견제력을 상실한 노인의 어조는 나의 가슴을 더욱 비애에 빠뜨린다.

연변으로 떠나는 그에게 제가 물은 적이 있었죠. 저에게 관심이 있느냐고요. 그때 그 사람은 당신에게 관심이 없다고 분명히 말했어요. 전 지금도 생생하게 기억해요. 그러나 이상한 일이 다 있죠. 그는 그토록 분명하게 말했는데도 나는 그 말의 의미를 전달받지 못했어요. 그 말들은 무슨 뜻이 실려 있지 않고 마디마디 분절되어 흩어져 버리는 것을 내 눈으로 똑똑히 보았어요.

그러나 나는 어머니에게 이런 말도 늘어놓을 수가 없다. 그녀에게는 설마 그럴 리야 있겠느냐고 부정해 줄 내가 필요하기 때문이다. 선천성 기형으로 하반신을 못 쓰는 남동생과 생존하기 위해서 하루 종일 식당 주방 속에서 종종걸음을 하고 있는 그녀에게 나는 어떤 말도 할 수가 없다. 끔찍하게 보고 싶어지면 찾아가 앉아서 어머니의 일을 거들다가 아무 일도 없는 사람마냥 웃다가 돌아오는 것 이외에는.

그날의 우울한 기분도 알고 보면 그의 기사를 본 탓이었다. 연변의 동포들이 한국의 비자 발급 제한법이 효력을 발생하기 전에 비자를 받으려고 한국 대사관 앞에서 장사진을 이루고 있다는 기사였다. 대사관 앞에 길게 늘어선 교포들의 사진과 함께 그의 이니셜이 선명하게 박힌 신문을 내려놓고 나는 아주 먼 곳에서 무언가가 다시 한번 무너지는 것을 느꼈다.

일상의 소음들이 호들갑스럽게 느껴지고 길을 걷는 사람들의 얼굴이 모두 똑같은 안위라는 가면을 쓰고 있는 것 같았다. 목적지도 없이 도시의 뒷골목을 걸었다. 한참을 걷다보니 끝이 없는 삶의 미로를 헤매다 지친 자의 절망이 순간 안식으로 변환되는 기묘한 느낌에 빠져들었다. 미로 투성이의 삶을 고스란히 받아들이고 난 후, 애써 감추었던 허탈감이 이끄는 대로 나는 술을 마셨다.

집으로 돌아올 때는 이미 몸을 가누기 힘들 만큼 취해 있었다. 끊임없이 뒷덜미를 당기는 자기 연민을 뒤로한 채 지하철역 계단을 올랐다. 세상엔 이렇게 사는 사람도 있는 거라고 혼자말을 몇 번이고 반복하여 되뇌이며 내가 세들어 사는 2층 계단을 올랐다.

대체 그가 어떻게 그 자리에 서 있었을까. 하필이면 왜 지금.

술김에도 그에게 이런 나의 모습을 들키고 싶지 않다는 강한 일념밖에 떠오르지 않았다. 연변에 있어야 할 사람이 사당동 네거리 이집 앞에 쭈그리고 앉아 있다는 것이 얼른 납득할 수 없었다. 술 취한 모습을 그는 치기라고 단칼에 내리칠 것이 뻔했다. 자기 연민이라는 축축한 욕구를 가득 채우기 위해서 음습한 곳을 일부러 찾아 다니는 이상한 취미를 가진 사람이라고 밀어붙일 것만 같았다. 그래서 내가 그에게 부담이 되고, 그래서 도망치고 싶은 거라고 금방이라도 소리지를 것 같았다.

오셨어요.

최대한 낮고 정중한 목소리로 그에게 인사를 했다. 하마

터면 거리에서 마주치는 높은 지위의 사람들에게 했던 것
처럼 허리를 깊숙이 숙여 인사까지 할 뻔했다. 나는 되도
록 취하지 않은 척하기 위해 천천히 열쇠를 꺼내 현관 문
을 따고 집안으로 들어서며 그의 손에서 가방을 받았다.

　오래 기다리셨어요? 죄송해요.

　신발을 벗고 마루로 올라서는 그의 한옆에 비켜 서서 나
는 원망과 반가움을 누르며 무심한 척 말했다. 그는 무언
극에 출연한 주인공처럼 몸을 느리게 움직여 집안을 둘러
보았다. 그때 그의 말랑한 비닐 가방의 손잡이가 저 혼자
옆으로 내려지며 그 사이에 끼여 있던 잡지책이 바닥으로
떨어졌다. 그러곤 마술처럼 그 속에서 한 여자가 웃으며
마루 바닥까지 튀어나왔다. 첫눈에도 여기 여자가 아닌 것
같았다. 촌스럽다고 단정지을 수만 없는 순박함이 고스란
히 남아 있는 모습 속에서 연변 교포임을 한눈에 짐작하게
해주는 얼굴이었다. 대한 항공 여객기에 비치된 잡지였다.
그는 연변에서 서울로 오는 동안 내내 그 여자의 사진을
들여다보고 있었나보다. 그때까지 나를 사로잡고 있던 조
심성이 사라지는 것을 느꼈다. 갑자기 뒤통수를 치고 올라
오는 취기에 나는 비틀거렸다. 마룻바닥의 여자를 집어 그
에게 내미는 내 손끝에 수만 개의 불꽃이 한꺼번에 지피고
있었다.

　몇 번인가 그에게 아무렇지도 않은 듯이 이 여자는 누구
냐고 묻고 싶었다. 그러나 나는 내 입 밖으로 사진 속의
여자 이야기를 꺼냈을 때, 그가 정색을 하고 우리의 관계
를 정립하자고 할까 봐 아무것도 보지 못한 사람처럼 지나

갔다.

그는 무언가 달라져 있었다. 목소리도 눈매도 친절한 것은 아닌데 어딘가 조금 따뜻해졌다고나 할까. 그것은 나로 인해서 일어난 변화라기보다는 내면의 고통을 깊이 겪은 지 얼마 안 된 사람들이 남의 상처를 조심스럽게 다루기 위한 따뜻함과 같은 것이었다. 그러나 그는 그 사진을 일주일 내내 치우지 않았다. 그의 방에 들어가보면 그 잡지는 항상 뒹굴었고 그 속에는 여자의 사진이 무심히 웃고 있었다. 그 사진을 볼 때마다 나는 그에게 여자에 관한 말을 꺼내고 싶은 유혹을 참기 위해 다시 한번 힘들어해야 했다.

아까 찾아왔던 그의 후배도 잡다한 일상사를 얘기하다가 무심코 그 잡지책을 뒤적였고 어김없이 그 사진이 바닥으로 떨어졌다. 넉살 좋은 후배는 단번에 형님 현지처유? 라고 물었고, 현지처는 무슨…… 이라고 말끝을 흐리면서도 내가 들을 수 있는 또렷한 목소리로 가끔 만나는 여자라고 남편은 대답했다.

가끔 만나는 여자. 무언가 통하고 무언가에 이끌려서 어쩔 수 없이 만나게 만드는 사이가 가끔 만나는 사이일 것이다. 안 만나고 있으면 어느 결엔가 저절로 관심이 기울어지고 그리움이 고여들어서 참을 수 없게 되었을 때 만나게 되는 사이.

나는 다 깎은 과일 접시를 그들에게 디밀고 과일 껍질을 챙겨 싱크대 쪽으로 돌아섰다. 그토록 얻고 싶었던 남편의 마음을 차지한 그녀에 대한 선망과 질시가 한꺼번에 밀려

들자 금방이라도 눈물이 흐를 것 같아서였다. 그보다는 남편에 대한 주체할 수 없는 원망이 쏟아져 내릴까 봐 두려웠다는 편이 옳을지도 모르겠다.

관악산 자락에 붙어 있는 동네라 하산길 등산객들이 심심치 않게 우리 곁을 스친다. 쉬지 않고 자동차들이 골목길을 오간다. 자동차와 사람들에 치인 양 쭈뼛거리며 되도록 그의 뒤에 처져서 걷는다. 그와 어깨를 나란히 하고 걷는다는 것도 쑥스럽지만 그보다는 그녀에게 줄 화장품을 생각하고 있을 남편 가까이에 가고 싶지가 않다.

그와 함께 한 지난 5년 동안 나는 그에게서 무슨 선물을 받았더라.

그는 나에게 모차르트의 레퀴엠을 선물했지. 그가 바흐의 크리스마스 오라토리오를 들려주었을 때 나는 울었다. 천상에서 울려 나오는 음율의 성스러움에 매료당해서였던 것도 같고, 혹은 지금까지 하도 사는 일에만 매달렸던 사람만이 느낄 수 있었던 안식의 공간에 발을 들여놓으면서 치미는 감격 탓이었으리라.

그리고 또 무엇이 있더라. 그가 최초로 한 해외 여행지였던 모스크바의 아르바트스카야 거리에서 샀다는 나무상이 있었지. 생식기를 그대로 드러낸 남자가 무심히 앉아 있는 작은 조각품이었다. 유난히 눈에 들어와서 그냥 지나칠 수가 없었노라며 그것을 내밀었을 때, 나는 무덤 속에서 두 손으로 그 조각품을 받쳐들고 누워 있는 내 모습을 보았다. 그의 마음을 조금이라도 얻어내었다는 어떤 확신을 조각품에 실으며 감동의 파고를 무표정으로 넘었지. 끔찍한 기쁨과 길고도 지루한 나의 집요한 사랑도 함께였지…….

그리고 백일홍이 흐드러지게 피어 있던 금산사 마당에서 금도금된 관세음보살상을 사준 적이 있었다. 자그마한 부처를 하나 갖고 싶었다면서 정성스레 고르는 그를 바라보며 나는 다시 한번 투명하게 울리는 맑은 웃음소리가 여운 없이 공중에 퍼지는 것을 보았다.

그리고 또 뭐가 있었더라. 어쩐지 우리 사이가 뒤흔들리고 있다는 느낌이 들기 시작한 지 얼마 안 돼서였으리라. 냉랭한 그의 주위를 조심스레 오가던 시간이었다. 친구를 따라 남도를 돌아보고 오겠다고 훌쩍 그가 떠나버린 날 밤에 나는 어쩌면 다시 그가 돌아오지 않을 것이라는 예감에 빠져들었다. 존재니, 가치관의 공유니 하는 말을 섞어 정신적인 유대감을 확인해 오던 그가 어느새 적나라한 트집과 원색적인 신경질을 토하며 마구 화를 내는 순간이 다반사였기 때문이었다. 그러나 그는 나의 예감을 단번에 무찌르며 나타났다. 송광사의 특산품이라며 대추나무로 아주 정교하게 만든 얼레빗을 선물이라고 내밀었다. 아직도 동백 기름의 향이 은은히 남아 있는 그 빗을 나는 보물처럼 소중히 손 안에 쥐어보았다. 손바닥으로 빗살을 문지르자 늦가을 산 속에서 마른 나뭇가지들이 바람에 쓸릴 때처럼 부드럽고 청아한 소리가 울려와 가슴을 적셨다. 여행으로 지쳐 잠들어 있는 그의 얼굴과 얼레빗을 몇 번이고 어루만져 보았다. 그러곤 아주 조금 울었던 것 같다.

어쩌면 지금까지 내가 버틸 수 있었던 것은 이 세 가지 선물이었을지도 모르겠다. 나는 한번도 그것들을 물질로 느끼지 못했다. 그것은 이 세상에 존재하고 있는 그가 나에게 준 것이다. 그 점이 내겐 중요했다. 그것들은 내가 그의 관심을 돌이키기를 기다리는 한 의미로만 남아 있을 것이다…….

그러나 지금 저 남자는 그녀에게 화장품을 선물하고 싶어한다. 나는 화장품이 그토록 관능적인 느낌으로 다가오는 데에 새삼 놀라고 있었다. 그는 어쩌면 그녀를 현실적으로 사랑하고 있을지도 모른다는 생각이 들자 나는 한없이 쓸쓸해진다.

정신적인 교감도 물론 중요하지만 신체적인 접촉도 그에 못지않게 자연스러운 사랑의 표시라는 나의 생각은 변함이 없다. 베토벤의 열정이나 더 이상 절제할 수 없는 가슴속의 사랑을 아주 조심스럽게 토해 내는 듯한 테너 피터 슈라이어의 노래를 통하여 자신의 감정 표현을 충분히 구사하는 것이 화장품이나 네글리제를 선물하는 연인 관계보다 우월하다고는 표현할 수 없다. 어떻게 생각하면 육체적인 접촉을 원하는 사랑이야말로 차라리 몸과 마음에 충실한 사이일지도 모르겠다.

아, 그의 뒤를 따라 목욕탕에 간다는 것이 갑자기 우스워진다. 세상을 향한 연기에 진력이 난다고나 할까. 한번쯤 자기 자신에게 정직하거나 혹은 충실하고 싶다는 욕구가 강하게 치밀어 나는 몸을 떤다.

남편과 마주 앉아 당신의 속마음을 털어놓아 보라고 채

근할까. 당신이 원하는 대로 당신의 손을 놓고 떠나겠다고
선언하는 일만 남아 있는가. 그것이 진정으로 내가 택하고
싶어하는 길인가. 서로를 부정하기 위한 말다툼조차 해보
지 못한 채, 격렬하고 지루한 침묵의 대치 속에서 각자의
진지를 더욱 굳게 지키다가 슬며시 사라져버리는 것을 내
가 진실로 원하는 것인가.

목욕탕으로 가는 동안 고집스럽게 지킨 침묵을 통해 나
의 기분이 조금이라도 전달되었을까. 어차피 그에게서 보
장받아 본 적이 없는 자존심이지만 이제라도 그것을 사수
하기 위한 투쟁을 감행해야 하는가. 내가 투쟁을 선언하는
순간 우리는 현실적으로 이별하지 않으면 안 된다는 사실
을 잊지 않았는데도 나는 순간 그에게 투쟁을 선언하고 싶
은 유혹에 빠진다.

목욕탕 카운터에 도착하자 남편은 두 사람의 목욕값을
지불했다. 우리 앞에서 돈을 낸 부부는 각자의 탕을 향해
걸으며 큰 소리로 5시에 만나자고 소리 지른다. 나는 여탕
쪽으로 몸을 돌리며 그를 보았다. 그러나 그는 이미 남탕
의 유리문을 밀고 안으로 들어서는 중이었다. 그가 다시
유리문을 닫고 어른거리는 그림자까지 주어 담아 완전히
사라지자 나는 또 한번 그로부터 버림받은 느낌이 든다.
그에게서 최소한의 배려나 인내를 바란다는 것이 비극의
시작이라고 알면서도 왜 나는 그토록 끊임없이 그의 주의
를 끌거나 인정받기를 원하는지 모르겠다.

발걸음을 돌려 목욕탕 밖으로 빠져나왔다.

5시에 나와. 여기서 기다릴게.

그가 이렇게 말했더라면 어쩌면 나는 감격했을지도 모른다. 완강한 나의 침묵을 의식한 배려라고 생각했을 테지. 그러나 그는 내가 연출한 침묵 따위는 아무런 의미나 가치를 두어서는 안 된다는 것을 우리에게 공언하고 싶어서 아예 모르는 척했을 것이다.

무작정 큰길을 따라 걷기 시작했다. 거리는 행락을 마치고 돌아오는 인파에 휩싸여 축제 분위기였다. 길을 꼬박 메운 자동차의 물결에 노점상의 호객과 테이프 가게의 확성기에서 흘러나오는 가요까지 겹쳐 빈틈없이 몰려 있었다. 각자의 사람들이 연출하는 의상의 화려한 색채에 놀라면서도 머릿속의 엉킨 실타래는 꽉 뭉쳐서 풀릴 기미라곤 전혀 없었다.

나는 네거리 귀퉁이에 마련된 돌벤치에 앉아서 지나가는 사람들을 바라보기 시작했다. 오랫동안 그렇게 넋을 반쯤 놓고 사람들을 보고 있으면 나는 그들의 얼굴 위에 씌워진 안식이라는 똑같은 가면을 본다. 세상의 모든 헛된 것에 대한 갈증으로 지루하게 시간이 가기를 기다리고 있는 사람들.

나는 사당동 네거리에 앉아서 사막의 모래폭풍 소리를 듣는다. 시간의 낙타를 타고 황량한 모래 사막을 헤매는 지친 여행자를 본다. 스스로 살아가는 것이 아니라 어떤 힘에 떠밀려 살아지고 있음을 이미 알아버린 여행자. 나는 주변을 스치는 수많은 소음들 속에서 짙푸른 바다가 넘실넘실 파도치며 공중에 떠 있는 것을 본다.

심호흡을 하며 지하철 역으로 내려간다. 무작정 떠날 수 있는 곳, 서울역을 향하여 내 마음은 달린다. 내 앞에는 무거운 짐을 머리에 이고 난간을 꼭 붙들고 한 노인이 조심스럽게 발을 내딛고 있다. 머리에 인 보퉁이가 그녀를 하염없이 짓누르는데도 그녀의 가는 모가지는 온 힘을 다해 고개를 더욱 빳빳이 세운다. 동전을 털어넣고 표를 집어들며 나는 또 한번 심호흡을 했다. 지하철 역에 띄엄띄엄 늘어선 공중전화 부스가 자꾸 눈에 들어온다.

아마도 내가 정말 어딘가로 떠날 수 있다면…….

아, 결코 돌아오고 싶어하지 않을 것이다.

자꾸만 공중전화가 시선을 끈다. 나는 갑자기 전화가 나를 잡아당기기라도 한 것처럼 빠르게 전화 옆으로 다가갔다.

여보세요. 거기 춘천옥이지요. 여기는 사당동인데 저의 어머님이 계시면 좀…….

내 말이 끊어지기도 전에 빠르고 밝은 목소리가 전화 속으로 사라진다. 나는 어머니가 일하는 식당에 전화를 걸 때마다 어머니를 어떻게 호칭해야 할지 몰라서 항상 쭈뼛거린다. 잠시 윙 하는 전화음이 들리다가 곧바로 여보세요 하며 어머니가 나온다. 그러나 그 순간 막 도착한 지하철에서 쏟아진 승객들의 부산한 움직임 소리에 어머니의 목소리가 아득하게 멀어진다. 나는 갑자기 초조해져서 어머니를 부른다.

엄마. 나야.

그러나 그 다음엔 무슨 말을 해야 할지 모른다.

이 서방이 내일 연변으로 간대.

늙은 어머니가 바짝 긴장하는 것이 전화선을 통해서도

감지된다.

　무슨 얘기가 있었니?

　어머니는 지금쯤 터져나오려는 한숨을 참고 있을 것이다. 나는 무어라고 대답을 해야 할 텐데 갑자기 말을 잃어버린다.

　순간 침묵이 익숙한 벗처럼 스스럼없이 밀고 들어온다. 공중으로 분해되었던 모든 언어들이 다시 바닥으로 떨어질 때까지 나는 전화기를 붙들고 있다.

　무슨 일이 있구나…….

　어머니는 힘없는 목소리로 단정짓는다.

　그래, 포기해라. 사람 힘으로 안 되는 것도 있단다.

　아니에요. 엄마. 그냥 걸었어. 잘 있나 갑자기 궁금해서.

　나는 서둘러 전화기를 내려놓는다.

　기차가 들어오고 나갈 때마다 오가는 인파를 바라본다. 양미간에 깊은 주름을 지으면서 나는 무언가를 꼭 찾지 않으면 안 되는 사람처럼 눈에 힘을 주었다.

　어머니는 나에게 자꾸만 포기하라고 하지만 나는 무엇을 포기해야 할지 알 수가 없다. 내 마음을 닫는 것인지 아니면 그의 마음의 문을 두드리는 것을 중지하는 것인지. 어쩌면 아무리 더 살아도 이 차이를 나는 모르고 말지도 모르겠다.

　그러나 어머니. 이 세상엔 이렇게 살아가는 사람들도 있어요. 오직 한 사람의 표정만 끝없이 따라다니며, 죽음을 각오하고, 죽을 때까지 그 한 사람을 붙들고 살아가는 사람들이 있어요.

살아도 그만, 아니 살아도 그만인 듯이 처연한 사랑의 비극적 착시 속에서 한결같이 한 사람의 앞만 보고, 한 사람을 머리에 이고 살아가는 사람들이 있지요.

나는 한참을 더 우두커니 서울역의 플랫폼에 서 있었다. 눈에는 보이지 않으나 나처럼 살고 있는 수많은 사람들이 오가는 것을 느낀다. 기묘하게 엇갈린 관계 속에서 세월을 함께하며 서로에게 삼투된 체취를 결국은 확인하고 마는 사람들을.

처음 그를 만났을 때의 느낌이 선명하게 떠오른다. 영혼의 심연을 치고 오르는 사랑을 느꼈을 때,

아, 세상에는 이런 느낌도 있었구나.

이 말이 나의 가슴 밑바닥을 뒤흔들며 튀어나왔지.

둘이서 보낸 시간을 하나하나 세밀하게 기억해 본다. 이다음 이 시간들이 내 삶의 여백으로 남겨질지라도 나는 이렇게 살아가리라는 것을 분명히 깨닫는다.

손에 쥐었던 기차표를 휴지통 속에 구겨넣고 나는 서울역을 빠져나왔다. 그리고 느리게 걸음을 떼어 집으로 향했다.

해바라기를
보았다

해바라기를 보았다

그는 자신의 왼쪽 무명지 손톱과 손가락 첫마디 사이의
경혈에 침을 꽂는다. 그러고는 침끝을 조금 비틀면서 아주
천천히 돌린다. 눈을 감고 머리 오른쪽의 두통이 사라지기
를 기다린다. 그러나 딱딱한 새의 부리가 쪼아대는 듯한
주기적인 통증이 다시 한번 날카롭게 공격을 개시한다.

선생님도 아파서 침 놓는 거예요?

손등과 팔목에 침이 꽂혀 있는 양손을 허공에 쳐든 채 소
년이 묻는다. 조금 아까까지도 낮은 숨소리를 내면서 자고
있던 소년이 어느새 눈을 뜨고 그를 바라보고 있다. 그는
소년을 향해 눈꺼풀을 천천히 움직여 감았다가 떠보인다.

미안해요. 저 때문에 퇴근이 또 늦어져서요…….

이번에는 일산에서 사당동까지 침을 맞으러 오는 여자가
말을 한다. 양쪽 어깨의 근육이 거의 없어져서 팔을 자유
롭게 사용하지 못하고 있다. 팔꿈치 아랫부분인 팔목과 손

가락들만 겨우 그녀의 의지대로 움직여준다. 몇몇 병원과 물리치료실을 다닐 만큼 다녀보다가 혹시 침으로 치료될 수 있지 않을까 하는 기대의 심정으로 그를 찾아온 눈치다. 여자는 몸이 불편한데도 생업을 놓을 수 없는지 중고생들에게 수학 과외지도를 하고 있다고 했다. 그래서인지 그녀는 매번 퇴근 무렵에 들이닥쳐서 그를 이 방에 붙들어놓기 일쑤다.

오늘도 마찬가지였다. 축구 선수 지망생인 소년과 허리가 불편한 할머니 한 분이 거의 2시간째 침을 꽂고 있었으므로 잠시 후에 퇴근을 해야겠다고 생각하고 있을 때였다. 낡은 새시문이 밀리는 소리와 동시에 또 늦었어요, 라고 말하는 여자의 소리를 들었다. 그때 그는 할머니의 무릎에 붙어서 침의 깊이를 조정하고 있는 중이었다. 침의 방향과 각도를 유지하기 위해 몸을 틀 수 없었기 때문에 그는 여자의 목소리만 듣고 있었다. 여자의 목소리는 쾌활하고 당당했다. 그 목소리를 듣는 순간 그는 머릿속에서 아직도 유년을 방패막이로 삼아 삶의 전장을 달리고 있는 전사를 떠올리고 있었다. 그것은 아마도 벌써 2개월째 그를 찾아오고 있는 그녀가 가끔 무례할 정도로 대담하고 솔직하게 자신의 생각이나 느낌을 내비쳤기 때문이었을 것이다. 그것이 자칫 그를 기분 나쁘게 할 수도 있었으나 여자는 아주 적절한 순간에 유년이라는 방패 뒤로 숨어버리는 것이었다. 지금도 그는 말소리에 어리광을 부리면서 늦은 시간에 들어서는 여자에게 화를 내거나 거절할 수 없는 느낌이 드는 것도 음식꾸러기 앞에서 힘을 쓸 수 없기 때문이라고 생각되었다. 게다가 뒤돌아보지 않아도 그는 여자가 걸어 들어오는 모습을 머릿속에 환히 떠올릴 수 있었다.

여자는 어깨를 흔들며 걸었다. 어떻게든 자신의 불편한 모습을 사람들에게 들키지 않으려고 그녀는 몸을 꼿꼿이 세웠다. 자꾸만 처져서 내려앉는 양어깨에 힘을 준다는 것이 앞가슴만 볼록하니 내밀게 하였다. 뒤틀리는 어깨의 균형을 잡으려고 긴장한 탓으로 약간 휘어진 허리 위로 가슴을 잔뜩 내밀고 있는 여자의 모습은 어떻게 보면 새처럼 우아하게 사뿐사뿐히 걷는 것처럼 보였다. 그러나 여자가 아무리 감추려고 해도 부자연스러운 느낌까지는 지울 수가 없었다.

그는 작은 상가 한 칸을 빌려서 온돌방으로 개조한 곳에서 사람들에게 침을 놓고 있었다. 낡은 새시문을 밀고 들어서면 신을 벗을 수 있는 공간을 제외하고 곧바로 한 자쯤 바닥을 높인 방이었다. 양쪽 벽에는 확대경으로 들여다본 노인의 손등처럼 가느다란 실금이 무수히 얽혀 있는 낡은 비닐 소파가 놓여 있었다. 그리고 하루 종일 라디오의 채널을 교통 방송에 맞추어놓았다. 처음에는 새시문 천장쪽에 달아놓은 에어컨의 소음을 상쇄시키려는 의도였는데 한겨울이 되고 나서도 교통 방송을 듣고 있는 자신을 발견하고 스스로가 의아했다. 어떻게 시작되었건 그는 이 방에서 하루 종일 교통 방송을 듣고 있었다.

그때도 그는 교통 방송을 듣고 있었다. 마침 도로 상황을 방송하는 시간이라서 신경을 곤두세우고 어디가 지금 막히고 있는가를 열중하면서 듣고 있는 중이었다. 그 순간

날카롭고 낮은 비명으로 이어지는 여자의 말소리가 방송을
비집고 들어왔다. 여자는 큰소리로 자신이 늦었다는 사실
을 일단 알리고 그것이 적당히 얼버무려지는데 신경을 쓰
고 있어서 그랬는지 뒷발의 구두 굽이 새시 문턱에 걸리면
서 넘어지는 중이었다. 그는 어 하는 할머니의 소리와 여
자의 말꼬리가 정상적인 여운을 남기지 못하는 순간을 동
시에 포착하고 본능적으로 빠르게 몸을 돌렸으나 여자의
상체는 이미 방바닥으로 떨어지는 중이었다. 할머니와 소
년도 손과 다리에 침을 꽂고 있었기 때문에 어 하고 놀라
는 소리를 내는 것 이외에는 아무것도 그녀를 거들어줄 수
가 없었다.
　여자는 그가 뛰어가서 상체를 붙들었는데도 불구하고 넘
어진 자세 그대로 엎드려 있었다. 잠시 후 여자가 그의 손
안에서 몸을 흔들었다. 그는 잡고 있던 여자의 양어깨에서
손을 떼었다. 그러나 그녀는 혼자서 몸을 일으킬 수가 없
었다. 여자는 다시 그가 이끄는 대로 상체를 일으킬 수밖
에 없었다. 여자는 몸을 곧추 세우고도 잠시 동안 고개를
숙이고 있었다. 순간 그의 마음은 더할 수 없이 우울하였
다. 이 여자는 지금 어디론가 사라지고 싶은 심정일 것이
다. 그러면서도 여자는 이 상황을 감수해야만 한다는 것을
알고 있다. 그는 자신의 침묵이 그녀의 마음에 조금이라도
위안으로 받아들여지기를 바라면서 그녀를 깊은 시선으로
바라보았다. 그때 돌연 그녀가 고개를 아래로 한번 깊숙이
숙이더니 머리를 번쩍 치커들며 좌우로 세차게 머리카락들
을 흔들어대는 것이었다. 그 순간 그의 심장이 졸아들었

다. 그녀의 세찬 머릿짓은 그를 과거의 한 순간 속으로 떨어뜨렸다. 아주 짧은 순간에 던져진 여자의 고갯짓 때문에 그는 지나간 자신의 삶의 한 순간이 다른 모든 순간들처럼 무화해 버리지 않고 있다가 시간의 흐름에서 뽑혀져 나오는 것을 보았다. 서투르게 매장되었던 주검이 잠깐 뿌린 소나기 속에서 여지없이 발견되는 것과 같았다.

갑자기 두통이 그의 머릿속에서 빠른 속도로 증식하기 시작했다. 그는 옆에 사람이 보지 않도록 벽을 향해 돌아서면서 한숨을 짧게 내쉬어본다. 왼손 엄지와 검지로 눈꺼풀 속의 두 눈동자를 지긋이 누른다. 습관처럼 벽에 걸린 시계를 올려다보았다.

해수욕객이 빠져나간 바닷가 식당은 고적했다. 승희는 아까부터 생각에 잠긴 듯이 고개를 갸웃이 숙이고 있었다. 그는 그녀가 빚는 이러한 침묵이 무거워 더 이상 견딜 수가 없었으나 어쩔 도리가 없었다. 그는 침묵이 걷히기만을 기다릴 뿐이었다. 그때 갑자기 승희가 머리를 깊숙이 떨구었다가 세차게 도리질을 하며 고개를 쳐들었다. 중국판 무협영화에서처럼 머리카락 끝에도 내공이 담겨 있다가 허공을 가로지르고 공기의 흐름을 정지시킨 것 같다. 지극한 고요가 그의 주변을 감싸오는 것이 느껴졌다. 확신에 가득 찬 그녀의 머릿짓이 지금까지 그들 사이를 흐르고 있던 음습하고 무거운 공기를 단호하게 잘라버린 듯하였다. 그는 자신의 심장이 졸아드는 것 같았다. 드디어 저 여자가 어떤 결론을 내리려 한다는 예감이 카운트다운을 시작한 인공위성 발사대의 빨간 불빛처럼 깜박거렸다. 그는 기다렸다. 기다리고 또 기다렸다. 그것이 무엇이든 간에 그녀의 선고대로 그들이 흘러가리라는 예감 때문이었다.

「가요」

승희가 하얀 핸드백을 들어올렸다. 그는 이 만남이 마지막이라는 생각이 들었다. 입을 열어 말소리를 내어 그녀의 속마음을 확인해야 한다고 생각하면서도 아무 말도 할 수가 없었다. 주섬주섬 그가 음식값을 계산하고 나왔을 때, 승희는 모래바닥으로 내려서는 대신 식당의 계단을 향해서 걷고 있었다. 서툴게 눌러쓴 여관이라는 붉은 글씨가 모래 황무지 한가운데서 불을 밝히고 서 있었다. 그녀를 처음 만난 지 2년 만의 일이었다. 그동안 그는 그녀와의 정사라는 희망 아래 수치를 무릅쓰고 어떻게든 자신의 감정을 은근히 내비치면서 집요하게 그녀를 맴돌았던 시간들이 빠르게 그의 머릿속을 지나가고 있는 것을 보았다. 그녀 앞에서 무릎을 꿇고 그녀를 회유하기 위해 상냥한 언어를 생각해 내려고 갖은 머리를 짜내던 생각들이 떠올랐다. 그녀의 마음속에 조금이라도 자신의 영역을 차지하기 위해 애원의 눈빛으로 슬픈 표정을 지었던 지난날들이 그를 스쳤다.

그는 말없이 그녀를 바라보았다. 그녀의 얼굴을 자신의 눈 속에 처음으로 담던 날이 떠올랐다. 침구사가 몸의 이곳저곳에 번갈아가면서 한바탕 침을 꽂았다 뺀 직후였다. 몸 속으로 온몸이 벌에 쏘이기라도 한 듯이 후끈한 기운이 짜르르 퍼졌다. 갑자기 거대한 불덩어리 같은 것이 머릿속으로 흘러 들어와 눈동자를 통하여 빠져나가는 듯한 통증이 느껴졌다. 그리고 아주 희미하게 사람의 윤곽이 망막에 잡히기 시작했다. 자기 앞에 어떤 여자가 웃고 있는 모습이 어렴풋이 보였다.

「지금 웃고 계시죠?」

그가 이렇게 물었을 때 그녀는 고개를 저었다.

「아니라고 고개를 젓는군요」

그녀는 다시 머리를 끄덕였다. 그 순간 그는 물체가 더 이상 명확하게 보이기를 원한다면 그것은 자신의 과욕이라는 생각이 들었다. 지금 현재만으로도 너무 감사하고 행복하였다. 그때 그의 앞에서 웃고 있던 여자가 승희였다. 그와 함께 침을 맞고 있던 그녀는 그의 놀라움을 아주 부드럽게 잠재우며 그의 흥분을 조용히 지켜보고 있었다.

처음 눈을 앓기 시작했을 때는 꽃샘 추위가 일으키는 모래바람 때문이라고 생각했다. 군대를 마치고 고향으로 돌아간 그해 겨울이었다. 당시에 그는 복학을 준비하는 중이었다. 책을 보거나 칠판을 들여다보고 있자면 눈가가 촉촉해지며 눈물이 질금거리기 시작했다. 대수롭지 않게 생각했다. 그러나 점점 더 눈물은 심해져서 조금 밝은 빛만 보고 있어도 감당할 수 없이 눈물이 흘러내리기 시작했다. 동해의 작은 어촌이었던 그의 고향에는 삼십대 초반의 보건의가 자리를 지키고 있는 보건소가 유일한 진료지였다.

보건의는 무감동하게 그의 눈을 들여다보았다.

여기는 모래바람이 심해서…… 외출을 삼가고 푹 쉬어요. 별다른 원인은 없어요. 눈이 피곤해서 그럴 거예요.

그는 젊은 의사를 똑바로 쳐다볼 수가 없었다. 그의 흰

가운에 눈이 부셔서 눈을 제대로 뜰 수가 없었다. 그는 의사의 말대로 집으로 돌아와 방 속에 그대로 박혀 있었다. 그러나 안통은 점차 심해지더니 잠깐 동안이라도 빛 속으로 나설 수가 없었다. 그는 어둠 속에서 어떤 특별한 은총이 그의 눈앞에 나타나기를 간절히 기다리며 엎드려 있었다. 어둠 속에서도 눈물은 계속되었다. 그러곤 어느 순간부턴가 사물이 윤곽으로만 잡혀지기 시작했다.

그가 매일 찾아가는 젊은 의사는 여전히 그의 사태를 심각하게 생각지 않는 것이 분명했다.

대학 시절에 학생 같은 임상 케이스를 본 적이 있습니다. 여류 작가분이셨는데 미국에 유학 가 있던 그분의 아드님이 교통사고로 목숨을 잃었어요. 나와 의과 대학을 함께 다닌 친구라 동기들도 모두 충격이 대단했죠. 그런데 친구의 어머니인 그분이 갑자기 실명하신 거예요. 충격이나 심한 스트레스가 실명으로 이어진다는 소리만 들었지 내 눈으로 본 것은 나도 그때가 처음이었어요. 얼마 후 그분은 다시 정상으로 회복되었으니까, 아마 학생도 같은 경우가 아닐까 싶군요.

젊은 보건의는 그렇게 말했지만 그러나 그의 불안감은 극도로 날카로워지고 있었다. 최후의 표정 속에 굳어버린 이미지들만 그의 기억 속으로 들어왔다. 경악과 겁에 질린 흥분만이 그의 앞에 놓여 있었다. 무슨 수를 써서라도 시력을 찾아야 한다는 의지는 강했지만 실천할 수 있는 경제력이 그에게는 없었다. 용하다는 소문을 듣고 찾아 나선 곳이 서울 광화문 근처에 있는 어느 한의원이었다. 그는

이 세상에서 할 일이라고는 침 맞는 일 이외에 아무것도
없는 사람처럼 열중했다. 그는 마침내 침의 효력을 본 것
이다. 충격으로 실명했다던 여류 작가분처럼 우연히 회복
되었는지도 모르지만 아무튼 침에 대한 그의 신뢰는 대단
했다.

그리고 그녀에 대한 그의 감정도 특별했다. 희미하나마
물체의 표정을 구분지을 수 있었던 최초의 순간에 만난 여
자여서였을까. 그는 여자를 통하여 어떤 계시를 받은 듯하
였다. 그 순간 그의 앞에 그녀가 존재하고 있었기 때문에
눈이 떠진 것은 아닐까 하는 의문이 일 정도였다.

그는 침술의 신비한 힘에 이끌렸다. 그는 열심히 침술을
익혔다. 침술은 그에게 경건한 의식처럼 다가왔다. 승희에
대한 그의 감정도 침술에 바치고 있는 경건함만큼이나 깊
어졌다. 그는 자신이 간직한 모든 것을 침술과 승희에게
투자했다. 침술은 그의 열정을 조용히 받아주었다. 한편
승희에게는 그와 똑같은 수준의 감정적인 자산을 그들의
공동구좌에 투자해 주리라는 기대를 품게 되는 것이었다.

여관의 방문 앞에서 승희는 걸음을 멈추고 또 한번 고개
를 숙였다. 승희의 이끌림에 놀라고 당황한 그는 그냥 돌
아가도 된다는 말을 하려고 하였으나 그녀가 방안으로 쏙
들어서는 바람에 엉거주춤하며 뒤를 따르고 말았다. 그리
고 방에 들어서서 어떻게 되었는지 모르겠지만 그들은 포
옹하고 키스를 했으며, 어느 틈엔가 이불을 펴고 그 위에
누워 있었다. 모든 것이 너무나 빠르고 정확했다. 지난 세
월 동안 무엇을 기다리고 망설여왔는지 생각하고 따져볼

겨를도 없이 그녀와 그의 육체는 자신의 충실한 몫을 능숙하게 담당하고 있었다.

「언젠가는 우리들이 이렇게 되리라는 걸 알았어」

그는 승희의 귓가에 이 말을 부어넣었다. 그는 오랫동안 아름답게 그녀 속으로 침투했다. 그러나 승희는 자꾸만자꾸만 도망을 치는 것이었다. 드디어 그 여자가 지치고 흐뭇한 마음으로 쓰러지자 그는 그녀의 육체로부터 미끄러져 내렸다. 그는 그냥 물끄러미 그녀를 쳐다보았다. 그는 그의 앞에 놓여진 결혼한 여자와의 사랑이 그가 지금까지 알았던 삶의 가장 아름다운 부분이라고 여겨졌다. 지금 자신이 겪고 있는 삶의 한 토막이 흐트러지지 않고 변함없이 그를 기다리고 있어서, 언제라도 되풀이할 수 있기를 그는 간절히 바라고 있었다.

그는 자신의 손등에 꽂힌 침을 뽑는다. 개운하지는 않지만 지독한 통증은 가신 듯싶었다. 그는 소년의 앞에 가서 앉는다. 그의 손이 침에 닿지도 않았는데 소년의 얼굴이 이지러진다. 그는 소년의 얼굴에서 자신의 지난 시간을 본다. 아주 미세한 빛이라도 닿기만 하면 사정없이 그의 눈동자를 할퀴고 지나가던 시절, 그는 지금 자신의 몸 속에서 우글우글 기어다니는 절망 위에 침을 맞고 있다는 생각이 들었다. 기억하고 그리워할 것이 무엇인지도 모른 채 이대로 눈이 멀고 말지나 않을까 하는 두려움 한가운데 가장 꼿꼿하고 긴 침을 맞고 있는 느낌이었다. 그는 침을 맞는 동안 그에게 침을 놓아주시던 선생님의 얼굴을 한번도

처다보지 않았다. 물체를 보려고 눈꺼풀의 근육이라도 움
직이다가 아주 미세한 빛이라도 닿을라치면 즉시 생생하게
살아나는 안통 때문이기도 했지만 선생의 표정에 따라 불
쑥불쑥 내미는 그의 절망 때문에 겁이 나서였다. 그의 마
음속에는 포기할 수 없는 것이 너무 많았다.

소년은 과도한 운동으로 인한 관절통을 앓고 있다. 어떻
게든 아픔을 이기고 다시 축구를 하고 싶어한다. 그는 소
년도, 소년의 의지도 모두 어리다는 느낌 때문에 슬픈 느
낌이 든다. 무엇인가를 이루고자 하는 소년의 의지가 그에
게 느껴질수록 그는 슬퍼진다. 그는 소년의 몸에서 침을
뽑는다. 그는 소년에게 의자에서 일어나보라고 말한다. 소
년이 몸을 일으켜 세운다. 소년이 천천히 발을 떼어놓는다.

좀 어떠니?

소년이 고개를 갸웃한다.

아직도 아프니?

소년이 풀이 죽어서 고개를 끄덕인다. 그는 소년의 가슴
속에서 시퍼렇게 지피는 절망의 불꽃을 본다. 만약 지금
그가 소년에게 너는 꼭 낫게 될 거라고 말한다면 그것은
그대로 소년의 가슴에 일렁이는 불안에 불을 당기게 된다
는 사실을 그는 안다. 그래서 그는 소년에게 더 이상 말없
이 고개를 끄덕인다. 오늘 치료는 그만 하자는 뜻이다.

그는 무릎걸음으로 여자에게 다가간다. 여자의 앞에 무
릎을 꿇고 앉아서 발등을 십자로 가른 중앙에 침을 꽂는
다. 그러곤 경락을 찾아 침의 방향을 아주 느리게 돌려준
다. 짧은 스커트가 바짝 치켜 올라가 있다. 짧은 스커트를

입은 여자의 앞에 무릎을 꿇고 앉자 그는 갑자기 승희를 떠올린다. 얼마나 자주 그녀 앞에서 이렇게 무릎을 꿇어 앉아 있었던가.

그가 살고 있는 집은 방문을 열면 바로 골짜기 야산이 눈에 들어왔다. 잠을 자다가 귀를 기울이고 가만히 있으면 골짜기를 따라 바람이 몰려다녔다. 그는 한밤중 곧잘 깨어나 어둠 속에서 바람소리를 듣고 있었다. 침을 맞으러 오겠다던 승희가 오지 않은 날 밤에는 특히 잠을 자다가 바람소리에 눈이 떠지곤 하였다. 그러나 그가 눈을 뜨고 일어나 앉았을 때 실제로 바람이 그렇게 불고 있었던 것인지, 아닌지는 알 수가 없다. 언젠가는 그도 바람소리를 확인하고 싶은 마음에 귀를 뾰족이 세운 적도 있었다. 그러나 순간 그렇게 하고 싶지 않았다. 바람이 실제로 불고 있었다면 아무 문제가 없었다. 그렇지만 바람이 불지 않았을 때, 그는 어떻게 해야 좋을지 몰라할 자신을 감당하지 못할 것 같은 느낌이 들어서였다.

그즈음 승희는 다시 침을 맞고 있었다. 지독한 소화불량에 시달리는 그녀는 침을 맞고 나면 거짓말처럼 몸이 편안해진다고 하였다. 그래서 그녀는 일 년에 한두 차례씩 며칠 동안 침을 맞으러 그에게 왔다. 그는 마치 일 년 내내 그날을 기다리며 살고 있었던 사람처럼 갑자기 힘이 솟구치는 것을 느꼈다. 물론 자주는 아니지만 한두 달에 한번씩 승희를 만나 식사를 하고 이야기를 하였다. 그러나 그녀와 이야기를 나누었던 일보다는 그녀가 펼치는 침묵 앞에 숨을 죽이고 있었던 기억만이 떠오를 뿐이었다. 그는 승희 앞에 무릎을 꿇고 앉아서 그 여자의 정강이 아래서 경혈을 찾아 침을 꽂고 있을 때가 행복하였다. 승희가 얼굴을 찌푸리며 아픔을 참는 신음소리를 지긋이 입 속으로 삼키는 순간이면 그의 손가락 끝으로 힘이 모아지며 온몸에 소름이 쫙악 끼얹어지는 것이 느껴졌다.

그날도 그들은 그 전날처럼 침을 맞고 나서 작은 일식집에 마주 앉았다. 그에게는 일 년에 한두 번 찾아오는 느긋한 행복감에 도취하는 시간이었다. 좀처럼 저녁 식사 시간을 내주지 않는 승희가 초조한 표정 없이 그의 앞에 앉아 있는 얼마간의 시간이었으므로 그는 참으로 소중하게 그것을 채우지 않으면 안 되는 사람처럼 정성을 다하였다. 게다가 조금 속이 편안해진 그녀가 뭐든 먹을 것을 찾았고, 그가 그것을 사줄 수 있었기 때문에 그의 행복감은 더한 것이었다. 밤에 그녀와 마주 앉아 있는 것도 그에게는 색다른 느낌이 들었다. 그는 어떻게든 그 여자를 행복하게 해주고 싶었다. 여자가 진심으로 환하게 웃는 모습을 보고 싶었다.

처음 얼마 동안은 살아가는 이야기와 그녀의 아이들 이야기가 나왔을 것이다. 그렇게 그녀의 가정 이야기를 듣고 있으면 그는 마치 자신이 승희네 가족이 된 듯한 느낌이 들었다. 승희의 아들은 그의 동생이 되고, 그녀의 어린 딸은 그의 딸이 되고, 그녀의 남편은 마치 엄격한 누이동생 위에 군림하는 오빠처럼 느껴졌으며, 승희는 집안의 어른들 눈치를 살피며 그를 몰래 만나러 온 여학생 같았다. 그래서 그는 승희를 보호하지 않으면 안 될 입장에 자신이 처해 있다는 책임감으로 감미로운 느낌까지 드는 것이었다.

「당신을 만난 지도 참 오래됐구나」

갑자기 수다스러워졌던 승희가 잠시 눈을 그에게 멈추고 나지막이 말했다. 그는 그녀의 목소리에 들어 있는 부드러움을 발견하고 조용히 환희를 느꼈다. 그녀를 만나온 지 7년째였다. 어쩌다 그녀는 불쑥 그를 향해 아무렇지도 않게 〈당신〉이라고 불렀다. 그 순간 그는 감정이 격해져서 숨이 턱 막혔다. 지금도 그의 얼굴에는 같은 종류의 감동이 지나가고 있을 것이다. 그녀의 마음속에 있는 그의 자리를 보고 있는 것 같았다. 그는 한껏 부드러워져 있는 그녀의 마음속을 비집고 들어가 자신의 자리를 확인이라도 하듯이 간절한 눈빛으로 그녀를 바라보았다. 순간 그녀와 만나왔던 힘겹고 고통스러웠던 오랜 세월의 기억이 왈칵 눈으로 몰려 올라와 눈물이 나올 것만 같았다.

어색하게 머뭇거리다가 마침내 그녀는 그의 손을 잡았다. 몇 번인가 그녀와 정사를 치른 적은 있었지만 승희는 그 순간을 벗어나면 그에게서 아주 멀리 떨어져 자리를 잡았다. 언제 저 여자를 안아본 적이 있었던가 하는 느낌이 들 만큼 그에게 그녀는 항상 낯설고 서먹한 존재였다. 그는 가끔 그녀가 자신을 어떻게 생각하고 있는지 알고 싶은 열망에 휩싸이곤 하였다. 그는 자신의 손바닥을 뒤집어 그녀의 손을 힘주어 마주 잡았다. 조금 마셨던 술기운 탓인가. 그의 눈에는 물기가 젖어 올라왔다. 그녀의 말소리가 목도가의 한자락처럼 힘들고 고통스럽게 넘어가고 있었다.

그는 이해하려고 노력하며 끈기 있게 승희의 말을 듣고 있었다.

지난 몇 해 동안 그를 만나면서도 그를 피해 왔던 까닭은 그들의 만남이 고적함과 어둠을 필요로 한다는 사실이 슬프기 때문이었다. 그녀라는 육체에 즐거이 상륙한 당신과 나란히 손잡고 걸으며 평화스러운 햇살을 받을 수 있기를 진정으로 갈구했다. 그러나 식구들의 얼굴이 떠오르면 그런 감정들은 금세 사라져버리고 서먹서먹해진 남편과의 사이 같은 일들만 남아 있었다. 결국 당신은 내 삶의 조화를 훼손시키는 존재였다. 이 불균형이 그녀에게는 고통스러웠고 지금도 그 고통은 계속되고 있다.

그의 목구멍에서는 초조한 기대감으로 침이 마르고 있었다. 그는 작은 술잔에 맑은 술을 부어 마셨다. 그도 그녀에게 무슨 말이건 다 쏟아내어 버리고 싶었다.

그녀를 좋아한다고. 무엇을 바라는 것은 없다고. 다만 그녀의 마음속에, 그녀의 기억 속에 자리를 차지하기만 하면 된다고. 당신에게서 육체적인 욕구의 충족감에 대한 갈망을 얻으려 하는 것도 결코 아니라고. 나에게 자꾸 결혼을 서두르라는 둥 그런 말을 해서 나의 마음을 어지럽히지 말라고. 그냥 이렇게 시간을 보내고 있기만 하면 더 이상 원하는 것은 없다고. 내가 왜 당신 주변을 떠나지 못하는지 나 자신도 알 수 없다고.

그는 이런 말들이 그들 사이를 더욱 공허하게 한다는 것을 알았다. 그들이 무슨 말을 나누든지 그것은 패색이 짙은 명분을 세상을 향하여 계속 내밀고 있을 뿐이었다. 그는 승희의 고통이라는 거울 속에서 그녀의 마음속에 아주 조금만 자리를 잡으려고 한다는 자신의 요구가 철면피하고 음탕하기까지 하다는 사실을 불현듯 깨달았다.

그는 두 사람 사이의 커다란 틈은 무엇으로도 메꾸어지지 않는다는 것을 새삼스레 깨닫고 절망하게 되었다. 그는 승희와 자신의 사이에 사랑이라는 소중한 감정의 유대를 보존하기 위한 어떤 방법을 생각해 내려고 애썼다. 어쨌든 그는 자신의 현재가 참된 삶의 영역이라는 생각에는 변함이 없었다. 그는 그녀를 한번도 진실로 차지해 본 적이 없으며 설혹 그녀가 그의 속에 아주 잠시 들어왔었다 하더라도 이내 빠져나가 버려서 철저히 그의 소유였던 적은 없는 사람이라는 인식 때문에 괴로움을 받았다. 그로서는 당연히 이 문제는 건드리면 건드릴수록 자신의 상처를 들추어내는 결과뿐이라는 생각만 드는 것이었다. 그는 그녀가 삶의 조화를 훼손당하는 것이 고통스럽고, 자신 또한 그녀를 온전히 소유할 수 없어서 고통스럽지만 그래도 그는 자기 속에 있는 욕구를 제어할 수 있는 한 억제하여 일종의 절대적인 안식의 공간을 찾아내었다고 믿고 있었다. 이제 그녀에게 그들이 함께하고 있는 공간이 얼마나 진실하고 엄격하게 자신들을 제어해서 얻어낸 것인가를 설명하리라고 마음 먹었다. 만약 그녀가 삶의 조화를 훼손시키는 순수성이나 평화의 경지란 결코 존재하지 않는다고 언급해 오면, 그는 자신의 마음속을 가로지르고 있는 불순한 요소들을 용해시키는 어떤 절대적인 감정의 힘에 대하여 말을 해 주리라고 생각하였다.

얼마나 시간이 지났을까.

그는 다시 한번 승희의 세찬 고갯짓과 만나고 있었다. 비디오 테이프의 느린 장면에서처럼 승희의 머리카락들이 뛰는 말의 갈기처럼 휘날리며 일제히 내공을 뿜고 있었다. 그때쯤 그는 그들 사이를 흐르는 침묵에 약간 지쳐 있었고 상당히 격정적인 기분이어서 스스로 그녀를 향한 사랑의 감정에 도취되었다. 그리고 그녀가 세찬 머릿짓으로 침묵을 빠져나갈 때마다 그들만의 공간을 찾아가던 것들이 어느새 그의 무의식 속에 입력이 되었던지, 그는 재빠르게 반응하고 부풀어오르는 자신의 성기를 느꼈다. 그리고 오늘의 정사는 다른 어느때보다도 훨씬 격렬하리라는 예감도 함께였다.

「나는 더 이상 당신 집념의 대상일 수는 없어요」

그는 선뜻 그녀의 말뜻을 이해할 수가 없었다. 그러나 그는 마음속 깊은 곳에서 단 한번의 섬광처럼 순식간에 그녀의 말뜻을 깨우치는 또 하나의 자기를 만난 것도 사실이었다. 승희는 지금 그에게 집념이라는 색깔을 뒤집어씌웠다. 순간 그는 원래의 색깔이 얼마만큼 바랠 수 있을까 하는 의문이 들었다. 피라미드 속에서 발견되는 벽화가 색깔을 고스란히 유지하고 있는 이유는 햇빛이 닿지 않아서이리라. 그렇다면 햇빛에 노출된 벽화의 색깔은 어떻게 되었을까? 그는 갑자기 백제인이 일본에 남겼다는 사원의 벽화를 찾아가고 싶다는 엉뚱한 생각에만 사로잡히기 시작했다.

「그건 무슨 뜻이지요?」

그는 말을 하면서도 이처럼 우둔한 질문이 어디 있느냐

고 자신을 질책하였다.

　그녀의 고통을 자신의 사랑으로 감싸주기 위해 평생을 바치기로 마음속에서 굳게 다짐하고 있는 자기에게 저 여자는 지금 무슨 말을 하고 있는 것일까.

　이런 감정의 폭발을 감추려고 그랬는지 그는 질문을 던지고 나서도 그녀의 얼굴을 똑바로 쳐다보지 못했다.

　「내가 당신에게 어떤 기대를 품게 하였나요?」

　그는 그녀의 말들이 공중으로 쏘아 올려졌다가 하나하나 독침으로 살아나서 그를 향해 흩어져 내리는 광경을 보고 있는 듯하였다. 그는 지금까지와는 전혀 다른 격정이 그를 휘몰아쳐 대는 것을 느꼈다.

　내가 단 한번이라도 당신과 현실적으로 결합하고 싶다고 입 밖으로 소리내어 말한 적이 있었던가. 내가 언제 그대 집으로 불쑥 전화라도 걸어서 당신을 당황시킨 적이 있었던가. 나는 기다렸다. 당신의 전화를 기다리고, 그대의 마음의 문이 열리기를 기다리고, 어쩌다 그 문이 닫혀 있으면 한켠에 비켜 앉아서 언젠가 다시 열리기를 기다렸어.

　그러나 그는 어떤 말도 할 수가 없었다. 그의 입 밖으로 소리내어 말을 하기 시작했을 때 그는 그녀를 향한 원망을 자제할 수 없을 것 같아서였다.

　「할말이 없군요」

　그의 마음속은 허둥대었다. 그러나 그는 자신이 듣기에도 너무 또렷해서 자신의 것 같지 않은 자신의 말소리가 싸늘하게 울리는 것을 듣고 있었다.

　그는 정말 할말이 없었다. 그가 여자를 향하여 품고 있

는 기대가 얼마나 환상적이고 비현실적인가를 빤히 알고
있는 그녀가 그에게 기대 운운하며 발목을 빼려 한다는 느
낌이 그를 한없이 절망시켰다. 그런데 느닷없이 비어져 나
오는 실소는 어디에서 오는 것인가. 그것은 말 때문이었
다. 어처구니없게도 그는 아까 낮에 들었던 개그가 머릿
속에 떠올라서 입 밖으로 새어 나오는 미소를 참을 수가
없는 것이었다.

그것은 말 부부에 관한 것이었다. 말 부부가 살고 있었
는데 어느날 갑자기 수말이 죽고 말았다. 슬픔에 잠겨 있
는 암말을 위로하려고 동료 수말이 문상을 왔다. 슬픔에
찬 아내 말이 남편 친구 말에게 할말이 없다고 입을 열었
다. 그러자 문상 왔던 남편 친구 말의 대답이 대신 해줄
말도 없다고 위로를 했다. 성교라는 단어를 머릿속에 넣고
이 우화를 주고받는 묘미에 그도 한바탕 웃지 않을 수 없
었다. 그런데 이제는 나도 할말이 없어진다는 생각이 들어
서 웃음을 참을 수 없었다.

그러나 잠시 후 그는 자신이 싫어져서 화가 났다. 물론
승희가 그에게 만나지 말자고 말을 했던 적은 이번이 처음
은 아니었다. 그들은 실제로 몇 개월씩 만나지 않았던 적
도 여러 차례 있는 터였다. 그런데 지금 그는 왜 새삼스럽
게 화를 내고 있는 것일까. 그는 그녀의 선언 앞에서 아직
도 절망하는 자신에 대해서 화가 났다. 이토록 긴 세월을
견디면서도 좀처럼 퇴색할 줄 모르는 그녀에 대한 그리움
이 지긋지긋하다는 느낌이 들었다. 이젠 세월의 강물 위로
그녀를 띄워보내야 한다는 의지가 그의 가슴 한가운데서

솟구치는 것이 느껴졌다. 그는 세차게 도리질을 하는 승희의 머리카락들이 물결을 따라 흘러가고 있는 것을 바라보고 있었다. 그는 둥둥 떠내려가는 승희의 머리다발 속에서 다시 돌아올 수 없는 시간의 흐름을 막연히 깨닫고 있었다. 그는 두 눈을 부릅뜨고 철저하게 이 순간을 음미하지 않으면 안 될 것 같은 기분이 들기도 하였다.

그러면서도 그의 마음 또다른 한켠에서는 자신의 눈이 어두워져 갈 때 느꼈던 감정이 결코 절망이 아니었다는 사실을 깨닫고 있었다. 당장에 전세금을 올려달라는 상가 주인의 요구에 난감했던 순간들도 별것이 아니었다는 생각이 어렴풋이 떠올랐다. 심장마비로 갑자기 남편을 잃은 그의 누이가 공포에 질린 듯한 목소리로 덜덜 떨면서 소식을 전했을 때 그를 후려쳤던 망연함도 그저 그를 휘돌아 지나가는 삶의 한 물결에 불과한 것이었다. 그는 고향집에 홀로 계시는 어머니에 대한 걱정을 떨쳐버릴 수가 없었다. 뇌일혈로 졸도한 적이 있는 그의 어머니는 이후 병세가 많이 호전되기는 했지만 늘상 그의 마음속에 무겁게 자리를 잡았다. 이 모든 것들을 그는 어떻게든 이기고 견디어낼 수 있을 것 같았다. 살아가는 과정일 뿐이라는 생각이 들었다. 그런데 승희에 대해서만은 달랐다. 그는 자신의 삶의 무게 중심이 사회 경력의 추구도 아니고, 명성을 위한 투쟁도 아니었음을 깨달았다. 그는 승희에게 자신의 전부를 걸고 있다는 것이 의심할 여지 없이 명확하게 느껴졌다. 그녀를 보지 않고는 살아갈 수 없을 것 같았다. 그러면서도 그는 지금 스스로를 강력하게 책망하지 않으면 안 된다는 것을 알고 있었다.

그의 실소는 그들 사이를 급속하게 냉각시켰다. 그는 이제 될 대로 되라는 자포자기의 심정으로 그녀가 빚고 있는 침묵 속으로 떨어져버렸다. 승희가 먼저 일어섰다. 그도 쇠고랑을 찬 노예처럼 느리게 몸을 일으켰다. 마음 같아서는 그 자리에 그대로 앉아서 술이라도 실컷 퍼마시고 싶은 심정이었다.

그들은 식당을 나왔다. 거리에는 어느새 제법 쌀쌀해진 찬바람이 그들 사이를 휘돌며 빠져나가고 있었다. 승희는 사거리에서 그에게 손을 내밀었다. 더 이상 그녀를 배웅하지 말라는 뜻이었다. 그는 텅 비어 있는 자신의 눈동자가 그녀의 눈 속에 들어가 박히는 것을 보고 있었다. 그는 지하도 계단 아래로 꺼져 들어가는 그 여자를 오랫동안 바라보고 있었다. 마음속에서는 여자를 뒤따라가라는 명령어가 거듭 반복되었으나 웬일인지 그는 한 발자국도 걸음을 떼어놓을 수가 없었다. 그렇게 떠난 승희는 지금까지 전화 한번 걸어오지 않았다.

제법 찬바람이 돌지요.

할머니의 무릎에서 침을 뽑고 있는데 여자가 혼자말을 한다. 그는 멀어졌던 일상들이 갑자기 몰려드는 것을 이상한 기분으로 바라본다. 벌써 일 년이 다 되어가는가. 그는 지금까지 이 집에서 매일 승희를 기다리고 있었던 듯한 기분이 든다. 할머니가 일어나 몸을 이리저리 비틀어본다. 많이 부드러워졌다고 그를 칭찬한다. 그는 자신의 마음속

에서 승희를 몰아내기라도 하려는 듯 할머니를 다시 앉히
고 기의 경락을 찾아서 침을 찔렀다가 재빨리 뺀다. 침이
꽂혔다가 빠질 때마다 신음소리를 내면서도 할머니는 아유
시원타를 연발한다.

　그는 지금 텅 빈 방의 한가운데 쓸쓸히 서 있으며, 자신
을 이렇게 홀로 서 있게 만든 사람이 승희라고 생각했다.
사람들로 하여금 고독이라는 형벌에 처하게 하는 자는 결
코 적이 아니라 자기와 가까운 사람들 중의 하나라는 생각
이 들자, 그는 자신도 모르는 사이에 쓸쓸한 미소를 지었
다. 그는 승희가 그의 의식으로부터 사라졌다기보다는 오
히려 그녀 스스로가 어떤 추상성을 띠고 새로운 형태로 그
의 마음속에 자리를 잡고 있다는 생각이 드는 것이었다.
그러면서도 그는 그녀의 육체성과 물질성과 구체성을 차츰
상실해 가고 있는 그의 기억에 대해서 말 못할 안타까움을
느끼게 되는 것도 사실이었다.

　그는 여자의 등뒤로 다가가 양쪽 어깨 근육을 누르기 시
작한다. 휘어진 여자의 등뼈에서 우두둑 하고 뼈 맞추는
소리가 들린다. 여자는 아픔을 참느라고 얼굴을 잔뜩 찌푸
린다. 이제 오늘이 끝난다. 어떻게 살아갈까 하는 순간들
이 흘러서 그를 어느새 가을의 문턱에 올려놓은 것이다.
그는 승희에 대한 기억 때문에 망연자실해진 자신을 어떻
게든 추스르기 위하여 여자에게 성의를 다하여 지압을 시
도한다.

　그는 지금 일어나고 있고 존재하고 있는 것 이외에 어떤
신비한 힘이 인생사를 지배하고 있는 것 같다는 생각이 든

166

다. 그는 자신이 비합리적인 미신에 집착하고 있는 듯한 느낌이 든다. 예를 들면 오늘처럼 어떤 한 가지 일이나 사람에게 집중적으로 생각을 모으고 있으면 그 대상으로부터 어떤 응답이 있으리라는 이상야릇한 믿음이 그것이다. 그는 지금 이 순간부터 어쩌면 승희가 연락을 해올지도 모른다는 강한 예감을 떨쳐버릴 수가 없다.

여자가 매번 선생님을 늦게 퇴근하시게 해서 죄송하다는 뜻으로 오늘은 그녀가 꼭 저녁 식사를 대접하고 싶다고 하지만 않았던들 그는 아직도 그 방에 앉아서 승희의 전화를 간절하게 기다리고 있었을 것이다. 그는 문을 걸어잠그고 여자의 뒤를 따라 상가를 빠져나오면서도 자꾸만 뒤를 돌아다본다. 그는 승희가 자신의 인생에서 어떤 의미를 분명히 담고 있는 것만 같은 생각이 든다.

언제쯤 내 인생에서 그녀가 간직했던 의미가 드러나게 될까. 과연 생전에 그 의미를 해독할 수 있을까. 그녀는 끝까지 내 인생의 신화 속에서 의미를 간직한 존재로 남아 있게 되는 것인가.

그는 여자의 뒤를 따르면서 이런저런 생각과 의문에 깊이 잠겨 있다.

어둠이 천천히 도시 위로 깔렸고 그는 여자와 생선회를 가운데 두고 앉아 있다. 식당의 한쪽 벽에서는 텔레비전이 8시 뉴스를 방송하고 있다. 그는 방송에는 관심 없다는 태도로 겨우 손목밖에 쓸 수 없는 여자를 위하여 그녀 앞에 반찬들을 밀어놓는다. 여자는 식탁 위에 오른손 팔꿈치를 괴고 손목을 움직여 서투르게 젓가락을 놀려 회를 한점 입

속에 집어넣는다. 그는 여자에게 맥주를 따르면서도 정신을 집중할 수가 없었으며 승희에게 계속 염력을 불어넣고 있는 기분이다. 여자가 맥주컵을 앞에 놓고 고개를 갸웃하더니 무슨 결의라도 다진 사람처럼 고개를 숙여 입을 맥주컵으로 가져간다.

선생님은 노름하기에 적당한 얼굴을 가진 분이세요. 얼굴에 표정이 없거든요. 어쩌면 안경 탓도 있겠지만…….

여자는 그녀 특유의 솔직함을 유년기 아이들의 특질인 직설적 표현으로 묘사하고 있다.

아마 어려서부터 하도 고생을 많이 해서 즐거운 표정 같은 건 지을 줄 몰라서 그럴 거예요.

그는 진지한 대꾸밖에 할 줄 모르는 자신이 촌스럽다고 생각한다.

절대로 남에게 자기 마음속을 열지 않는 사람 같아. 선생님 같은 사람들은 어쩐지 무서워져. 그 머릿속에 무엇이 담겨 있나 하고 궁금한 것도 사실이지만 무서운 것도 사실이야.

문득 그는 그가 스스로를 보는 것과 다른 식으로, 그가 보여질 거라고 믿는 것과는 다른 모습으로 남들이 자기를 볼 수도 있다고 깨닫는다. 그의 어떤 점이 여자에게 표정 없는 사람으로 비쳐졌는지, 어떤 점 때문에 그가 그녀에게 호감을 주어 저녁 식사 제의를 받은 것인지 그는 알 수가 없다. 그는 갑자기 자신의 이미지가 승희에게 어떻게 작용했는지 가장 궁금해진다. 그는 승희가 연락을 끊은 이후로 모든 사람들에게 태연하게 보이려고, 마치 모든 게 정상이

고, 조금도 상처받지 않은 듯이 행동하려고 애를 썼을 뿐
이다.

그건 이미지에 불과해요. 이미지란 자기 스스로는 포착
할 수 없고 묘사할 수도 없는 반면에 타인들은 직관적으로
파악해 내지요. 제가 누군가에게 아주머니를 묘사한다면
결국은 제가 결정한 이미지를 말하겠지요. 아주머니는 무
슨 일에나 적극적이고, 지칠 줄 모르고 자신감이 넘쳐흐르
는 분으로 보이죠.

얼마나 술을 마셨을까. 그는 관자놀이가 욱신거리는 소
리를 듣는다. 여자의 커다래진 눈이 한참 동안 닫히지 않
는다.

내가 자신감 있는 사람이라고요…… 나는 매일 아침 눈을
뜨면서 어떻게 이 하루를 지탱해야 할까…… 이 생각밖에
떠오르지 않아요. 그런데 자신감이라니……참, 뜻밖이네요.

여자도 제법 취한 모양이다. 말을 할 때마다 목에 스프
링을 매달고 있는 인형처럼 고개를 휘청인다. 그는 갑자기
숨어버리고 없는 여자의 자신감을 얼른 찾아내서 여자의
양쪽 팔에 매달아주고 싶어진다. 여자는 남편과 아이에 대
한 의무가 자신의 날개를 부러뜨렸을 거라고 말한다. 지금
자신의 인생을 식구들에게 저당잡힌 기분이라고 말하며 웃
는다. 그는 여자에게 그토록 무겁고 부담이 되었다면 떠나
지 그랬느냐고 말한다. 여자는 살아보면 선생님도 의무와
책임을 구분하게 될 것이라고 말하며 또 한번 미소를 짓는
다. 순간 그렇게 말하는 그녀의 얼굴이 하도 적막해 보여
서 그는 허공으로 시선을 돌려버린다.

나에겐 꿈이 하나 있어요. 이 다음에 내 의무가 끝이 났을 때, 나는 아프리카로 떠날 거예요. 황혼녘 들판에 서서 끝없이 펼쳐져 있는 초원과 꺼져가는 해를 사진에 담고 싶어요. 구경거리에 물든 관광객 무리에서 떨어져서 나는 풍물 사진을 찍고 있을 거예요. 아, 그러려면 이 팔을 써야 하는데…… 선생님, 나는 꼭 카메라를 들고 아프리카에 가야 하는데…….

여자의 말을 들으며 그도 슬그머니 자신의 꿈 하나가 자라나는 것을 들여다보고 있었다. 승희와 그녀의 남편과 그가 함께 걷는 것이었다. 셋이 손을 잡은 것은 아니지만 아주 정다워보인다. 그는 그들 부부 뒤에 조금 뒤처져서 걸으면서 행복하고 흐뭇한 시선으로 그들을 바라본다. 초록빛 숲길에서 세 사람은 참으로 따뜻하고 다정한 미소를 주고받는 장면이 그의 머릿속에 떠오른다.

의무라니요?

그는 여자에게 자신의 마음속을 들키지 않으려는 사람처럼 무뚝뚝하고 비아냥대는 어조로 묻는다.

아이가 대학에만 가면…… 그땐 정말 나를 위한 시간을 마련할 수 있을 거예요.

그는 여자가 술을 마시는 것이 그녀의 소망을 이루는 데 큰 역할이라도 해내고 있다고 믿는 사람처럼 그녀의 술잔에 술을 따른다. 취한 여자의 붉어진 눈가에 물기가 번진다. 그는 갑자기 답답하고 괴롭다. 도대체 당신 남편은 당신을 이렇게 두고 무얼 하는 거냐고 묻고 싶어진다. 그 손목으로 수학 문제를 풀기 위하여 샤프펜슬을 놀려서 생활

비를 구하러 다녀야만 하느냐고 묻고 싶다. 하지만 여자의 남편도 지금의 자신처럼 연민으로 가득 차서 그녀의 뒷모습을 바라보고 있을 것 같다. 그는 갑자기 산다는 것이 심히 당혹스러운 기분이다. 인간의 삶은 선택이나 의지에 의해서 행해지는 것이 아니라 정해진 길을 통과하고 있을 뿐이라는 생각이 강하게 치밀었다. 가슴속을 빠져나가는 허망한 기운이 그의 콧등을 꽉 막아선다. 그는 울적한 심사를 잊기 위한 사람처럼 난폭하게 술잔을 비운다. 그러나 그는 자신의 속마음과는 다르게 여자를 조금이라도 위로할 말을 찾고 있는 자신을 바라본다.

예전에 잠깐 동안 눈이 보이지 않았던 적이 있었습니다. 그것이 계기가 되어 침술을 익히게 되었어요. 눈이 보이지 않게 되자 갑자기 사람 사는 게 꼭 소꿉놀이 같다는 생각을 떨쳐버릴 수가 없었죠. 그 동안 내가 원했고 의도했고 뽐냈고 계획했던 모든 것들이 한 걸음 떨어져서 보이기 시작하더군요. 지금까지 기대했던 가치가 저하되어 버리고 오히려 대수롭잖게 여겼던 우발적이고 작은 느낌들이 매우 귀중하다는 생각이 들어서 아주 놀랐죠. 만약에 주어진 운명이 척박하다는 생각이 들면 그것을 견디어내는 힘은 자기에게 주어진 삶이나 혹은 사건을 과소평가해 버리는 거예요. 그처럼 가치를 전환하고 나면 세상이 작아 보이더군요.

그는 자기가 지금 여자에게 무슨 말을 떠들고 있는 건지 모르겠다는 생각이 든다. 갑자기 여자의 일상이 그의 호기심을 일깨우는 대신 마치 극복해야 할 장애물처럼 그를 피곤하게 했다. 그는 급히 술잔을 입으로 가져간다. 그는 그로 하여금 서둘러 술을 마시게 하는 범인을 찾아내어 여자에게 느끼는 터무니없는 연민을 속죄해야만 할 것 같다. 여자는 머리를 식탁 위로 갸웃이 숙였다. 그녀의 두 손은 물방울이 맺혀 있는 맥주컵을 꼭 쥐고 있다. 그 모습은 마치 세상 만사가 다 덧없음을 깨달았다는 듯이 고개를 아래로 숙이고 있는 것만 같았다.

그와 여자는 꽤 취해 있었다. 그는 여자에게 이젠 인생을 버릴 때라고 소리쳤다. 절대로 인생에 손을 내밀어 구걸하듯 매달리지 말라고 거의 고함을 지르고 있었다. 여자도 갑자기 그녀의 손 안에 들어와 있는 자신의 삶을 느끼고 있다고 말했다. 이젠 아프리카를 향하여 실제로 발을 내딛을 수 있게 되었다고 즐거워하였다. 돌연 왜소하게 보이는 자신의 삶을 이처럼 경이로운 시선으로 보고 있는 중이라고 말하기도 하였다. 그러다가 더 이상 할말이 없다는 느낌이 그들 사이를 덮었을 때, 그들은 식당을 나왔다. 몇 발자국이나 걸음을 떼어놓았던가. 그때 그는 등뒤에서 갑자기 훅 하고 끼치는 거친 숨소리에 몸을 돌렸다.

여자가 걸음을 멈춘 채, 고개를 푹 꺾더니 두 손을 얼굴로 가져갔다. 갑자기 그녀의 어깨가 들썩였다.

더 이상 소변을 참을 수가 없어요.

그는 순간 그가 이제껏 큰소리 치고 떠들었던 삶의 이상과 인생의 의미가 거센 회오리바람을 일으키면서 일시에 그들로부터 멀어지는 것을 본 듯하였다. 여자의 울음소리가 남도창의 여운처럼 가느다랗고 청승맞게 긴 꼬리를 흐느적이며 긋고 있었다. 혼자 힘으로 속옷도 벗을 수 없어서 화장실에 가지 못하고 있는 여자 앞에서 그는 지금까지 인생을 운운한 것이다. 그것은 굶주림에 죽어가는 소말리아의 어린 소년에게, 마음의 양식을 먹으며 이상을 높이 품으라고 설득하는 것과 무엇 하나 다를 것도 없는 것이었다. 그는 자신의 공허함이 그대로 드러난 것만 같아서 갑자기 부끄러움으로 타는 듯한 갈증을 느꼈다. 그는 여자에게 다가갔다. 그러곤 말없이 여자의 한쪽 팔목을 잡고 고개를 두리번거렸다. 취객이 끊긴 골목에 번쩍이는 불빛이 공허하게 흘러내리고 있었다. 그는 보자기만한 어둠을 찾아내었다. 여자를 어둠 속으로 밀어넣었다. 그녀의 얼굴을 벽 쪽으로 돌려세우고 재빨리 스커트를 들어올렸다. 여자가 움찔 하며 그를 뒤돌아보더니 그의 의도를 금세 알아차리고 그가 하는 대로 순순히 내버려두었다. 그는 여자의 팬티스타킹과 팬티를 한꺼번에 벗겨 내렸다. 그는 손바닥을 거쳐 가슴으로 빠르게 달려오는 여자의 살결을 스치는 느낌을 무시하며 양팔을 들어 여자의 양 어깨 위에 올려놓고 앉으라고 힘을 주었다. 털썩 무너지듯 주저앉은 여자 앞에 바싹 다가들며 그는 담벼락 저편을 바라보았다. 그는 허공을 향해 눈을 부릅뜬 채 약하고 가느다랗게 흐르는 여자의 소변 소리를 듣고 있었다. 하늘에는 어둠 속에서 날카롭게 그의 눈을 쏘았던 여자의 흰 살 같은 반달이 걸려 있었다. 그는 검은 줄을 그으며 길을 적시는 여자의 오줌을 내려다보면서 남도창의 여운이 길 위에 채보되는 것 같다고 생각하였다. 젊은 연인들이 지나가다가 그들을 보고 흘끔거린다. 그러곤 어이없다는 듯이 쏟아낸 웃음소리가

그대로 공중에 박혀버린다. 여자가 그의 바짓자락을 흔든
다. 그는 여자의 겨드랑이에 손을 끼어 여자를 일으켜 세
운다. 그는 고개를 숙이고 있는 여자의 등이 굽어서 슬퍼
진다. 여자의 팬티를 올려주고 좁은 스커트를 단정히 내려
주고 난 뒤에도 여자는 한참 동안 그 자리에 서 있다. 그
는 여자의 팔을 잡아 끌었다. 그들은 전자 오락 게임의 모
니터 속에서 구슬을 먹어치우며 길을 따라 무조건 앞으로
나아가는 팩맨처럼 뒷골목을 걸어가기 시작했다. 그리고
얼마나 걸었을까. 그들은 작고 낡은 희망 여관을 발견했고
문득 하룻밤을 묵고픈 욕구가 그들을 동시에 사로잡는 것
을 느꼈다.

샛노란 비닐 장판이 깔린 방은 작고 옹색했다. 방안에는
비닐 장판의 샛노란 빛깔에도 불구하고 어딘지 불결하고
음험한 기운까지 돌고 있다. 그는 방바닥에 다리를 뻗고
벽에 기대 앉았다. 오래 헤매고 다녀서 여간 피로하지 않
았다. 피곤하기로 치면 여자는 더할 것이다.

희망 여관에 들어왔으니 우리는 이제 희망 속으로 들어
온 겁니다.

그는 자신의 힘찬 목소리로 방안의 음험한 기운을 물리
치기라도 할 사람처럼 너스레를 떤다. 맞은편 벽에 기대고
역시 다리를 뻗고 앉은 여자는 그의 말에 엷은 웃음을 흘
린다.

그렇네요. 꼭 내가 바라던 희, 망…… 이군요.

그는 여자의 말을 들으며 입가에 비죽이 웃음마저 흘렸
다. 자조 섞인 그녀의 어투를 당연하다고 생각했다. 그것

174

은 그들이 어떤 희망의 공간을 찾아내었다 하더라도 지금
그의 눈앞에 펼쳐지고 있는 희망밖에 차지할 수 없으리라
는 현실이 머릿속에 막연히 떠올라서였다.

아프리카에 가면 이만한 공간도 만나기 어려울지 몰라요.

그는 방의 구석구석으로 시선을 훑어가는 여자의 눈길을
의식하며 농담처럼 가볍게 말을 던진다. 이 방안의 음험한
느낌은 수많은 비련, 사련, 불륜, 불장난의 남녀가 흘리고
간 음욕의 찌꺼기들이 엉겨서 방안을 떠도는 결과이리라.
실제로 방안 구석을 샅샅이 뒤져보면 머리카락이, 가는 철
사처럼 꼬불꼬불 뻐드러진 체모나, 혹은 미처 지워지지 않
은 정액이 어딘가에 남아 있을지 몰랐다. 그는 아무렇지도
않게 말하고 있었지만 여자를 좀더 깨끗한 곳으로 안내하
지 못한 책임을 스스로에게 묻는다. 그는 갑자기 뒤통수를
치고 올라오는 취기를 쫓아내기라도 하는 사람처럼 고개를
흔든다. 자신의 세찬 도리질은 승희를 생각나게 한다. 그
는 승희를 그의 머릿속에서 떨쳐버리기 위해 또 한번 머리
를 흔든다.

어쩌다 여기까지 오게 되었더라.

그는 자꾸만 형편없어져서 게딱지같이 남루해진 방안을
둘러본다.

만약의 사태에 대비해 홑청 속에 비닐 같은 걸 끼웠는지
서걱서걱 소리가 나는 요를 방 한가운데 깔고 그는 여자의
손을 잡는다. 계속 방안을 두리번거리며 살피고 있던 여자
는 그래도 차마 돌아 나가자는 말만은 꺼내지 않는다. 아
마 여자도 그와 마찬가지로 여기를 벗어난다면 다시 희망

이라는 공간을 찾아낼 수 없다는 사실만은 어렴풋이 깨달은 모양이다. 그가 이끄는 대로 피곤하고 지친 여자의 가는 팔이 한쪽은 요 위에, 다른 한쪽은 방바닥으로 툭하고 소리를 내며 떨어진다. 여자가 눈이 부신 듯 얼굴을 찡그리며 손목을 들어 살랑살랑 흔든다. 그는 일어서서 천장에 붙어 있는 그들이 찾아낸 희망의 불을 죽인다. 어둠 속에 놓이자 그는 희망과 흡사한 무언가를 여자에게 주지 않으면 안 된다는 막연한 의무감이 세차게 그를 치는 것을 느낀다.

그는 어둠 속에서 재빠르게 손가락을 놀려 여자의 옷을 벗긴다. 차츰 그는 여자에 대해 거북함을 느끼지 않게 된다. 이제 그가 여자에게 줄 수 있는 확실한 것을 소유하고 있다는 자신감이 그의 힘을 배가시킨다. 그는 어둠 속에서 눈을 뜬다. 그가 주고 있는 것을 여자가 남김없이 받아들이고 있는지를 확인하는 심정으로 그는 여자를 똑바로 응시한다. 등을 깔고 누워 땀으로 얼굴을 적시고, 한팔은 요 위에, 한팔은 방바닥에 널브러뜨린 채 여자의 몸은 물결처럼 파고가 인다. 여자의 눈은 감겨 있고 입은 굳게 닫혀 있다. 그는 새로이 힘을 솟구쳐 빠른 리듬으로 몸을 움직이기 시작한다. 두 개의 고독한 육체가 사막처럼 펼쳐진 끝없는 시간 속에서 서로를 끌어안고 유영한다. 마침내 여자가 침묵을 깨고 뜨거운 신음소리를 내지르는 순간 그는 드디어 무언가를 해냈다는 느낌으로 충일되어 터질 것만 같다. 여자가 자꾸 흐느끼고 있는 것만 같아서 그는 몇 번이고 여자의 얼굴을 들여다보지 않을 수 없다.

그는 지금 자신이 전혀 성적인 동기에 떠밀리지 않았다
고 생각한다. 그녀에게 무엇을 주고 싶다는 자신의 의지를
분명히 관철시켰다는 기분이 그를 홀가분하게 한다. 그러
면서도 그는 인간의 내면 세계가 빚어내는 복잡함에 압도
당하여 한참 동안 숨을 죽인다. 화장지를 끌어당겨 뒷처리
를 하고 여자 옆에 누워서야 그는 참았던 숨을 깊이 내쉰
다. 그는 막연하게 우울한 얼굴로 그의 가슴에 안겨 있던
승희를 떠올린다. 내가 이 여자에게 사랑을 품고 있지 않
은 것처럼 승희의 마음속에도 결코 사랑이라는 감정이 일
지 않았을지도 모른다.

어쩌면 승희도 이런 기분으로 나를 이끌었을까?

그는 자기 파괴에의 욕망이 새빨간 꽃처럼 벙긋이 피어
나는 불안감을 밀어내며 서둘러 잠을 청한다.

밤 내내 그는 알아들을 수 없는 남도창의 한 소절을 듣
고 있었다. 막연하게 결코 다을 수 없는 사람을 향해 끝없
이 나아가고 있는 사랑의 감정을 토하고 있다는 느낌이 드
는 노랫가락이었다. 그러면서도 그는 돌아누울 때마다 서
걱이는 홑청 속의 비닐 소리일 거라고 타이르는 자신을 꿈
의 한켠에 비켜서서 보고 있었다.

그는 꼭 비틀어 물기를 짠 수건으로 여자의 얼굴을 닦아
낸다. 여자의 눈이 거울 속에서 그와 마주치자 맑게 웃는
다. 그는 여자의 등뒤에 서서 거울을 들여다보며 여자의
머리에 빗질을 한다. 물에 젖은 여자의 머리카락이 빗결을
따라 단정하게 붙는다.

고마워요.

그는 거울 속에서 어떤 연애 사건으로 탈바꿈할 가능성
이라고는 전혀 보이지 않는 자신과 여자를 또렷이 들여다보
고 있었다. 훗날 어디선가 우연히 마주친다 하더라도 가슴
이 설레일 가능성이라고는 전혀 없으리라는 생각이 들었다.

그는 마지막으로 여자의 커다란 핸드백을 들어올린다.

내가 들어줄게요.

여자가 고개를 흔든다.

목에 걸어서 한쪽 어깨 방향으로 돌려주세요. 가방을 메
고 있으면 남들이 모르는 것 같아서요.

그는 여자의 목에 가방을 걸어준다.

아직 새벽 기운이 걷히지 않은 골목길에 햇살이 비치기
시작한다. 그들은 자신들이 서 있는 위치를 가늠하기 위해
주변을 두리번거린다. 그들 옆으로 한 남자가 구둣발소리
를 요란하게 울리며 달려간다. 그들은 자동차 소리가 들려
오는 큰길을 향해 무작정 발걸음을 떼어놓는다. 그는 〈사
당 재개발 13구역〉이라는 작은 입간판을 보며 속으로 위치
를 가늠해 본다. 미로처럼 뻗어 있는 골목을 더듬으며 그
들이 어젯밤 찾아내었던 〈희망〉이 어쩌면 진실로 〈희망〉이
아니었을까 하는 생각을 해본다.

외도 후의 아침은 그에게 항상 낯설었다. 대부분은 각기
다른 시간을 택해서 방을 빠져나갔다. 그러나 지금 그는
여자를 그렇게 할 수가 없었다. 물론 여자는 그에게 어떤
부담을 지운 적은 없었지만 그는 여자의 뒤를 따를 수밖에
없었다.

어젯밤 승희가 전화를 걸어왔을까?

승희와 맞이하는 아침은 어떤 기분일까?

그는 여자의 뒤를 따라 걸으면서 어쩔 수 없이 승희를 떠올린다. 그러자 갑자기 그는 새벽 공기에 휩싸이면서부터 어쩌면 음흉하고 냉혹하게 그녀와 헤어질 생각만 하고 있었던 듯하다. 어쩐지 그는 그녀에게 잘못하고 있다는 느낌이 든다. 그녀에게 어떤 자신감을 불어넣으려고 지난밤 그가 한 행동들은 결과적으로 그녀에 대한 자신의 연민을 희석시키기 위한 방편이 아니었던가 하는 생각도 들었다. 그는 여자의 뒤에서 자꾸만 처져 걷고 있는 자신의 의도가 행여나 드러나지 않았을까 하는 염려와 함께 얼른 그녀 곁으로 다가가 나란히 걷기 시작한다.

뭘 좀…… 먹어야 하지 않을까요?

그녀가 희미한 웃음을 지으면서 고개를 젓는다. 여자의 고갯짓에서 바람소리가 일어날 것만 같다. 그들은 말없이 걷는다.

어머나, 아직도 이런 집이 있었나요?

그는 여자의 탄성에 응답하듯 고개를 쳐들어 여자의 눈을 따라간다. 여자의 눈 끝에는 구부러진 골목길 저쪽에 녹슨 함석 지붕 위에서 흰 깃발이 펄럭이고 있다. 그는 여자의 호들갑스러운 탄성이 마음에 들지 않았으나 바로 조금 전에 그의 마음을 짓눌렀던 연민을 떠올리며 구두 앞창으로 땅바닥을 툭툭 건드리면서 흘깃 깃발을 쳐다본다.

점을 치는 집인가 보죠?

그는 툭하고 던지듯이 말을 내뱉는다. 여자는 그의 말을 건성으로 들으면서 여전히 허공에 떠 있는 깃발을 보고 있다.

여긴 참으로 낯선 곳이군요. 마치 나를 수십 년 전으로 되돌려 놓느은…… 그으러언…… 곳 같아요오…….

그는 자꾸 늘어지는 여자의 말소리에 음절 수를 헤아려 없는다.

우리 들어가보지 않을래요? 새벽점이 용하다는 말을 들은 것 같아요.

약간 비음이 섞인 여자의 말소리에는 유년의 방패가 다시 실려 있다. 그는 평소의 그녀다움이 돌아와 있는 것을 느낀다.

글쎄…….

그는 주저하며 다소 퉁명스러운 말투로 받았다. 그녀의 진지함이 갑자기 현실에서 무력한 그녀의 모습을 투사하고 있는 것 같아서 공연히 역겨움마저 느껴진다. 그는 여자에게 무뚝뚝해지고 만다. 웬 점타령인가. 우스꽝스럽다고 넘기면 그만인데도 그는 갑자기 불쾌한 기분이 앞선다.

그냥 가지요.

그는 자기 혼자 먼저 가겠으니 들렀다 오라는 말을 하고 싶었으나 꾹 눌러 참으며 겨우 말을 꺼낸다. 여자가 애원하듯이 그를 바라본다. 그들은 아주 짧게 서로를 마주 바라본다. 이젠 훌쩍 올라선 아침 햇살 속에서 군데군데 기미가 앉은 여자의 얼굴 위에 주름이 잔잔하게 잡혀온다.

내 팔이 나을 건가……? 그것이 묻고 싶어서요.

그의 달갑지 않은 대꾸에 잔뜩 풀이 죽은 그녀가 작은 소리로 말한다. 그 말에 그는 흠칫 놀란다. 날카로운 아픔이 심장 쪽으로 빠르게 달려오다가 머리 쪽으로 서서히 사라지는 것이 느껴진다.

가요.

그는 흐드러진 감정을 재빨리 수습하려고 애를 쓰면서 깃발을 향해 발을 내딛는다. 그는 깃발 아래서 뒤처져 따라오는 여자를 기다린다. 여자가 그의 얼굴을 향해 환하게 웃는다. 그들은 구멍이 군데군데 뚫려 있는 낡은 초록빛 철제 대문 안으로 들어선다. 시멘트로 바른 작은 마당 한가운데 구멍 속으로 비누 거품이 흐르고 있다.

계세요?

여자의 말소리가 끝나기도 전에 마당 한켠의 방문이 열리면서 초로의 할머니 한 분이 인정스러운 미소를 띠고 그들을 내다본다. 여자는 그 할머니에게 차마 점을 치는 집이냐고 묻지 못한다. 오히려 점 보러 왔느냐고 묻는 할머니의 말에 고개를 끄덕이며 여자가 그 방으로 따라 들어간다. 그는 여자가 들어간 방문턱에 엉덩이를 반쯤 디밀고 앉는다. 흘깃 들여다본 방안에는 촛불이 켜 있는 제단이 차려져 있다. 딸랑딸랑 방울 소리가 울리기 시작한다. 여자가 자신의 이름과 나이를 주섬주섬 대고 있다. 방울 소리에 맞춰 여자의 이름을 읊조리는 할머니의 주문이 노랫가락처럼 울린다.

그는 툇마루에 앉아서 갑자기 그가 무슨 일로 여기까지 오게 된 것일까 하는 생각이 들었다. 알 수 없었다. 그냥 어쩌다 보니 그렇게 되었노라는 대답은 아닌 것 같았다. 그저 주어진 운명을 받아들이다 보니, 자기를 스쳐가는 사람의 고적감을 모른 체하고 내버려둘 수가 없어서 따라 나선 길이 여기까지 이어진 것일까. 그는 말을 잃을 때면 버릇처럼 허공으로 시선을 돌린다.

여인의 주문 외우는 소리가 낮게 퍼진다. 그때 그는 여인의 주문에 따라 차츰차츰 피어나고 있는 노란 꽃을 보았다. 마당 한구석 화단에는 훌쩍 키가 자란 해바라기가 막 마당을 비치기 시작하는 햇빛을 따라 고개를 쳐들고 있다. 새들새들 말라가는 싯누런 꽃잎들이 선명하게 박힌 검은 씨앗을 가슴에 꼭 보듬고 연갈색으로 물들어가면서 시든 꽃대궁 위에 위태로운 모습으로 피어나고 있다. 그는 자기도 모르게 몸을 일으킨다.

해바라기는 그의 모가지 위에 얹혀 있는 자신의 두개골을 연상시켰다. 해가 비쳐주지 않으면 고개를 숙이고 마당 한구석에서 끝없이 서 있기만 할 듯한 모습이었다. 승희가 빠져나가 버리고 이젠 텅 비어 있는 노란 바가지 같은 두개골을…….

그는 갑자기 저 여자처럼 할머니 앞에 나아가 무릎을 꿇고 승희가 그에게 돌아와주겠느냐고 묻고 싶어진다.

그는 갑자기 어둠과 같은, 늪과 같은 함정에 빠져버린 느낌이다.

승희의 마음속에 아직 자신이 남아 있기나 한 거냐고.

설령 그녀가 자신을 잊었더라도 어쩔 수는 없지만 나는 어떻게 해야 하느냐고.

언제쯤 나의 마음속에서 그녀를 놓아보낼 수 있겠느냐고.

나의 마음속에 새로이 자라나고 있는 승희의 추상성은 어떻게 해야 되느냐고.

그는 더 이상 생각을 이을 수가 없어진다.

그는 해바라기에서 고개를 돌린다.

그는 비로소 자신의 마음을 확인한 것을 느낀다.

그는 방안에서 흘러나온 방울 소리가 떠돌고 있는 마당을 서성이기 시작한다.

그는 이제까지 승희를 버리려고 발버둥쳐 온 데 불과했을 뿐인 과거를 떠올리며 그 자신이 한없이 가여워지는 것이다.

그는 승희가 남기고 간 최후의 표정을 그의 마음 저 너머에 새기기 시작한다.

침묵의 게임

침묵의 게임

　　스웨터 속에 양팔을 집어넣고 목 부분을 가볍게 늘리면서 화장품이 묻어나지 않도록 조심스럽게 머리를 디미는 순간 오랫동안 처박아두었던 옷의 특유한 냄새가 습기와 함께 훅 끼친다. 확연하게 가려낼 수는 없지만 코끝을 자극하는 곰팡내 같기도 하고, 아니면 보관되어 있던 옷장 바닥의 미송 냄새 같은 것이 불쾌해서 나는 잠시 다른 옷으로 갈아입어야 하지나 않을까 하고 생각한다. 그러나 거울을 바라본 순간 나의 망설임은 사라져버린다. 검은색 스웨터를 입은 모습을 보려고 했을 뿐인데 정작 거침없이 눈을 찌르는 전화기 때문이었다. 나는 잠시 전화기를 향해 우두커니 서 있다. 내가 집을 나서는 순간 그의 전화가 걸려올 것만 같은 확신이 캄캄한 어둠 속에서 마구 흔들리며 다가드는 성냥 불빛처럼 너울거린다. 나는 돌연 상희를 보러 가기로 한 약속을 후회한다. 그러나 곧바로 가슴을 스윽 베고 올라오는 서늘한 느낌 때문에 나는 지독히 쓸쓸해지고 만다. 길에 앉은 노인의 새가 물어다주는 쪽지 점보다도 맞지 않는 자신의 예감을 떠올리며 서둘러 나를 전화기에서 멀어지도록 부추긴다. 느린 동작으로 바지를 입고, 옷걸이에 걸린 코트를 거칠게 벗기고도 나는 거실 한가운데 서서 집안을 둘러본다. 움직임을 멈춘 발밑으로 다시 정적이 흘러든다.

현관 문의 열쇠를 돌리는 손이 느린 화면 속에서의 움직임 같다는 생각이 드는 순간, 나는 일말의 두려움에 빠진다. 전화기가 발사하는 인력의 반경에 갇혀 조정당하고 있는 사람에 관한 환상이 떠오른다. 그런가 하면 그의 전화가 걸려오지 않는 한 전화기 옆에서의 기다림으로 계속되어지는 주술의 삶에 걸린 나를 떠올린다. 그것은 갑자기 내 마음속의 밑바닥을 들여다본 것 같은 느낌이었다. 어쩌면 나는 아까부터 현실을 멈춰놓고 있는 기다림의 세계에 파묻히게 되는 것을 두려워해서 도망치려 하였을 것이다. 설령 그의 전화를 기다린다는 사실이 나의 현실 속으로 들어와 있다 한들 무엇이 어떻게 달라지는 것이라고는 없다. 그런데도 나는 교교한 고요함을 깊이깊이 간직하고 있는 죽은 세계를 떠도는 나를 연상하면서, 어느새 두려움에 서서히 잡혀간다.

게임 이즈 오버.

말하지 않으면 전화기가 뿜는 염력을 벗어나지 못할 것 같은 생각이 드는 사람처럼 나는 소리를 내본다. 감정이 실려 있지 않은 듯한 자신의 말소리가 옛날 서부 영화에 등장하는 클린트 이스트우드의 것처럼 단호하고 냉철하게 느껴진다고 생각하자 조금 기분이 밝아진다. 공기의 흐름을 일으키기라도 하듯 팔을 거칠게 움직여서 엘리베이터의 단추를 몇 번씩 꾹꾹 누른다. 투우를 시작하려는 사람처럼 힘차게 팔을 뻗어 코트를 공중에 툴툴 털어 어깨에 걸친 다음 핸드백을 둘러멘다.

　무엇을 보고 있었던 것은 아니다. 맑게 비치는 햇빛, 은색 리본이 빽빽이 매어 있는 크리스마스 트리, 계절을 잃고 천장까지 닿아 있는 짙푸른 잎사귀가 눈에 들어서는 것을 그냥 내버려두었다. 양무릎을 가슴에 껴안고 시간 저 너머를 응시하는 것 같은 초점 없는 눈으로 허공을 바라보았다. 공간을 떠다니는 먼지들이 물질의 법칙에 따라 일정한 시간 동안 결합했다가 다시 분산되는 운동을 보고 있었다.
　조용하다.
　순간 모든 사물들이 정지한 화면 속에 갇혀버린 느낌이었다. 나는 갑자기 낯선 방에 들어선 사람처럼 어리둥절했다. 가까스로 생각을 모아 나는 미세하게 울려오는 소리들을 찾기 위해 귀를 세웠다. 한참 만에야 아파트의 옥탑 물탱크에서 수돗물이 빠져나가는 소리, 엘리베이터가 움직이는 기계음을 극도로 예민해진 청신경이 포착해 내었다.
　자신이 정지된 화면 속의 사물 같다는 생각이 떠오르는 순간 갑자기 어색해진 나는 일부러 몸 동작을 크게 하며 일어섰다. 실내화를 직직 소리내어 끌며 습관처럼 베란다로 갔다. 딱히 할 일이 끊어진 상태에 놓이면 베란다에 나가 공원을 바라보는 습관은 15층 꼭대기인 이 복층 아파트에 이사와서 새로이 생겨난 습관이다.

베란다에 서면 바로 눈앞에 공원의 작은 숲이 보이고, 정교하게 조형된 누각과 연못이 보였다. 평일이면 드문드문 박힌 점 같은 사람들마저 공원의 소도구로 여겨질 만큼 모든 것이 철저하게 인공적이었다. 이 아파트에 들어선 사람들, 가스 안전 검사원 아니면 전기를 수선했다든지 카펫을 청소하러 온 사람이 대부분이었지만 그들은 탄성을 지르며 인공의 공원을 내려다보았다. 그러나 탄성이 내는 호흡만큼이나 그 시간은 짧았다. 인공이 빚어낸 아름다움은 첫인상뿐으로 너무 빠르게 싫증이 나버리는 모양이었다. 그러나 이사 후 몇 달이 지나면서 나는 공원을 떠다니는 정적을 새로이 만나고 있었다. 베란다를 빠져나간 집안의 정적이 공원 안을 휘돌며 각기 다른 층층의 정적을 찾아내는 것을 나는 하염없이 지켜보는 것이었다.

너무 조용하다.

몸을 움직여 공기를 가르는 헛손질이라도 해야 할 모양이었다.

움직이자!

나는 걸음을 크게 하여 거실을 가로질러 부엌으로 가서 되도록 딸각거리는 소리를 내면서 커피를 앉혔다. 쉭쉭 소리를 내며 커피가 떨어지는 동안 나는 목을 젖히기도 하고 팔을 휘저으며 헛기침을 해보았다. 머리카락 속에 열 손가락을 찔러넣고 고통에 찬 듯한 신음소리를 우우웅 내보기도 했다. 그러나 일련의 움직임이 정지되는 순간 다시 칼

날처럼 정확하게 이어지는 정적 속에서 나는 숨이 차오르는 느낌이었다.

기다림이란……?

소리내어 무슨 말이건 해야겠다고 작정한 순간 끌어올려진 것이 이 말이었다. 그러나 어순에 따라 이어져야 할 어떠한 정의도 나는 끌어낼 수 없을 것이라는 사실을 막연히 느꼈다. 기다려본 사람들은 결코 명료한 단정을 내릴 수 없으리라. 단정이라는 단순하고 명쾌한 사실에 질려서이기도 하겠지만 그 막막함이 언어로 표현될 수 있다는 사실이 억울해서일 것이다. 한잔 가득 채운 커피잔을 들고 거실을 지나 이층으로 오르면서 발소리보다 더 큰 목소리로 중얼거려보았다.

기다림이란…… 기다림이이란……기다아리이임이…….

나는 책상에 다가가서 널린 책들을 괜스레 뒤적이며 어떤 의미가 실린 말이 아니라 단순한 음절을 머릿속으로 떠올리며 입 속에서 웅얼거렸다. 그것은 어디엔가 숨어 있다가 돌연 튀어나올지도 모를 막막하다는 느낌을 피해 가기 위한 것이었다. 그런 나를 또다른 내가 내려다보고 있다. 그러나 나는 또다른 나를 무시해 버렸다.

벨이 울렸다. 갑자기 온몸의 세포들이 물기를 한곳으로 모으며 바짝 수축하는 것이 생생하게 느껴졌다. 벽에 부딪쳤다가 바닥으로 떨어져내리는 전화벨 소리를 숨을 죽이며 무심코 세고 있다. ……하나 ……둘 그리고 세번째의 울림 끝에서 나는 수화기 위에 손을 얹었다.

그 사람이다.

나는 귓속으로 부어지는 강한 염력에 아뜩 현기증이 일었다. 이제까지 머릿속을 덮고 있던 새벽녘 안개가 순식간에 걷히는 것 같았다. 서재의 창 위에 머물고 있는 햇빛까지도 갑자기 까마득한 세월 저쪽의 일처럼 느껴지는 순간, 전화기는 또 한번 언덕을 오르는 낡은 자동차의 배기음 같은 소리를 내었다. 아무리 그의 전화를 기다리고 있었다 하더라도 어떻게 해야 좋을지 몰라 나는 잠시 허둥대다가 수화기를 들었다.

마침 집에 계셨군요. 혹시 이미 외출해 버리지나 않았나 걱정했어요.

아, 네.

그가 아니라는 사실을 확인한 순간 나는 살갗을 뚫고 빠져나가는 간절한 느낌을 붙들 사이도 없이 무엇인가 절박하면서도 안타까운 감정이 어둠처럼 나를 감싸는 것을 느꼈다.

지금 혜정 씨와 통화를 하다가 갑자기 양수리에 가는 게 어떤가 하는 말이 나와서 전화 드렸어요. 어떠세요? 별 약속이 없다면 말난 김에 내려가는 것도 괜찮지 않을까요.

수화기를 귀에 가져가느라고 몸을 움직이기도 했지만 기다리던 전화가 아니라는 실망감에서 함부로 손을 놀렸던지 책상 위에 펼쳐져 있는 책과 신문 위로 커피를 줄줄 쏟아 버렸고, 앗 소리를 내며 잠깐만 기다리라고 말하며 티슈를 상자에서 줄줄이 뽑아 엎질러진 커피를 훔치며 아주 짧은 동안이지만 어떻게 대답을 할까 하고 생각했다. 숨을 죽인 민 선생이 나를 탐색하고 있다는 느낌이 전화선을 통해 역력히 느껴졌다.

양수리에 간다는 것은 무너미 골짜기 외딴집에 가 있는 김상희를 보러 가자는 것일 터였다. 그녀가 서울을 떠났다는 소식을 듣기 이전부터도 어떻게 지내고 있을지 나는 항상 궁금해하였다. 그러나 지금 그녀를 향하여 품는 궁금증이야말로 천박한 호기심의 발로일 뿐이라고 일축하려는 의도가 나의 앞을 강하게 가로막았다. 그것은 궁금증의 싹조차 무시하려는 그녀에 대한 나의 존경심에서 비롯된 단호한 의도였을 것이다.

상희를 보러 간다고요……?

상희는 나의 브리지 게임 파트너였다. 상희에 대한 깊은 관심에도 불구하고 나는 무덤덤한 말투로 내 마음속의 실망을 어떻게든 감추어볼 양으로 되물었다. 그러면서도 그의 전화를 계속 기다릴 것인지, 아니면 그것으로부터 도망칠 용기를 길어 올려야 할지 나는 잠시 혼란스러웠다.

오늘쯤은 그가 전화를 걸어올지도 모른다는 막연한 예감에 휩싸인 것은 새벽녘 종잡을 수 없는 꿈에서 등을 떠밀리듯 깨어나는 순간부터였다. 의식을 추스르고 베란다에 다가가서 커튼을 열고 내려다본 공원의 숲에는 짙게 내린 안개 속에서 방향을 잃은 새 한 마리가 이 가지 저 가지로 옮겨 다니는 것이 아득하게 보였다. 그 순간 초록의 빛을 완전히 거둔 나뭇잎들이 땅으로 떨어져 내리고 밑둥이 짚단으로 두껍게 동여매지는 동안 내내 낮게 엎드려 있던 기대가 고개를 빳빳이 쳐드는 것을 보았다.

밤처럼 어두운 대낮의 시간 속이거나, 설거지를 하다가

무심코 깨트린 사기그릇에 손가락을 베어 피가 비칠 때에도 비칠거리며 솟아오르는 예감을 감지했다. 적중률이라고는 거의 없는 예감.

출렁이는 침대의 기척에 일찍 눈뜬 남편이 내미는 손을 잡으며 습관적인 방사 속으로 이끌려 들어가면서도 나는 그가 오늘 꼭 전화를 할 것 같은 이상한 최면 상태에 빠져 있었다. 거실 한구석의 대리석 탁자 위로 깊숙이 들어온 오전의 햇빛이 엇갈린 파장 속에서 짧은 무지개를 그리며 사라져버릴 때에는 막연했던 설레임이 가슴속 깊은 곳에서 확신으로 변하고 있는 것을 나는 물끄러미 지켜보고 있었다. 그는 오늘 전화를 걸어올 것이다. 이것은 약속보다 확실한 예감이었다. 나는 종종 이처럼 강한 예감과 기대에 차서 새벽을 맞이하고 밤을 보내곤 했다.

그를 다시 찾게 된 것이 언제였더라?

일상의 시간으로는 정확하게 3년 전, 상희를 만난 직후였다. 그러나 지금 내 머릿속에는 수십 년의 세월을 거쳐온 듯이 느껴지는 허구에 가까운 지리한 느낌의 시간이다.

브리지 클럽에 나오는 사람 중에 조각가도 있더라는 말을 듣더니 김상희 씨라는 분이 당신과 파트너를 해보고 싶다더군요.

브리지 교습을 하고 있어서 동호인들 사이에서는 발이 넓은 민 선생이 한 말이었다. 대학원 졸업 후, 작품 활동을 중단한 상태라, 누가 조각 얘기만 꺼내도 입을 다물고 화제가 바뀌기만을 조용히 기다리는 나였다. 누군가가 대학시절에 이미 국전에 입상했던 경력이 있는 정통파 운운

하며 접근이라도 해올라치면, 나는 사기를 친 적도 없는데
스스로가 사기꾼 같은 느낌이 들어서 아예 조각과 출신이
라는 말도 꺼내본 적이 없었다.

　아마 그날, 국제 부인회에서 민 선생을 처음 만났던
날, 우연히 둘이서만 차를 마시다가 한 말 때문일 것이다.
민 선생은 서울에 돌아가는 것이 소원이라는 남편의 말을
쫓아서 30년 간의 미국 생활을 기꺼이 청산하고 한국에 도
착한 지 2개월째라고 했다. 서울에 브리지 클럽이 있다는
사실을 알고 정말 반가웠다. 브리지 게임을 하지 않았다면
서울 생활을 적응하는 데 나는 무척 힘들었을 것이다. 이
렇듯 서슴없이 자신의 얘기를 털어놓는 그녀의 분위기에
휘말려 나도 자신의 근황을 이것저것 늘어놓다가 조각과를
나왔다고 말했을 것이다. 그러자 그녀는 예전에 사귀던 남
자가 그림을 그렸다는 말을 했고, 나는 그 사람이 지금은
한국에서 꽤 이름을 얻은 서양화가라는 사실을 확인해 주
었다. 갑자기 말을 잃어버린 그녀가 고개를 끄덕이면서 오
랫동안 생각에 잠기던 모습을 나는 기억하고 있다. 나의
감상적인 생각이 그쪽으로 몰아갔는지 모르지만 나는 그녀
의 얼굴에 흐르고 있는 지나간 시간들을 보고 있는 느낌이
었다. 시간들은 우리로 하여금 잊고 살도록 내버려두었던
사실 하나를 어느 순간 불쑥 끄집어내어 흘러가버린 세월
에 대한 쓸쓸함을 인식시키고는 슬그머니 자취를 감추게
만드는 괴물 같다는 생각이 든 것도 그때였다. 그 후로도
이어지는 그녀의 은근한 친절을 받아들이며 나는 그녀와
사귄 적이 있었다는 화가를 막연히 떠올리는 나 자신을 발

견했다.

그 때문이었는지 저이는 누구 집안이고, 저 사람은 누구의 와이프며 뭐 하는 집이라는 소문과 마찬가지로 나의 조각 경력도 이미 은밀하게 퍼질 대로 다 퍼져 있었다. 하긴 이런저런 이유를 떠나서 매 게임마다 적당한 파트너를 물색하는 경우란 허다해서 상희와 짝을 이루어 게임을 한다는 것도 극히 자연스러운 일이었다. 그러나 그녀가 어느 재벌의 젊은 상속인의 부인이라는 사실을 알고 그것이 거북하게 느껴진 것도 사실이다. 예전에도 그런 부류의 사람들과 게임을 했지만 단순히 적으로서 방어만 했을 뿐이었다. 그런 사람들과 게임을 하다보면 까닭없이 거북해져서, 의도적으로 게임에만 열중했던 것은 어쩌면 내 속에 내재한 속물적인 근성이 진하게 작용한 탓이었을지도 모르겠다.

E여대 조소과 후배예요. 저는 선배님 이름을 듣고 금방 알았죠. 단발머리 여자아이가 쪼그리고 앉아 있는 그 작품을 생생하게 기억하고 있어요. 학교 작업실 입구에 한참 동안 놓여 있었잖아요.

상희를 만났을 때 그녀가 처음 한 말이었다. 화장기 없는 얼굴 위로 나를 향한 한없는 호의가 진지하게 번지고 있었다. 그러나 나는 갑자기 알 수 없는 부끄러움에 귓불까지 달아오르는 느낌이었다. 그녀는 지금 예술가의 길을 힘들게 걷고 있는 모습을 나에게서 찾고 있는 것이다. 그것은 보통 사람들이 캐어내기 힘든 사물의 미세한 결을 포착해 내는 예민한 감수성을 의미할 것이다. 어쩌면 나의 상상력이 지나쳐서 그녀가 찾는 것 이상으로 내가 넘어서 버렸는지 모르겠다. 어쨌든 그녀는 지금 일상 속에서 사람들이 나름의 방식으로 쌓아가고 있는 질서에 맞서서 외롭게 견디는 예술가를 보고 싶어한다는 것을 느끼고 있었다. 그녀의 표정은 적어도 예술을 하는 사람이라면 사물을 통한 자신만의 공간에서 바닥 모를 내부의 심연을 향해 끝없이 하강하고자 하는 열망을 간직하고 있을 거라고 역력히 기대하고 있었다. 참으로 이상한 것은 그 느낌이 나를 한없이 무력화시키는 것이었다. 그것은 일상적 삶이 요구하는 제반 계율과 의무로부터 자유로워진 한 인간을 보고자 하는 기대가 범접하기 어려울 만큼 거대하고 완고한 것으로 다가와서였으리라.

조각 그만둔 지가 언젠데요…….

갑자기 나는 엄청나게 미안해져서 우물거렸다.

아, 말도 안 돼. 내가 입학했을 때, 우리 과에서 선배는 거의 신이었거든요. 대학 재학 중에 국전 입상을 거머쥐었으니, 생각해 보세요. 얼마나 숭배하는 분위기였겠어요. 그렇지만 나는 아니었어요. 나야, 엄마가 어떻게든지 E여대는 들어가야 웬만한 데 시집이라도 보낼 수 있다는 바람에 억지로 점수에 맞추어서 적당히 택한 과가 조소과였거든요. 시험을 반 년 남겨놓고 데생을 시작했으니까 알 만하죠? 그런 내 눈에도 국전이 끝나고 나서 작업실 입구에 한참 동안 전시되어 있던 선배의 조각품은 너무 좋았어요.

서울에서의 모임이라는 것은 매번 이렇다. 학연, 지연의 계보를 들고 이리저리 맞춰보면 어딘가에서 걸리게 되어 있다. 그녀는 조소과 2년 후배였다. 천진하다고 느껴질 정도로 자신의 감정을 곧바로 전달하는 상희를 보며, 나는 갑자기 떠오른 일상의 미만한 우울 속을 헤엄치고 있었다. 그녀를 만나기 전에 재벌 상속자의 젊은 안주인이라는 사실에만 초점을 맞추고 차림새나 매너에서 실수하지 않으려고 잔뜩 긴장해 있던 나는, 자신의 천박하고 속물적인 근성이 한 순간에 드러나버린 것처럼 여겨져서 더욱 비참한 느낌에 빠지고 있었다. 내가 확보해야 할 공간은 자욱한 담배 연기와 여기저기 놓여진 커피잔, 샌드위치 접시가 널브러져 있는 이곳이 아니었다. 긴장의 원천을 찾아내고자 하는 진지한 모색의 순간을 확보해야 한다는 깨달음이 그녀의 표정을 투과해서 내게로 곧장 날아오는 것을 나는 투명한 의식 속에서 바라보고 있었다.

황 선생님 기억나세요? 그 작품에 관한 한 그 선생님만큼 칭찬을 아끼지 않았던 분도 드물 거야.

그 순간 짙은 안개를 젖히며 바로 눈앞에 커다랗고 뿌연 빛덩어리가 덮치듯 와서 멈추었다.

아, 그 사람.

그를 까맣게 잊어버렸던 이유들은 설명할 엄두조차 나지 않을 만큼 많았다. 우선 그를 기억하면 작품 활동을 계속하지 않은 스스로에 대한 자괴감이 한곳으로 흘러들어서 가슴이 꽈악 눌리는 느낌을 받았다. 그의 작업실을 우울하게 오가던 나의 모습은 영락없이 길을 잃고 헤매던 부랑아 같았다. 그러나 그것 말고도 무언가 더 크고 완강한 거부감이 그 시절을 떠올리고 싶어하지 않게 만들었다.

당시 그는 학교 앞에서 화방 겸 작업실 비슷한 것을 열고 있었다. 우리는 그를 꼭 황 선생님이라고 깍듯이 불렀다. 경상도 어느 지방 대학을 나온 그는 우리들 사이에서는 그리 밝지 못한 존재였다. 그가 하는 일이라는 것은, 우리로서는 해내기 어려운 작업의 코스에서 돈을 지불하고 누군가의 도움을 받도록 주선해 주는 것이었다. 물론 처음에는 황 선생이 혼자서 그런 도움을 주기 시작했을 것이다. 그러나 해가 거듭되면서 조각과 학생들 사이에서 웬만큼 소문이 돌았을 때는 혼자만의 힘으로 벅찼던지 그는 대학원생이나 혹은 그보다 연륜이 쌓인 전문가들을 연결시켜 주었다. 대학원 시절, 나도 그의 알선에 의해서 학년말 작품을 제출하는 미대생들의 작업을 대신 해주고 돈을 받아 쓴 기억이 있다.

나는 이상한 힘에 이끌려 그의 작업실을 들락거렸다. 사귀고 있던 남자와 까다로운 심리전에 지쳐 있을 때, 혹은 일찍 받은 각광에 갇혀 더 이상의 예술적 진전을 기대할 수 없다는 자학 속으로 침몰했을 때, 나는 시도 때도 없이 그를 찾아갔다. 처음에는 나의 가난한 현재와, 극도로 불행한 감정을 과장되게 그의 앞에서 끝없이 늘어놓았을 것이다. 양치는 소년이 오죽 권태로웠으면 거짓말을 했겠느냐, 그는 늑대가 나타났다고 외칠 때마다 자신에게 가해지는 관심을 엄청난 희열 속에서 맛보았을 것이다. 아마도 그 소년은 거짓말과 바꾼 죽음 앞에서도 미소를 지었을 것이다. 이런 이야기들이었을 것이다. 죽음과 권태에 대한 끊임없는 폭발 같은 것이었다. 현재 소유하고 있는 처녀성이 환전이라도 될 수 있다면 기꺼이 버릴 용의가 있다는 둥 말도 안 되는 소리들을 짜증 부리듯이 털어놓았을 것이다. 그러다가 지쳐서 말을 멈추면 그는 작업실의 낡은 군용 침대에서 조용히 몸을 일으켰다. 낡은 냄비들 속을 헤치고 새까맣게 때가 절은 주전자를 찾아 물을 끓여서 한 컵 가득 커피를 만들어 한 구석에 웅크리고 앉아 있는 나에게 심상한 얼굴로 건네는 것이었다.

「눈사람이 되고 싶어요. 사람이 아니면서 사람으로 불리우는 유일한 존재. 형체도 없이 사라지고 마는 그 지독한 포기」

나는 사라져가는 메아리처럼 희미한 목소리로 말을 했다. 끝없이 펼치고 있는 내 언어의 이미지에 파묻힌 그는 그저 말없이 웃고 있을 뿐이었다.

술에 절듯이 취한 어느 날, 나는 내 무력감 앞에 허망하게 떨고 있었다. 앞날에 대한 두려움으로 몸에 소름이 돋을 지경이었다. 어느새 나는 그를 찾아가고 있었다. 취한 김에도 사귀던 남자가 내게 정식으로 관계를 끝내자고 했다는 말을 털어놓을 수 없었다. 마음속은 흐릿한 불빛 하나 없는 칠흑 속을 비틀거리며 걷고 있었다. 나는 괜히 재능의 한계가 어떠니, 내 상상력이 더 이상 뻗어나갈 수 있는 출구란 존재하지 않느니, 되지도 않는 말들을 괴로운 척하고 지껄였을 것이다. 자포자기에 가까운 심정이 뒤통수를 치고 올라오는 순간 나는 울컥하며 마구 토하기 시작했다. 마지막 초록빛 위액 속에서 붉은 핏발이 섞여 올라올 때까지 주정을, 울음을, 절망을 토했다.

「이리 와라」

옷에 엉겨붙은 토사물을 닦아내고, 약을 먹이고, 차가운 물수건으로 얼굴을 닦아주고 난 뒤 내게서 조금 떨어져 앉은 그가 나를 향해서 손짓하며 말했다. 나는 가로등 불빛에 홀린 날벌레처럼 그에게 비칠거리며 다가갔다.

「안아줄게」

나는 그의 가슴속에 얼굴을 묻었다. 그는 나의 등을 어루만져주었다. 그에게서는 사람 냄새가 났다. 비누 향기도, 갓 빨아 말린 옷에서 풍기는 햇빛의 내음도 아니었다. 며칠 동안 씻지 않은 사람이 풍기는 냄새였다.

그 후로도 몇 번인가 그의 방을 찾아들었을 것이다. 그의 군용 침대에 옷을 벗고 누워서 전등불을 끈 그가 다가오기를 기다리는 순간, 나는 삶의 가장 밑바닥에 닿아 있다는 비애와 동시에 설명할 수 없는 안도감이 조용히 일렁이는 것을 느꼈다.

「돈이 없어요」

침대에서 몸을 일으켜 옷을 입다가 나는 작은 소리로 말했다. 떨지 않으려고 하는데도 자꾸만 목소리가 저 혼자서 떨고 있었다. 그는 말없이 돈을 주었다. 그가 슬퍼 보인다고 생각했다. 내가 그에게 왜 이런 말을 하는지 몰랐다. 얼마 후 나는 그를 찾지 않았다. 나의 내부를 들끓고 있던 열기가 서서히 빠져나가고 있었다. 나는 마침내 무거운 짐에서 벗어났다. 작품 활동을 그만두었다. 친지의 소개로 알게된 남편이 마련한 공간 속으로 깊이 침잠했다. 거기 안식과 평화가 있었다.

황 선생님이 화랑을 하고 있어요. 선배님이 졸업한 후에
도 어쩌다 선배님 이야기가 나오면 그 〈아이〉에 대해서 무
지무지 칭찬했었지요.

맞아, 그 작품 제목이 〈아이〉였었지. 절대 팔지 않으려
고 했었는데 너무 어려웠던 시기에 돈과 바꾸어버렸던 〈아
이〉. 깍지 낀 무릎 위에 턱을 받친 단발머리 계집아이가
무엇인가를 기다리고 있는 돌조각품이었다. 어린 시절의
나를 생각하면서 만든 작품이었지.

그날 우리는 이것저것 생각할 여유도 없이 브리지 클럽
을 나서자마자 의기투합한 여학생들처럼 그의 화랑을 찾아
갔다. 상희는 이미 그 화랑의 고객인지 그와 친근한 사이
처럼 보였다. 흰색 페인트가 칠해진 철제 빔을 노출시킨
화랑의 인테리어는 현대적이고 깔끔한 인상을 주었다. 남
성 캐주얼복의 중년 모델 같은 황 선생은 이젠 화랑의 멋
진 주인이었다. 나는 긴장을 풀려고 노력했다. 그를 보자
작품 활동의 중압감에 갈피를 잡지 못하고 비틀거리던 시
절이 되살아났다. 아주 어두운 기억들뿐이었다. 좌절과 실
연, 그리고 상대적 빈곤감 같은 것들이 끊임없이 나를 괴
롭히던 시간들. 웬일인지 그의 입가에 쓸쓸한 미소가 떠올
랐다가 사라졌다.

작품 활동을 계속할 줄 알았는데…… 이제나 하고 기다
렸더니 ……참.

그는 호들갑스럽게 반기지 않았으나 이상스럽게도 나는
그의 반응 같은 것을 개의하지 않고 있었다. 그가 어떻게
나를 대했건 나는 그를 향해 끝없이 하소연을 하곤 했던

옛날로 돌아가고 있었다. 그렇듯이 격의는 없었으나, 그렇다고 선뜻 연락하게도 되지 않았다.

그를 다시 만나고 얼마나 지난 후였을까. 패싸움에 앞장선 중학생 아들이 경찰서에 보호중이라는 연락을 받고 정신없이 뛰어가서 빼내오던 날, 나는 그에게 전화를 걸었다. 마치 고해성사를 하듯이 나 자신의 이기적인 마음들이 아들로 하여금 얼마나 외로움에 떨게 만들었는가를 말했다. 나는 그 동안 내 마음의 방황에만 빠져서 주변을 돌보지 않았다고 흐느꼈을 것이다. 그는 나의 말을 끝까지 들어주었다. 그는 나를 야단치지 않았다. 그날 이후, 그는 세상의 소리들이 모두 숨어버린 것처럼 정적이 감도는 집 안에서 전화기의 단추를 누르면 마술처럼 따뜻한 목소리가 되어 나타났다. 남편과의 어긋난 의견이 수시로 빚어내는 불안과 불화에 능숙하게 대처하지 못했을 때에도, 더 이상 한국 내에서 다닐 수 있는 학교를 찾아내지 못해서 어린 아들이 해외 유학을 결정했을 때에도 나는 그에게 전화를 걸었다. 그는 항상 흔쾌히 나의 전화를 받아주었다. 어느새 나는 바쁜 자신의 일상을 어떻게든 밀어내고 내가 필요로 하는 시간을 기꺼이 제공하는 그가 공기 속에서 숨을 쉬는 것처럼 자연스럽게 느껴지는 것이었다.

양수리에 가기엔 너무 늦은 건 아닐까요?

긴 시간 생각을 거쳐 내뱉은 말이었다. 3개월째 클럽에 나오지 않고 있는 상희의 파트너로서 이처럼 시큰둥하게 반응한다는 것은 결코 좋은 파트너로서의 태도가 아니라는 깨달음도 있었지만 갑자기 그녀가 보고 싶어진다. 그리고 무엇보다도 그의 전화에 사로잡혀 있는 자신을 구출하기 위해서라도 이 집을 벗어나야 한다고 생각했다.

지금이라면 러시 아워가 끝나서 한 시간도 채 걸리지 않을 거예요. 내가 그 집 쪽으로 가지요. 혜정 씨는 따로 가겠답니다.

더 이상 양수리행을 망설일 이유가 없었다. 그런데도 민 선생의 말소리가 전화선 속으로 사라져버리자 갑자기 나는 탈진한 기분이었다. 온갖 기대를 모으고 있던 가슴속의 온기가 단념에서 오는 허전함으로 서늘하게 식어가는 과정을 나는 무심히 지켜보았다.

서울을 떠나올 때와는 달리, 구름이 낮게 덮인 하늘은 흐리고 기분이 오싹할 정도로 칙칙한 소나무 숲이 창문 바로 앞에 펼쳐져 있다. 집 주위를 둘러싼 빽빽한 숲 너머에 강이 있는지 물이 흘러가는 소리가 들린다. 문을 열어준 가정부는 이미 우리가 집 근처로 들어서는 것을 보고 있었던지 우리를 향해 우두커니 서서 고개를 가볍게 숙인다. 상희는 보이지 않는다. 곧이어 혜정의 자동차가 도착한다. 나와 민선생은 거실의 창문을 통해서 흐린 하늘을 보기도 하고 어두운 실내를 둘러보면서 서성인다.

상희와 혜정이 동시에 거실로 들어선다. 우리는 미소를 지으며 상희 옆으로 쭈뼛쭈뼛 다가간다. 그녀를 어떻게 위로해야 할지 우리는 모두가 서툴다.

보고 싶었어.

많이 마른 것 같아.

　　그러곤 할말이 없었다.

　　그녀의 남편이 뇌물공여죄로 수감되었다는 기사가 나오고 난 후 거의 한 달째 시골에 내려와 은둔하고 있는 그녀를 찾아본다는 것은 나, 민 선생, 혜정에게도 적잖은 심리적 부담이다. 신문에 난 기사대로라면 그녀의 남편은 참으로 개처럼 돈을 벌기 위해 온갖 비열한 방법을 다 동원한 셈이었다. 경쟁 기업의 약점을 알아내어 그것을 기화로 다시는 재기할 수 없도록 조치해 달라는 성격의 뇌물을 최고 권력자에게 갖다 바쳤던 것이다. 그 사건의 어디에서도 나는 평소에 상희가 빚어내던 분위기를 찾을 수 없었다.

　　언젠가 나는 그녀를 태우고 밤 늦게 그녀의 친구 집에 간 적이 있었다. 밤에 브리지 게임을 하는 날이면 그녀는 기사를 부르지 않고 내 자동차를 이용했다. 운전을 하지 않는 그녀는 별다른 주저 없이 주위 사람의 차에 편승했다. 자동차가 한 대라도 덜 움직이는 것이 국가 경제에 도움이 된다는 말을 스스럼없이 하며, 편승에 따르는 약간의 불편은 기꺼이 감수하겠다는 투였다. 언젠가는 집에 돌아가는 길에 친구집에 잠깐 들러도 되겠느냐고 물었다. 그녀는 다음 날도 시간을 낼 수 없는데, 아이를 유학 보내는 어떤 친구에게 돈을 조금 주고 싶다고 했다. 기사를 시켜서 봉투만 전달해도 괜찮겠지만, 요즈음 그 친구네 사업이 기울고 있어서, 형편이 어려울 텐데 봉투만 비쭉 디미는 것보다는 직접 가서 전하고 싶어서 그런다고 말했다. 아무리 늦더라도 상관없으니 가고 싶으면 데려다주겠다는 내 말에 그녀는 어린애처럼 환하게 웃었다.

그녀는 어쩌다 비싼 옷이나 장신구를 하고 나가야 할 자리가 생기면 며칠 전부터 부담스러워했다. 가끔은 자신의 절제가 남을 불편하게 한다는 사실을 모르고 있는 그녀가 답답하기도 했다. 가령 나만 하더라도 그녀를 만나려면 수수한 차림을 찾게 만드는 것이었다. 간편한 스웨터, 스커트, 견고한 구두 같은 실용적인 차림으로 그녀 앞에 서는 것이 나의 마음을 편안하게 하였다. 이미 나는 번쩍이는 장신구나 화려한 정장이 그녀 앞에서 갑자기 천박하기 이를 데 없는 것으로 변해 버리는 느낌을 여러 번 경험한 터였다.

이제 그녀 앞에서 화제를 꺼낸다는 것은 마치 흐린 등불을 들고 다락의 갖가지 잡동사니 속을 뒤져서 맘 먹은 물건을 찾아내는 것과 같은 것이었다. 상희는 생각보다도 훨씬 강하게 폐쇄적인 반응을 풀려고 하지 않았다. 물론 평소의 그녀를 알고 있었기 때문에 이런 상황을 이미 짐작하고 있었지만 아무튼 분위기를 바꾸지 않으면 안 되었다.

이렇게 네 사람이 되면 뭐 생각나는 거 없어요?

아, 선생님, 브리지 하자구요.

혜정과 내가 응석을 부리듯이 말을 길게 뺀다. 상희는 아직도 경직된 표정이다. 그러나 민 선생은 상희의 굳은 표정 같은 건 그다지 개의하지 않는 것 같다.

미국에서 30년 가까이 거주하다가 귀국한 민 선생은 소위 한국 사회의 눈치 보기에는 극히 서투른 사람이다. 상희의 남편이 얼마나 높은 순위의 재벌 집안인지 아닌지 따지지도 못했고 설혹 알았다 하더라도 그것이 나와 무슨 관

계가 있느냐고 뜨악한 얼굴로 질문을 할 것이다. 그녀의
관심은 브리지를 하는 사람의 게임 실력과 습관뿐이었다.
민 선생은 브리지 클럽에 나오는 외교관 부인들 사이에서
남편의 직장 서열에 따라 오가는 예우를 보며 도무지 이해
할 수 없다는 말을 자주 늘어놓곤 하였다. 우연히 그녀에
게서 브리지 게임을 배운 나는 자연스럽게 그녀를 선생이
라고 불렀고 그녀도 그런 내가 싫지 않은 느낌이었다.
　우리는 상희를 만나러 오면서 감히 〈브리지 게임〉을 할
수 있으리라고 기대하지 않았다. 그러나 만난 지 30분도
되지 않아 대화가 점점 끊어지는 마당에 점잖게 침묵을 지
키기 위한 하나의 수단으로서 카드놀이가 등장할 수밖에
없었고, 그것은 풀릴 듯하면서도 풀리지 않는 문제를 해결
하려고 덤벼보는 것과 같았다. 카드를 한 장씩 던지는 것
은 무슨 말을 꺼내서 상대방의 기분을 살피는 것보다 깊이
생각할 필요가 없을 것이다. 따라서 오랜만에 하는 플레이
라서 실수가 속출할지라도 이 게임은 우리 네 사람의 분위
기를 전환해 주리라는 확신이 어느새 우리를 덮고 있었다.
　상희 씨, 브리지가 얼마나 좋은지 이젠 알 만하지 않아
요? 브리지 게임을 하고 있으면 모든 걸 다 잊게 하지 않
나요? 잠시라도 그 일은 잊으세요.
　민 선생은 아무렇지도 않게 상희 앞에서 그 사건을 건드
린다. 상희는 아무 말이 없다. 혜정과 나는 두 사람의 대
화에 신경을 쓰고 있지 않다는 듯이 괜히 거실 여기저기를
서성인다.
　어릿광대 같은 짓이라도 저질러서 분위기를 바꿀 수 있

는 재주가 있었으면 하는 생각이 떠오른다. 도시에서 들을
수 없는 온갖 소리가 증폭되어 들려온다. 새소리, 물 흐르
는 소리, 숲을 가로지르는 바람소리 같은 것들이 웅웅댄다.
그거 진짜예요?
느닷없이 혜정이가 나를 쳐다보며 묻는다. 갑작스런 질
·문에 내가 어깨를 으쓱한다. 혜정은 내 가슴에 붙어 있는
브로치를 가리킨다.
아, 이거. 크리스털이지이.
나는 일부러 크고 과장된 목소리로 말한다. 리본이 느슨
하게 매어진 모양의 어느 외국 브랜드의 제품이다.
이미테이션? 그래두 모양이 참 예쁜데.
혜정의 말에 일제히 시선이 나의 가슴에 모인다. 혜정은
유난히 장신구에 관심이 많다. 자기 말마따나 전생에 왕비
였던지 보석만 보면 정신을 빼앗겨버린다.
선배두 너무했다. 어떻게 가짜를 하냐? 하려면 진짜를
해야지, 아니면 아예 안 달든가…….
상희가 힘은 없지만 한마디 거든다.
가짜라니, 고상하게 이미테이션이라고 말해야지. 진짜
멋쟁이는 나처럼 이미테이션만 하는 거 몰라?
말은 쾌활하게 하면서도 나의 마음속은 아주 미세하게
흔들리기 시작한다. 상희 말대로 이것이 진짜 다이아몬드
라면 수억 원을 호가할 것이다. 감히 어떻게 진짜를 살 수
있다고 생각하는 것일까. 상희에 대한 나의 존경심이 아득
한 거리감으로 바뀌면서 나를 풀썩 주저앉게 만든다.
하긴 지금 우리 앞에 깍듯이 차려진 다과상도 마찬가지

다. 손가락 마디만한 알코올 램프가 사기 주전자 밑에서 가물가물 흔들리며 커피의 온기를 지키고 있다. 크리스털 접시 위에 누워 있는 앙증맞게 모양을 낸 색색의 과일들. 서울에서 사왔을 것이 분명한 케이크가 모든 것들이 얼마나 상심했으면 은둔해 버렸을까 하며 찾아왔던 우리를 철저히 우롱하는 것 같다.

그럼 브리지 게임을 조금만 할까요…….

상희가 조심스럽게 제안을 하자 우리는 갑자기 부산스럽게 움직이기 시작한다. 나는 마음속을 덮어오는 두터운 막을 황급히 밀어낸다. 있는 사람 치고 사람 됨됨이가 이만하면 되었다는 생각을 재빨리 끌어올린다. 상희는 가정부를 불러 옆방에다 카드 테이블과 커피를 준비하라고 시킨다. 그런 상희를 만류하며 우리는 거실을 나와 옆방으로 자리를 옮긴다.

놋쇠 손잡이를 여러 차례에 걸쳐 아래위로 급하게 움직인 다음에야 마지못한 듯이 옆방 문이 열렸다. 문을 열자 오랫동안 사람이 기거하지 않은 방의 특유한 냄새가 습기와 함께 훅 끼쳤다. 아직도 얼굴이 창백한 채 불안하고 시무룩한 표정을 하고 있는 그녀를 젖히며 우리는 부산스럽게 카드 테이블의 먼지를 털어내고 거실에 있는 가스난로를 옮기고 창문의 커튼을 걷으면서 즐겁게 잡담을 늘어놓는 것이 그 방안에 활기를 집어넣을 수 있다고 생각하는 사람들 같다.

파트너를 갈라놓을 수는 없겠지요?

민 선생이 내 옆에 자리를 잡으며 말했다. 워낙 무겁게 가라앉은 자리를 어떻게든 띄워보려는 그녀의 의도가 선명하게 드러났지만 상희가 빚어내는 긴장감은 쉬이 사라지지 않는다.

상희 씨도 브리지를 하는 동안은 다 잊을 수 있을 거예요.

핸드백 속에서 새 카드를 두 벌 꺼내며 민 선생이 말했다.

민 선생은 브리지 게임을 하기로 작정하고 온 모양이다. 능숙하게 카드를 섞고 나서 민 선생이 손바닥으로 문지르자 줄을 맞춰 누운 카드들이 전등불빛 속에서 반짝이며 싱싱하게 호흡을 시작한다. 거의 동시에 우리 넷은 카드를 뽑는다. 스페이드 퀸을 쥔 상희가 선이 된다.

너무 오랜만이라서 잘될지 모르겠어요.

상희가 희미하게 웃으며 섞어놓은 카드를 자신의 앞으로 가져가고, 나는 테이블에 놓인 카드를 양손 안에 오므려 넣고 적당히 힘을 주어 셔플을 시작한다. 매끄러운 카드의 느낌과 섞이는 소리가 싱그럽다. 아무리 기분이 저조했다가도 에이스, 킹, 퀸 같은 높은 카드가 들어오면 게임은 침묵 속에서도 서서히 약동한다. 선을 잡고 카드를 돌리는 상희의 표정이 밝아진다.

브리지 게임을 배우기 시작하고 5년 동안 거의 거르지 않고 매주 두세 번씩 클럽에 나갔던 나로서는 3개월씩이나 브리지 플레이를 쉬면서도 전자오락실에 가지 못하도록 체벌 당한 사내아이가 머릿속에서 끊임없이 키보드를 두들겨대는 것처럼 수많은 카드의 묘수들을 떠올리곤 했다. 게다가 클럽에 나가지 않게 된 시기가 그를 만나지 않는 시간과 얽혀버린 것이 나를 더 초조하게 했을지도 몰랐다. 그

의 전화를 기다리지 않게 만드는 유일한 순간이 아마 브리
지 게임을 하고 있을 때뿐이었을 것이다.

그를 만나고 헤어지던 날, 우리에게 무슨 일이 일어났
던가?

우리는 언제나처럼 별 말이 없이 식사를 했을 것이다.
비록 내가 원하던 바가 아닐지라도 완강한 침묵을 지키는
그의 의사를 나는 조용히 따르고 있을 뿐이었다.

언제부터 삐걱이기 시작했을까?

서글프게도 우리 두 사람은 어둠 속에서 계속해 온 항해
에 지쳐 닻을 내릴 곳을 찾고 있었던 것은 아닌지 모르겠
다. 우리가 아무리 낮게 엎드려 피해 있어도 삶은 확실한
대답을 요구해 오는 것 같다는 생각에 빠져서 나는 한없이
우울해 있었을 것이다. 침묵이 무거워 더 이상 버틸 힘도
없어졌을 때 우리는 헤어져 각자의 집을 향해 돌아섰다.
그가 잡았던 손의 감촉만 오래오래 남아 있었다.

그 이후 그는 아직 한번도 전화를 걸어오지 않았다. 침
전되어 있던 그리움이 일렁이는 물살에 따라 맥없이 떠오
를 때마다 한 조각 사금파리 같은 기대가 반짝이며 애타게
나를 몰아쳤다. 브리지 클럽에서 하루 종일 카드를 쏘아보
다가 날이 저물어 마지못해 집으로 돌아가는 길에도, 그가
혼자 있을 시간이 확실한 오전 내내 나는 그가 전화를 걸
어올지 모른다는 생각에 사로잡혀 초조한 마음이 더해만
갔다. 드라이 아이스의 연기 속에 감추어진 생일 케이크의
촛불을 남편의 웃음소리 속에서 불어 끄던 날도 나는 간절
하게 그의 전화를 기다렸다.

상희가 카드를 다 나누자 우리는 동시에 그것을 쥐고 헤아린다. ……열둘 ……열셋. 나는 열세 장의 카드를 그림이 같은 것끼리 모으고 점수 순대로 배열하면서 상희의 표정을 살핀다. 그녀의 이마 위에 가벼운 주름이 잡힌다. 그것은 점수가 좋다는 징후였다. 상희는 패가 좋으면 항상 이마를 찡그리는 습관이 있었다.

처음엔 브리지 게임이 치매를 예방하고 단순히 시간을 보내기 위해서는 썩 좋은 두뇌 훈련용 놀이라기에 시작했는데 어느새 나는 수 읽기의 복잡함에 매료당해서 수년 동안 꼼짝없이 빠져들고 말았다. 아직 국내에서는 그다지 알려지지 않은 게임이라서 동호인들은 많지 않았지만 일정한 장소에서 일정한 시간에 열리고 있다는 사실이 브리지 게임을 계속하게 만들었을 것이다. 그러나 뭐니뭐니해도 브리지 게임의 매너가 절대적으로 요구하고 있는 침묵이 나의 흥미를 끄는 것으로 크게 한몫을 담당하였을 것이다. 마음이 불편할 때 게임을 하다보면 묘수를 찾는다고 열중하여 카드를 쏘아보는데도 어느새 다른 상념 속을 헤매고 있었다. 사람들에게 마음속의 불편을 들키지 않고 상념이 사라질 때까지 사람들 속에 함께 있을 수 있다는 사실이 또한 내게는 커다란 도움이 되었다. 어느새 나는 고립된 순간을 무척이나 두려워하고 있었다. 그런가 하면 파트너를 의식하는 공손한 말씨와 단정한 복장, 그리고 불만이나 항의할 일이 일어나면 당사자끼리 해결하는 것이 아니라 게임을 운영하는 디렉터를 불러서 정리된 답변을 요구해야 한다는 등의 엄격한 규칙이 좋았다. 그것은 다분히 연극적인 요소들을 갖추고 있다는 느낌이 강하게 들어서였다. 살아간다는 것이 연극의 일부분 같다는 생각을 문득문득 품게 될 때마다 브리지 클럽에서 전개되는 행위들이 마치 연기를 하고 있는 것 같다는 비현실적인 느낌으로 다가오는 것을 즐겼을지도 모르겠다. 아니면 사교라는 명목 아래 펼쳐지는 상냥한 인사와 우아한 미소가 나의 생활 주변 어디에서도 일어나지 않았기 때문일 것이다. 외국인들이 등장하고, 외국어로 말하고, 흔치는 않았지만 심심치 않게 출연하는 재벌, 혹은 대사의 부인들이 연출하는 익숙지 않은 분위기에서 배어 나오는 낯선 느낌이 비현실 같다는 생각을 떨칠 수 없게 만들었을 것이다. 그것은 또한 나 자신이 마치 상류사회에 편입되는 것 같다는 근거 없는 느낌으로 작용했을지도 모르겠다.

상희가 테이블 가운데 놓인 비딩 쉬트에 1C을 적는다. 그것은 스페이드나 하트 카드가 다섯 장이 되지 않고 점수는 13점 이상이라는 뜻이다. 내가 가진 점수는 5점이니까 우리 두 사람이 더한 점수는 18점 이상이다. 네 사람이 합한 점수가 최하 40점이라고 본다면 상대편도 만만치 않다는 뜻이다. 혜정이 1S라고 적는다. 혜정의 카드는 스페이드가 다섯 장 이상이고 점수는 10점이다. 내 차례다. 5점이면 패스를 해야겠지만 나에게는 스페이드가 한 장밖에 없다. 상희가 아무리 스페이드를 많이 가지고 있다 하더라도 넉 장이다. 그리고 하트가 넉 장, 클럽이 석 장, 다이아몬드는 두 장쯤이라고 생각을 해본다. 내 카드는 스페이드 1, 하트4, 클럽3, 다이아몬드5이다. 노트럼프는 부를 수 없고 9점이 되지 않으니 2레벨로 올려줄 수도 없다. 일단 패스해 보는 수밖에 없다. 상희가 기분을 전환하기 위해서라도 이번 게임을 할 수 있었으면 좋겠다.

민 선생의 게임 습관은 공격적이다. 상대방의 점수를 읽으면 공격적인 비딩도 마다하지 않는다. 상희가 13점 이상, 혜정이 10점, 그리고 내가 5점이니까 민 선생도 최하 10점 이상은 된다는 계산이 나온다. 아니나다를까, 민 선생은 3S를 적는다. 자신의 점수는 12점이고 스페이드가 석장이 된다는 뜻이다. 26점은 넘지 못하므로 4S게임까지는 갈 수 없겠다. 스페이드 게임을 하려면 상희에게 트럼프가 몰려 있으므로 힘든 게임이 되겠다. 상희가 패스를 한다. 혜정은 게임을 갈까 하고 점수를 계산하느라 바짝 긴장한다. 그녀는 손가락으로 피아노 건반을 두드리듯이 테이블을 치고 있다. 모직 덮개를 입힌 테이블이라 큰 소리가 나는 것은 아니지만 아무튼 신경이 쓰인다.

혜정은 긴장하면 나타나는 손가락 두드리는 버릇 때문에 곤욕을 치른 적이 있었다. 몇 개월 전에 우리 네 사람은 미국의 뉴저지주에서 열리고 있는 세계 브리지 대회에 참가했다. 대회장인 컨벤션홀은 천여 명의 참가자들로 꽉 들어차 있다. 그에 압도당한 듯 유난히 긴장해 있던 혜정은 비딩을 하는 동안 자신도 모르게 손가락으로 테이블을 두드렸다. 그때 게임의 상대편인 인도 남자가 손을 번쩍 들어 디렉터를 불렀다. 인도 남자는 디렉터에게 불만스러운 표정으로 장황하게 얘기를 늘어놓았다. 그 남자의 이야기를 다 들은 디렉터가 혜정의 파트너에게 당신들은 손가락으로 신호를 주고받느냐고 물었다. 깜짝 놀란 혜정의 파트너가 그런 일은 절대로 없다고 주장하자 그는 여전히 의심 섞인 눈초리로 의아한 표정을 지으며 혜정과 파트너를 노려보는 것이었다. 토너먼트가 이어지는 동안 게임 도중에는 손가락을 움직이지 말라는 경고를 싸늘하게 내뱉고 돌아서는 디렉터의 등덜미에서 끈끈히 들러붙어 있는 불신과 경계를 감지하고 있었다. 그러나 문제는 경고를 받고 나서도 움직여지는 손가락이었다. 자신도 모르는 사이에 흔들어대는 손가락을 그녀는 토너먼트가 진행되는 동안 내내 테이블 밑으로 감추느라고 신경을 쓰지 않을 수 없었다. 혜정은 끔찍한 악몽이었다고 두고두고 되뇌었다. 그녀는 아직도 그 버릇을 버리지 못하고 있다.

아, 그 브리지 대회!

나는 갑자기 막막해져서 카드에서 눈을 떼고 앞쪽의 얕은 능선에 눈을 준다. 혜정이 드디어 손가락 움직이기를 멈추고 연필을 잡는다. 패스의 표시인 사선을 긋는다. 1S를 먼저 부른 혜정의 게임이다. 내가 첫번째 카드를 내놓아야 한다. 방어를 위한 좋은 기회를 방어자에게 먼저 주는 것이다. 갑자기 그 대회가 생각나자 나는 잠시 혼란스럽다. 내 파트너의 카드가 어떻더라. 1C를 불렀으니까 스페이드나 하트가 넉 장 이하라는 얘기다. 마땅한 카드가 없다. 오프닝 리드를 하기에 썩 좋은 카드 숫자가 없다. 이럴 경우는 석 장의 카드가 있는 클럽의 탑 오브 나싱이 낫겠다. 내가 클럽 9를 내자 민 선생이 자신의 카드를 혜정이 보기 편한 위치에 가지런히 펼쳐놓는다. 트럼프 수트

인 스페이드가 석 장. 하트가 두 장, 클럽 다섯 장, 다이
아몬드 석 장이다. 에이스, 킹, 퀸인 민 선생의 클럽은 완
벽하다. 좋지 않은 리드였다.

세계 브리지 대회에 참가하기에는 우리 실력은 아직 미
비했다. 물론 초보자 그룹에 신청하는 것이라고 민 선생은
우리들을 안심시켰지만, 솔직히 엄두를 낼 수 없었다. 토
너먼트에 참가하기를 권하는 그녀의 의도는 한국에서 일기
시작하는 브리지 동호인들의 열기를 부추기는 데에 의미를
두고 있다는 사실을 분명히 감지하고 있었기 때문이다.

그러나 그것과는 상관없이 오랜 세월 동안 잊혀져 버린
혼자만의 여행이 문득 떠올랐다. 며칠만이라도 홀로 떠나
서 내 삶의 군데군데에 묻혀 있는 숨겨진 이 세상의 암호
를 풀고 싶었을 것이다. 그 속에는 특히 계속되는 그와의
관계를 진지하게 조망하고 싶다는 의지가 작용했을 것이
다. 어느새 우리는 중년 세대들이 흔해빠지게 저지르는 부
정의 한가운데 흘러들고 말았다는 느낌이 나를 못 견디게
몰아쳤다.

좁다란 골을 이룬 물이 질척질척 흐르고 있는 주택가 골
목길을 걷고 있었다. 예전에 살았던 그의 집을 찾아가는
중이었다. 그는 삶조차 거추장스럽게 여겨져서 이불 속으
로 깊이 몸을 사리던 젊은 시절로 나를 안내했다. 그는 삶
에 의문을 던지도록 여유를 주어서는 안 된다는 깨달음을
얻기까지의 과정을 담담하게 털어놓았다. 아, 그랬었구나.
그래서 그는 내 젊은 날의 혼돈을 지켜봐 주었구나. 그 순
간 난데없이 지나온 시간들이 우리를 얽어매 놓는 것이었

다. 세상에 존재하는 사람의 마음속으로 들어가 이토록 완벽하게 자리 잡을 수 있으리라는 기대를 품어본 적도 없었는데…….

사랑의 육화 이외에는 표현할 길이 없는 사람처럼 그가 인도하는 길을 느리고 길게 휘적이며 따르고 있었다. 그 후, 그것은 때때로 나를 엄청난 고통 속으로 밀어넣었다. 제 몫을 요구하고 나서는 육체의 소리에 질려서 나는 적진에 낙오한 병사처럼 숨을 죽인 채 어서 두려움이 가시기만을 기다리는 것이었다. 나는 무작정 브리지 대회를 핑계로 혼자만의 여행을 상상했다. 갑자기 토너먼트에 참가하겠다는 나의 의사에 오히려 민 선생이나 상희는 의아한 표정을 지었다.

그날 내가 화랑 앞에서 왜 상희를 따라 내렸는지 알 수가 없다. 브리지 클럽을 나설 때 상희가 나에게 화랑까지 편승을 부탁했을 것이다. 얼마 전에 사간 그림이 집안 분위기에 어울리지 않아서 다른 그림으로 바꿀까 해서 화랑에 간다는 상희의 말에 나는 선선히 응했다. 얼마 전부터 가끔씩 어긋나는 그와의 심리전을 떠올리면서, 오히려 이처럼 자연스러운 만남이 우리 사이를 예전처럼 되돌려 줄지도 모른다고 기대했을 것이다. 그때까지도 그가 내 마음을 온전하게 들여다보아 주는 유일한 사람이라는 믿음 같은 것이 나를 지탱해 주고 있었다.

오랜만이에요.

화랑의 주차장에 서서 흐드러지게 핀 임파첸스를 물끄러미 바라보고 있는 그에게 다가서며 내가 한 말이었다. 거의 2주일 만에 그를 보는 것이었다. 한낮의 햇빛이 망막을 찌를 듯 쏟아지고 있었다. 그는 나와 상희를 반겼다. 명랑하고 들뜬 듯한 그의 모습은 낯이 설었다. 상희 때문이라고 생각하면서도 나는 자꾸만 풀이 죽어 어깨마저 내려앉는 것 같았다. 요즈음 들어 얼마나 자주 그와 나는 우울한 분위기에 가라앉아 있었던가.

황 선생님, 우리가 세계 브리지 토너먼트에 참가하려고 미국에 간다면 어떻게 보여요? 갑자기 근사하게 보이지 않아요?

상희의 투명하고 높은 웃음소리가 마당 구석구석에 골고루 퍼졌다.

그냥 놀러간다는 것보다 훨씬 근사하죠. 갑자기 세계 브리지 대회 참가라니까, 생각할수록 웃기는 거 있죠.

나는 무엇엔가 쫓기는 사람처럼 빠른 말투가 되어 있었다. 사실 말 그대로였다. 흔해빠진 해외 여행 중의 하나였다. 다만 가족을 떼어놓는 혼자만의 여행을 계획한 것이 다를 뿐이었다.

브리지 토너먼트 참가라니까 어쩐지 근사하게 보인다. 일정은 어떻게 되느냐. 일행은 얼마나 되느냐. 참가해서 우승이라도 하면 뉴욕 타임즈나 CNN뉴스 앵커와 인터뷰를 하는 거나 아닌지 모르겠다.

그는 갑자기 헛웃음을 섞어가며 호들갑스럽다고 여겨질 정도로 쾌활하게 말을 이었다. 그의 힘찬 말소리는 투명한 햇빛 속에서 공연히 무언가가 가슴속 한켠에서 천천히 무너져 내리는 것 같은 느낌을 남기고 멀어져 갔다. 의례적인 인사말이 오가는 자리였다. 상희와 나는 심각한 표정으로 그림을 둘러보았다. 그림 자체의 예술적 깊이를 감상하는 것이 아니라 상희의 집안 분위기를 염두에 두면서 장식 효과를 극대화할 수 있는 그림을 골랐다. 그러고 그는 우리와 함께 점심을 먹었다. 식사 후, 상희는 들를 곳이 있다며 일찍 자리를 떴다. 상희가 떠나자 남겨진 우리는 갑자기 침묵 속으로 떨어졌다. 계속되는 침묵 속에서 나는 어떤 서글픔 같은 것을 건져 올리고 있었을 것이다.

그는 웨이트리스에게 성냥을 청했다. 나는 식당의 테라스 아래 절벽을 덮고 있는 잔잔한 풀꽃을 무슨 절경이라도 되는 양 내려다보았다. 성냥이 그의 앞에 놓여졌다. 그는 담배를 꺼내 물고 성냥을 그었다. 종이다리에 유황을 입힌 성냥은 품질이 안 좋은지 자꾸 꺼졌다. 나는 그가 열번째 성냥을 켜고서야 담배에 불을 붙이는 모습을 무심히 바라보고 있었다. 테라스 아래 절벽을 기어오르는 다람쥐를 가리키며 아무런 뜻 없이 귀엽다는 말을 했다.

너 참 많이 달라졌구나.

나는 아주 잠깐 동안 이 소리가 누구의 것인가를 따져보았다. 1미터 반경 안에는 그뿐이었다.

적어도 어떤 집념을 지니고 있을 거라고 생각했는데…….

집념.

그것은 어떤 대상에 대하여 애초에 가졌던 감정이 변질되어 버린 후에 남아 있는 하얀 소금기 같은 것이 아닐까. 내가 무엇에 대하여 집념을 품은 적이 있었던가. 예술? 혹은 그 사람? 아닐 거다. 나는 그저 살아내기 위해서 내 마음속의 감정들이 이끄는 대로 끌려 다녔을 것이다.

갑자기 그가 한없이 낯설어 보였다. 이상스럽게도 입을 열기만 하면 우우거리는 짐승 같은 울음이 입 안에서 빠져 나올 것 같은 생각이 들어서 나는 아무 말도 더 이상 꺼내지 않았다. 까닭을 알 수 없는 막막함이 가슴 밑바닥부터 차 오르고 있었다. 그가 공중을 향해 담배 연기를 힘껏 뿜어대는 것을 바라보았다.

토너먼트 때문에 그래요?

아, 참으로 바보 같은 질문이다. 그가 말하고 있는 것이 무엇인지 나는 확실히 느끼고 있다. 그는 흘러가는 세월에 맥없이 몸을 맡겨버린 나를 안타까워하는 것이다. 혹은 상희가 빚어내는 안락한 분위기에 홀려서 삶의 고뇌 같은 것은 잊어버린 지 오래일 거라고 생각하는 것이다. 아닌데. 그것이 아닌데…… 어떤 것을 추구하는 삶만이 가치 있는 것은 아닐 것이다. 삶의 한켠에 서서 강의 얼음이 풀리기를 기다리고, 날이 밝기를 기다리고, 내 열정이 다하기를 기다리면서 견디는 것도 한 모습일 것이다.

내가 무슨 카드를 던진 거지?

그래, 그와 만나고 있던 시간들은 참으로 고통스러웠다.

항상 그로부터 멀어지기 위한 결심을 반복하던 과정들…….

이 사랑도 어디쯤에선 반드시 그치겠지.

어느새 게임은 중반에 접어들고 있다. 혜정은 상희에게 몰려 있는 스페이드가 골치 아픈 모양이다. 허리를 곧추세우고 상희를 바라본다. 승부욕이 살아난 듯 그녀는 카드에서 눈을 떼지 않고 있다. 워낙 디클레어의 점수가 충분해서 아무리 열심히 방어를 한다 하더라도 3S는 쉽게 만들 수 있겠다. 그렇더라도 혜정이 트럼프를 다 빼지 않고 다이아몬드 플레이를 시작한다면 상희가 한 개쯤은 트럼프로 덮을 수는 있겠다. 잘하면 혜정을 다운시킬 수 있다.

혜정이 스페이드를 빼는데 상희의 카드 숫자가 높다. 이제 우리 손으로 다이아몬드 플레이를 하면 되겠군. 아니, 상희는 왜 느닷없이 하트를 건드리는 거지? 하트에 점수가 몰려 있는 것일까? 상희가 하트를 플레이하는 바람에 손을 다시 혜정에게 빼앗긴다. 예상하지 않았던 상희의 카드를 바라보며 나는 깊은 물 속으로 침몰하는 기분이다. 어쩐지 찝찝하다. 아직 상희의 손에 트럼프가 두 장 남아 있을 때 다이아몬드를 플레이하는 것이 유리할 것 같다. 잘하면 다운시킬 수 있을 텐데. 혜정이 하트의 하이 카드로 상희를 덮고 선을 잡는다. 그녀는 또다시 스페이드를 플레이한다. 아마 트럼프를 빨리 뽑고 난 후에 클럽 플레이를 시작하면서 루저카드들을 디스카드해 버릴 모양이다.

민 선생이 혜정의 지시대로 카드를 뽑으며 담배를 꺼내 문다.

민 선생님, 커피 한잔 주시겠어요?

나는 더미인 민 선생에게 커피를 부탁한다. 어쩐지 오늘은 상희와 의사가 잘 통하지 않을 것 같은 예감이다. 파트너와 손이 잘 맞지 않는 날의 기분은 참으로 칙칙하다. 나는 우울한 눈으로 카드를 바라본다.

상희의 플레이는 항상 거의 정석이다. 점수가 1점만 모자라도 오버 비딩을 하지 않는다. 플레이의 순서도 마찬가지다. 보드가 선이 되면 보드의 강한 수트를 공격하고 디클레어가 선이 되면 보드의 약한 수트를 공격한다는 법칙을 사수한다. 그녀에게는 카드가 파격적으로 배열되면 완전히 우왕좌왕해 버리는 결점이 있다. 재치 있게 대응하지 못한다. 그런 것은 어쩌면 그녀의 현재 삶에서 연유한 것이나 아닐는지. 그녀는 어쩌면 마음속까지도 안정을 타고난 사람 같다. 언제였더라? 그녀가 심각한 표정을 지으며 그 말을 했던 것이…….

어제는 술을 마시고 들어온 남편이 이런 말을 하더라. 갑자기 그토록 쓸쓸해질 수가 없더래. 어제 날씨가 좀 그랬잖아. 오후 2시였는데 한밤중 같았잖아. 사무실에 앉아서 하늘을 바라보는데 갑자기 대기 속으로 자신이 빨려들어 가면서 진한 외로움이 자신을 엄습하더라는 거야.

그녀가 잠시 말을 끊는 사이에 나는 아, 그녀의 남편은 정말 외로운 모양이구나, 하는 생각에 가슴이 저렸다.

그렇게 말하는 모습이 꽤 심각한 거 있지. 그이는 가끔 그렇게 감상적인 말들을 잘해. 한번은 반도체 회사에 가서 브리핑을 받고 있는데 그 사장이 반도체에 관해서 자기보다도 실력이 없더라는 거야. 물론 안다고 해서 경영을 잘하는 것은 아니지만 아무튼 화가 나서 질문을 꼼꼼히 던졌던가 봐. 그 사람 컴퓨터 계통에 취미가 많잖아. 그만큼 아는 것도 많거든. 그러자 그 반도체 사장은 난리가 났겠지. 한참 설명인지 변명 같은 것을 늘어놓아서 듣고 있는데, 그 양반 몸이 떨고 있더래. 그 순간 그이는 설명할 수 없는 서글픈 느낌이 들어서 어찌할 바를 몰랐다는 거야. 그런 소리를 하면서 정말 괴로운 모양이더라. 그럴 때 나는 뭐라고 하니? 언제 어떤 일들이 나이 순서대로 진행되었느냐. 그렇다고 타고난 운명이 바뀌겠느냐. 뭐 이런 말들을 늘어놓을 수도 없잖아. 그냥 가만히 있는 거지.

상희의 억양 없는 말소리가 아득하게 울리는 것을 나는 먼데 소리 같이 듣고 있었다.

그런데 아무래도 난 지능이 조금 낮은 모양이야. 왜 난 하늘이 흐리다고 기분이 울적하다는 느낌도 일지 않고 낙엽이 진다고 해서 서글픈 마음도 생기지 않는 걸까? 엄청나게 아름다운 장면을 보면 가슴이 막 뛰고 감동에 벅차서 눈물이 핑 돈다는데 난 그런 것들이 이해되지가 않아.

상희가 그 말을 할 때에 우리는 막 점심 식사를 마치고 하야트 호텔을 걸어나오고 있었다. 추적이는 가을비가 갈색으로 물든 잎들을 함께 거두며 흘러내리고 있었다. 아스팔트를 타고 골을 이룬 빗물이 시간처럼 흘러갔다. 그녀는 아무렇지도 않게 그렇게 내뱉고는 하품이 나오려는 입을 손으로 가렸다. 우리를 발견한 그녀의 기사가 빗물 속에서 반짝이는 빗방울을 수없이 떨구면서 미끄러져 내려왔다. 그런 감정을 모른다는 것은 불행이기는 하지만 그래도 나는 당신이 부럽다고 말해 주었다. 그녀는 내 말의 뜻을 이해는 하고 있었지만 내가 지금 그녀를 얼마나 부러워하고 있는지는 잘 모르는 것 같았다.

그때 나는 내 마음속에서 움트고 있는 그를 향한 말 못할 진실을 어떻게 해야 하는지 참으로 난감해 있었다. 어

느새 다른 옷으로 갈아입은 나의 마음을 나는 조용히 지켜
보고 있었다. 오랫동안 마음의 한켠에 처박혀 있던 열정이
라는 것이 들추지 않았음에도 불구하고 우연찮은 순간에
튀어나와 나를 흔들고 있었다. 어느 순간을 가리는 법도
없이 불쑥불쑥 내미는 그에 대한 생각은 나를 지독히 쓸쓸
하게 하는 것이었다. 그것은 그리움이라든가 간절함이라든
가 하는 따위의 애틋한 감정은 아니었으리라. 아무리 애를
써도 잡혀지지 않는 스스로의 중심을 생각하면서 아득해지
는 절망감 같은 것이었으리라. 그 순간처럼 나는 상희를
향해 부러운 시선을 보낸 적이 없었을 것이다. 그녀가 폭
우 속을 거뜬히 견뎌내는 시멘트 전신주처럼 소박하고 쓸
모 있는 면만을 완벽하게 갖추고 있는 것처럼 보여서였다.
그녀도 나처럼 마음속에 남편 이외의 남자를 둘 수 있을
까?
아니었다. 그녀는 단순하고 명쾌한 사실들만 받아들였고
또한 받아들이고자 하였다. 게다가 자신에게 편재된 재물
마저도 그토록 감사히 받아들이는 마음을 간직하고 있었
다. 아름다운 여자. 참으로 아름다운 사람. 이것이 내가 그
녀를 향한 마음이다.
지나간 시간을 돌아보면 그녀는 지금까지 부의 편재에
대한 죄의식을 떨치느라고 나름대로 애를 쓰면서 살아온
셈이었다. 풍요로움에 길들지 않기 위해서 자신을 절제할
줄도 알았고, 인간의 도리를 잊지 않으려고 주변에 세심한
관심을 쏟을 줄도 알았던 그녀로서는 남편의 사건은 당연
히 우울하고 속상할 일이었다. 더군다나 기존의 부를 지키

기 위하여 온갖 편법을 동원하고 약한 상대를 거침없이 짓
밟았다는 사실을 알고 엄청나게 고통스러웠겠지. 그렇지만
그녀의 고통이 아무리 크고, 진정한 것이라 하더라도 그녀
는 그 고통으로 인하여 어떤 훼손도 입지 않고 있다. 얼굴
이 조금 상해서 고통스러워하는 모습까지도 우아하게 비치
고, 은둔이 주는 분위기는 오히려 신비스럽기까지 하다.

혹시 상희 너는 자신의 순수함을 지키고자 하는 열정 때
문에 입은 훼손을 더 가슴 아파하는 것은 아닐까. 만약 조
금이라도 그런 요소가 있다면 그것은 우리 삶에 대한 지나
친 허영심이야. 네게 주어진 삶을 담보로 한 엄청난 허영
심이야. 너는 고통과 허영심을 엄연히 분리시켜야 해. 지
금 네가 겪는 것들이 진정으로 감당할 수 없는 고통이라면
너는 어떤 식으로건 대항하고 말 거야. 은둔을 자청하는
정도로 그 무게를 벗어날 수 있겠어? 은둔이 조금도 자신
을 자유롭게 하지 못했다면 자살 같은 것은 어때? 너의 괴
로움이 맑은 영혼을 유지하고자 하는 안간힘일 뿐, 결코
허영심이 아니라는 사실을 증명하기 위해서라도 너는 무언
가 행동을 하지 않으면 안 된다.

이건 또 무슨 생각이람. 맑은 영혼을 질투라도 하는 것
일까. 참으로 이상한 것은 상희만 대하면 나는 그녀가 간
직하고 있는 투명함이 더 맑기를 원한다. 그녀의 내부에서
뻗어 나오는 자비심, 절제, 그리고 투박한 모성까지도 무
한하라고 강요하게 되는 것은 왜일까?

그녀도 사람이다. 보통 사람일 뿐이다. 다만 부잣집 사
모님일 뿐이다.

나는 때때로 자신의 마음속에 품고 있는 그녀에 대한 흠
모나 존경심을 향하여 이젠 그만 환상을 깨뜨릴 때라고 경
고했음에도 불구하고 이처럼 어이없는 생각을 하고 있다.
기발한 묘수를 찾아 카드를 열심히 들여다본다는 것이 엉
뚱한 상념으로 치닫게 한 것이다. 무엇엔가 오랫동안 집중
하지 못하는 자신의 일면을 다시 한번 발견하면서 엷은 패
배감을 떠올린다.
　방에 들어온 가정부가 여기저기 널린 커피잔을 치운다.
민 선생이 여자에게 재떨이를 내민다.
　점심을 어떻게 할까요?
　우리는 상희를 본다.
　신경 쓰지 마.
　그래도 상희의 이마가 찡그려진다.
　아줌마, 호박 있죠? 그것을 채 썰어 넣어서 멸치 국물에
가는 국수를 말아다 내오세요.
　아, 그거 맛있겠다.
　혜정의 희고 가느다란 손가락이 카드를 돌린다. 담배를
입에 문 민 선생이 양손 안에 카드를 부풀려 쥐고 빠드득
소리를 내며 셔플을 한다. 우리는 동시에 혜정이 돌린 카
드를 집어 올리고 장 수를 헤아린다. ……열둘 ……열셋.
카드 배열을 마치고 점수를 계산한다. 딜러인 혜정이 비딩
시트 위에 사선을 긋는 연필 소리가 짧고 날카롭게 사각이
며 사라진다. 내 차례다. 12점이다. 오픈을 하기에는 1점이
모자란다. 그러나 나는 1S라고 적는다. 그러면서도 나는
오버비딩을 하는 스스로의 기질이 싫다. 민 선생이 사선을

긋고 패스를 한다. 상희의 차례다. 그녀가 이마를 찡그린
다. 점수가 꽤 들어온 모양이다. 나는 내 카드를 바라보면
서도 상희의 손끝에 온 신경을 모은다. 카드들이 침묵 속
으로 빨려들어 가고 있다.

　이리 와라.

　무슨 소리를 들은 것 같다. 나는 귀의 이명을 쫓아내기
라도 할 듯이, 고개를 갸웃하고 힘주어 눈을 깜박인다. 얼
마나 지났을까.

　이리 와아.

　머리가 휑하니 비어버린 느낌이다. 생각들은 빠져나가고
빈 두개골만을 모가지가 지탱하고 있는 것 같다. 실제로
무슨 소리가 들린 것일까? 나는 소리의 근원지를 찾으려는
듯이 고개를 들어 방안을 둘러본다.

　창 밖에는 흐린 하늘 위에서 비가 줄을 그으며 떨어진
다. 숲 저편에서 나무를 찍는 도끼 소리 같은 것이 적막하
게 울리고 있다.

　이리 와라.

　숨을 죽인다. 이상한 일이다. 몽롱하던 의식이 점차 명
확해지고 있다. 갑자기 나는 그 소리를 기억해 내었다. 스
스로를 던져버리려고 발버둥쳤을 때 불가사의한 힘으로 나
를 이끌어주던 소리다. 그것은 결코 인간의 소리라고 여겨
지지 않는다. 나는 갑자기 테이블 위에 카드를 내려놓고
조금도 망설임 없이 소리를 따라 나서고 있는 나를 조용히
바라보고 있었다.

　내가 지금까지 그토록 갈망하고 얻으려고 했던 것이 이

소리였던가.

나는 무슨 말인가를 하려고 했지만 머릿속을 빠져나가 버린 생각을 모을 수가 없다.

나는 소리가 사라진 공백 사이에다 4S를 적는다.

비딩 시트 위를 기어 다니는 연필의 사각거리는 소리가 느리게 움직이는 것이 보인다.

게임의 단조로움은 오로지 침묵만을 강요하는 듯하다.

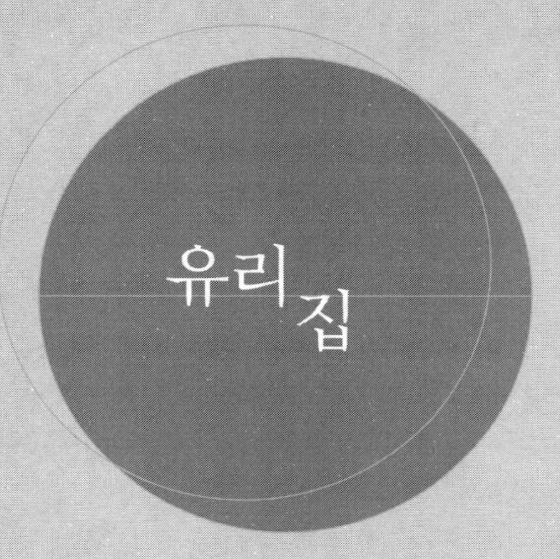

유리 집

유리집

그 남자가 들어선 것은 또 한번 가게문이 밀리는 느낌을
받고 칸막이 너머로 머리를 삐죽이 들어올렸을 때였다. 밝
은 햇빛을 등지고 출입문을 꽉 막고 서 있는 그 남자를 확
인하는 순간 나는 지독한 현기증 속으로 떨어져버렸다. 갑
자기 온 대지를 덮어버린 짙은 안개 속에서 내 삶을 짓누
르고 있는 음험한 그 무엇의 실체와 함께 내가 꼼짝없이
갇혀버린 느낌이 들어서였다. 더 정확히 말한다면 그 남자
가 남편이 아니라는 사실을 깨닫는 순간 깊이를 알 수 없
는 캄캄한 구멍 속으로 빨려 들어가는 나 자신을 만났다는
표현이 옳을 것이다.

어지럼증이 가시기를 기다리며 나는 잠시 책상 위에 손
을 짚은 채 움직이지 않고 숨을 모은다. 남편이 오늘쯤 돌
아올지도 모른다고 기대했다니, 도무지 어리숙한 생각이었
다. 사람은 자신의 우호적인 생각이 상대방에게서 배척 당

했을 때 가장 절망하고 분노한다면, 지금의 내가 그럴 것이다. 오늘 하루 종일 나는, 남편은 이쯤에서 자신을 찾기 위한 여정이든 혹은 방황을 끝내고 돌아와야 한다고 생각했고, 그것은 시간이 지날수록 서서히 확신으로 변해 버렸다. 그리고 그 확신이 지금 나를 더욱 참담한 낭패감 속으로 깊숙이 밀어넣었다. 눈을 뜨자 안개는 물러갔고, 진열창 밖으로 늦가을 햇빛만 아파트의 희디흰 시멘트 길 위로 찬란하게 쏟아지고 있다.

그 남자는 석양을 등지고 소리없이 나타난 중국 영화 속의 자객처럼 문지방에 떡 버티고 서 있다. 용서할 수 없는 사람을 단죄하기 위해 먼지 바람만 가득한 황무지 속을 달려온 사람처럼 무언가 결의에 가득 찼으나 엄청나게 엄숙하여서 차라리 무표정이다. 나는 그 남자의 등뒤로 꾸물꾸물 숨는 남편에 대한 증오감을 사납게 응시하며 역광 때문에 흐릿한 그의 얼굴을 더듬느라고 눈을 가늘게 뜬다.

이 집도 파는 겁니까?

그 남자는 정중하게, 그러나 어딘지 냉랭한 편에 속하는 태도로 물었다. 그의 얼굴엔 여전히 표정이 없고, 눈길만 가게의 전면에 있는 쇼룸에 가 있다. 아마도 인테리어 가게라는 인상을 주기 위해 장식한 모형집을 보고 묻는 모양이다.

아니에요. 장식품인걸요.

나는 상냥하나 심란한 표정을 감추지 않은 채 대답한다. 그러고는 그를 응대하기 위해서라기보다는 일껏 빠져나왔던 구멍 속으로 다시 붙잡혀 돌아가기라도 할까 봐 서둘러

가게의 중앙으로 걸어 나와 그 남자의 곁에 서서 진열창 속에 있는 유리집을 낯선 물건처럼 유심히 바라본다.

디즈니랜드의 만화 속에 등장하는 성처럼 생긴 유리집이다. 내부의 칸막이나 이음새까지도 유리로 섬세하게 만들어져 있어서 그것들이 여러 겹으로 겹쳐지며 내는 푸른 빛은 나의 머릿속에 수정궁을 떠올려준다. 정신을 빼앗긴 사람처럼 유리집을 망연히 내려다보고 있는 그 남자를 그대로 둔 채 나는 책상 쪽으로 몸을 돌렸다.

6평 남짓한 가게 안은 인테리어용 벽지와 버티칼 블라인드, 커튼, 장식장 등이 벽을 빼곡이 채우고 있다. 남편이 전공한 사회학이나 내가 공부한 독문학과 관계되는 건 이 가게의 어디에도 없다. 남편은 대학 졸업 후 한두 회사를 옮겨 다니다가 도저히 월급쟁이는 체질에 맞지 않아서 못하겠다면서, 이런저런 사업을 붙잡으려고 안간힘을 쓰다가 우연히 집수리 전문가가 되었다. 그러나 현실을 둘러친 그 벽 안에서도 자꾸만 잦아드는 것 같은 남편의 용기를 길어 올리기 위해 나는 창칼을 휘두르는 투사처럼 제도용 연필을 들고 가게 한켠의 책상에 나와 앉았다. 제도 연필을 쥐고 서투른 솜씨로 가구의 배치도라든가 평면도를 그리다보면 불현듯 초등학교를 만화 베끼기로 흘려보낸 취미 생활 덕을 톡톡이 보고 있다는 생각이 고개를 들면서 나도 모르게 쓸쓸해지는 마음이 등화관제 훈련을 위반한 불빛처럼 날카롭게 새어 나왔다. 그렇지만 나는 나의 내부를 향하여 이제 꿈이 끝나고 바야흐로 현실이 시작되었다는 안내 방송의 스위치를 올리지 않으면 안 된다는 것을 결코 잊지 않았다.

저 집을 내가 가질 수는 없을까요.

그 말을 들었을 때 나는 쿡 웃음이 나왔다. 막 그를 보면서 희끗거리는 머리카락에 참으로 잘 어울리는 차림새라고 감탄했기 때문이었다. 그의 외모 어디에서도 빈틈을 찾아볼 수 없는 사람이라는 생각도 그때 얼핏 떠올렸을 것이다.

아닙니다. 사고 싶다는 뜻이었습니다.

그는 나의 웃음에 당황해 손까지 내저으며 자신을 변명한다. 물론 나는 그가 그렇게 황급히 자신을 설명하지 않았어도 그의 뜻을 안다고 생각했다. 그러나 그 순간 사실은 더욱 기분이 나빠지고 만다. 차라리 그가 유명 디자이너의 최신 유행 스타일이나 찾아 입고, 최고급 브랜드의 장신구만을 선택하면서 몇 장의 플래티나 은행 신용카드로 자신의 신분을 확인하고 만족하는 부류라는 나의 상상력을 이어갔다면, 나는 어쩌면 미묘한 우월감을 교묘히 감출 수 있었을 것이다. 그렇다고 느닷없이 나타나서 유리집 같은 것에 관심을 쏟는 그가 어딘지 호들갑을 떠는 감상주의자라는 의심을 내가 품지 않았다는 말은 못하겠다.

나도 모르게 이 남자는 생활 같은 건 안정돼 있고, 아주 먼 곳에서부터 울려오는 울림에 이끌려 발을 내딛을 수 있는 부류의 인간이라는 생각이 들자, 막연한 적대감이 인적 없는 어두운 강물에 드리워진 낚시꾼의 야광찌처럼 뾰족이 솟아올랐다. 어쩐지 잘못 돌아가고 있는 듯한 남편과의 관계를 들추어내고 더 이상 삶이 즐거울 수 없다는 막막한 위기감이 몰려들면서 견고한 사회 속을 헤집고 뛰어오를 젊음도 없는 나 자신을 되돌아본 탓이었다.

　남편은 사흘 전 오후에 103동 1405호에 칸막이 문 견적을 뽑는다고 나가서 돌아오지 않았다. 그가 그 순간에 잠적을 생각했는지 아닌지는 모르겠다. 다만 자동차 열쇠를 집어드는 그에게 너무 좋은 날씨라고 내가 말하자 그는 힐끔 밖을 한번 쳐다보았다. 아마도 그때 그는 내 말의 의도를 알아차렸을 것이다.
　이렇게 햇빛이 좋은데 그만한 거리쯤 걷는 게, 당신 건강에 좋지 않겠어.
　결혼 생활 10년이면 부부는 일일이 마음속을 설명하지 않아도 서로가 대강 짐작하고, 또 그 짐작이 맞아떨어지는 그런 관계일 것이다. 그런가 하면 10년이라는 시간을 공유했다고 생각하기에는 엄청나게 벌어져 있는 서로를 향한 거리감을 확인하고 놀라면서도 말없이 견디는 인고의 시간일 것이다. 무언가 새로운 대상을 향하여 촉수를 내밀다가도 어느새 끈끈히 엉겨 있는 현실에서 결코 발걸음을 떼어놓을 수 없음을 막연히 알아채고 쓸쓸해지는 시간, 때로는 서로를 향한 적의를 침묵으로 여과하고 세상을 향하여 계속되는 연극조차도 삶의 일부분으로 수용해 버린 시간이 결혼 생활 10년일 것이다.
　그러나 나는 그의 의도를 읽지 못했다. 그가 하루나 지난 다음에야 전화를 걸어 나야, 그리고 잠시 침묵한 후 나의 대답 같은 건 묵살한 채, 잠시만 쉬고 싶어서 떠나버렸어. 당신이 지존파 같은 것을 떠올려서 걱정할까 봐 일단 전화는 해야 할 것 같아서, 그리고 또다시 이어지는 완강한 침묵이 한동안 흘렀다. 서울과의 거리감을 알리면서 전화 카드 액수 넘어가는 기계음 소리만 빠르게 우리를 잇고 있었다.

말도 안 돼. 공정하지 않아. 반칙이야.

그러나 나는 입 밖으로 소리내어 한마디도 할 수 없었다. 전화를 받으면서 가게 문밖에 쏟아지는 햇빛을 노려보았고, 고개를 휙 돌려 가게 안 세 벽에 둘러쳐진 블라인드와 치렁치렁 주름을 잡고 늘어진 커튼과 하얀 칠을 한 격자 창문들을 쏘아보았다. 그가 지존파 같은 소리를 했을 때는 크게 소리 내어 웃을 뻔하였다. 전화음 속의 침묵조차 끊어져 버린 뒤 나는 그의 난데없는 행동을 어떻게 받아들여야 할지 갈피를 잡을 수 없었다. 다만 그가 당긴 화살에 가슴을 명중당한 채 파들파들 떨고 있는 자신을 남처럼 냉정하게 내려다볼 뿐이었다.

참으로 아름다운 성입니다. 데코레이션일 것이라고 짐작은 했었지만.

그는 자신의 기대가 무너지고 있음을 가리기 위하여 일부러 심상하게 말하는 것 같았다. 나는 묵묵히 고개를 끄덕여보이고 그 남자의 시선을 따라서 또 한번 진열창 속을 들여다본다. 그의 표현대로 지붕이 뾰족하기 때문에 유리집이라기보다는 유리성이라고 말하는 편이 더욱 잘 어울릴 것 같다.

그런데 나는 왜 저 집을 만들었었지?

갑자기 나는 예술이라는 이상의 기치를 높이 들고 중세 유럽 문명의 복원을 향해 달리던 스테인드 글라스 학원 선생을 생각해 내었다. 유리 조각의 절단면에 얇은 구리 테이프를 감싸서 조각과 조각을 납땜으로 이어가며 무늬와 형태를 만드는 것이 스테인드 글라스였다. 주로 중세 유럽 교회의 창문에 성화로 많이 장식되었던 스테인드 글라스는 현대에는 장식등의 갓, 혹은 건물의 장식 창문으로 쓰이고 있었다. 그런데 나는 굳이 스테인드 글라스 집을 만들겠다고 작정했었지. 선생은 스테인드 글라스를 배워보겠다는 것만으로도 당신 내부엔 타고난 예술감각이 똬리를 틀고 있다고 부추겼다. 물론 그는 스테인드 글라스에 대한 정열이 넘치고 있었다. 그의 그런 분위기에 휘몰린 탓이었을까. 유리칼을 잡자마자 나는 유리집을 짓기 시작했고, 선생은 나의 열정을 불러일으키기 위하여 예술이라는 깃발을 힘차게 휘두르고 있었다.

아카시아 꽃이 막 피고 있는 무렵이었다. 당시 남편은 이 회사 저 회사로 옮겨 다니던 출근을 중단하고, 집 뒤의 야트막한 야산으로 발길을 옮길 때였다. 조금만 무리한다 싶으면 폐에 구멍이 뚫려서 가슴의 아픔을 호소하는 그를 이끌고 응급실을 몇 차례 찾은 뒤였다. 물론 건강상의 이유로 취직을 계속할 수도 없었지만 그는 삶에 대한 부대낌을 더 두려워했는지도 모르겠다. 이런 의심은 얼마 전에 잔뜩 취해서 들어온 남편이 지금 자기는 엄청나게 고통스럽지만 내가 사표를 내고 나면 당신의 고통은 더 커질 것 같다고 말한 적이 있기 때문이었다. 그때 사실 내 마음은 엉망인 상태였다. 그의 악화된 건강과 실직은 나를 극심한 위기 의식으로 몰아넣어서 올 데까지 왔다는 느낌만이 지배적이었다. 그렇다고 내가 어떤 구체적인 일거리에 나를 던져넣을 수도 없었던 시기였다. 내게 유일한 대책이 있었다면 그것은 남편의 산책길을 따라 나서는 것이었다.

오밀조밀한 동네를 벗어나면 곧바로 이어지는 숲길을 따라 우리는 말없이 걸었다. 앞으로의 계획이라든가, 혹은 현재의 심경 같은 걸 말하지 않는 어떤 묵계 같은 것이 우리 사이에 흐르고 있었을 것이다. 할말이 없었다. 빠듯한 생활에 게으름까지 얹혀 어려운 나날을 근근히 흘려 보내고 있었다. 그런데 세상에서는 개혁이니 민주화니 해서 많은 사람들이 큰 일들에 몸을 바치고 있었다. 우리의 실정 같은 건 아랑곳하지 않고 많은 사람들이 서로 쫓고 쫓기고 있었다. 그런데 우리는 아무 목적 없이 오직 헤매는 일로만 시간을 탕진하기 위하여 산책을 나선 것이었다.

남편도 나와 같은 마음이었을까. 그는 다른 날과 달리 숲이 끝나면서 이어진 새길을 건너가기 시작했다. 우리 동네가 개발되기 이전의 마을길이 어디론가 뻗어 있었다. 리어카나 들고 날 만한 좁은 길이었다. 개발하다가 버려둔 옛마을인지 파헤쳐진 땅 위에 덤불을 이룬 풀들만 기세가 등등했다. 아카시아나무가 엉켜서 길 양쪽에 늘어선 그늘 뒤로 보이는 폐가가 도리어 보상금을 받고 어디론가 뿔뿔이 흩어져 버린 사람들을 연상시켰다. 한참 더 이어진 길은 한 뙈기의 채소밭으로 변해 버렸다. 밭을 가꾸는 임자가 얼마 전에 다녀갔는지 속살을 드러낸 흙이 싱그러운 냄새를 풍기며 훅하고 열기를 끼쳤다.

나는 그 자리에 서서 물끄러미 밭을 내려다보았다. 남편은 잠시 암담한 표정을 짓고 그 자리에서 서성이더니 뚜벅뚜벅 밭을 가로질러 나가기 시작했다. 나가보았댔자 아카시아 숲 이외에는 길 같은 건 나타날 리 만무해 보였다. 그의 뒤를 선뜻 따르기가 좀 뭐해서 나는 잠시 그 자리에 그대로 서 있었다. 그러나 그는 뒤돌아보는 법도 없이 밭이 끝나는 부분에서 생나무 가지 하나를 억지로 분지르더니 나뭇잎을 툭툭 쳐내고는 숲속으로 들어서고 있었다. 나는 한 손으로 치맛자락을 오므리며 그의 뒤를 따라 약간 오르막인 그 길을 걸어올라갔다. 검게 주름진 아카시아나무 등걸은 햇빛을 삼키고 축축한 습기를 내뿜었다. 초록빛 잎들 속에서 거풍을 당한 머릿속이 맑아질 틈도 없이 갑자기 나는 내 삶의 형태가 어쩐지 지금과 같다는 생각에서 놓여날 수가 없었다. 지나간 35년의 내 삶이 이 남자의 뒤를 묵묵히 따르기 위해 헤매 다녔던 것이라고도 생각되었다. 도대체 내 인생이 어떻게 점지되었길래 이 한 사람을 따르는 일로만 탕진했는지 생각할수록 아득한 일이었다.

언덕을 넘자 아래쪽으로 매립중인 늪 지대가 나오고 멀리 큰길에는 질주하고 있는 차량의 행렬들이 나타났다. 그쯤에서 그가 돌아서리라고 생각한 것은 나의 오산이었다. 남편은 앞으로 나아갔다. 풀섶의 가시덤불을 막대기로 헤치면서 그는 잔뜩 화가 난 사람처럼 걸어갔다. 바야흐로 세상은 어수룩한 채로나마 좀더 큰 목적을 향하여 열띤 구호를 외치고 있는데 우리는 길도 아닌 길을 걸어가고 있었다. 남편은 오로지 내게 침묵만을 강요하는 듯싶었다. 마치 우리 인생 같죠라고 말을 하려다가 나는 그만두었다. 그것은 결코 그를 질책하려는 뜻이 아닌데도 불구하고 그가 그렇게 오해할 소지가 있다고 생각되었기 때문이었다. 그러나 생각해 보면 그 말을 꺼내지 않은 것은 꼭 그런 것만도 아니었다. 무슨 말을 하기에는 우리 사이는 너무 멀었고, 뿔뿔이 혼자만의 둥지 속에 고립되어 있는 것이었다.

얼마나 내려왔을까.

숲은 끝나고 여기저기 좁다란 골을 이루어 늪지를 향해서 물이 질척질척 흐르고 있었다. 도대체 그가 왜 나를 이끌고 이런 곳까지 왔는지 막막해졌다. 혹시 우리는 저 앞에 보이는 차도에 이르치 못할지도 모른다는 생각이 그제야 섬뜩하게 떠올랐다. 남편은 여기저기 발걸음을 떼어보더니 포기한 표정으로 앞으로 나아가기 시작했다. 이제부터 가시나무 가지에 발목을 긁히는 따위와는 비교할 수 없는 진창이 우리를 기다리고 있음을 나는 단번에 알아차렸다. 정말 이해할 수 없는 남자라는 생각과 동시에 솟구치는 맹렬한 짜증을 누르기 위해 나는 어금니를 물었다. 그러곤 누구에겐지 모를 맹세를 수없이 되뇌이고 있었다. 결코 돌아서지 않을 거라고, 이대로 곧장 나아갈 거라고, 거의 맹목적으로 그 생각에만 매달리고 있었다.

그 골짜기를 빠져나와 후들후들 떨고 있는 다리를 이끌고 동네로 돌아왔을 때 나는 앞서가는 남편에게 말도 없이 사라져서, 예의 그 스테인드 글라스 학원을 찾았다. 그 학원의 간판을 보는 순간 스테인드 글라스는 암흑의 중세에

서 유일하게 꽃을 피운 예술이기에 더욱 가치가 돋보인다
던 글이 생각났고, 그 구절 중에서 꽃을 피웠다는 대목에
나는 이끌렸던 것 같다. 무엇이든 나의 의지를 형상화한다
는 것이 내게 큰 의미를 띠었다. 그러나 이 작업은 예술이
라는 선생의 말이 공허함에도 불구하고 깊은 위안을 받긴
했어도 나 자신이 형편없이 무력한 존재 같다는 생각까지
떨쳐버릴 수는 없었다. 느닷없이 유리집을 만들자는 생각이
떠올랐을 때까지 나는 한없이 우울하게 거리를 방황했다.
　쓸쓸한 집착이라고밖에는 말할 수 없는 그 일은 그날 그
렇게 아카시아 향기 속에서 우연히 이루어졌다. 평면 작업
을 거치지 않고 바로 달려든 입체 작업은 내게 힘들고 지
루했다. 특히 입체를 이룰 역량이 거의 없는 실력으로 집
을 짓는다는 것은 시간과 돈과 정력의 낭비임에 틀림없었
다. 아직 이불 속에서 꿈을 껴안고 있는 남편을 뒤로 하
고, 나는 가슴속에 독을 품은 채 매일 아침 10시만 되면
쨍쨍한 여름 햇빛 속을 걸어서 학원으로 갔다. 주변의 화
려한 옷가게나 보석상이 있는 건물에 비하여 길 뒤로 한
자나 움푹 들어앉은 학원은 유난히 풀석이는 신시가지의
먼지를 고스란히 맞고 있었다. 유리를 잘라서 구리 테이프
를 붙이고 달궈진 인두로 납땜을 하다가 가끔 굽은 등을
펴기 위해 고개를 젖히면 파란 색종이만한 하늘이 창문에
낯설게 걸려 있었다.
　유리집을 완성하겠다는 거의 맹목적인 집념. 그것이 단
순하게 유리집의 완성만을 의미하는 것이 아니라는 사실을
문득 깨닫고 나서도 나는 여전히 그 집을 만드는 데 그해

여름을 몰두했다. 그리고 기어이 고추잠자리가 떼를 지어 하늘을 날아오르는 초가을에 그 집을 신주처럼 받쳐들고 제단에 오르는 사제처럼 엄숙한 얼굴로 나는 집으로 돌아왔다. 남편은 의기양양한 내 모양을 어떤 놀람이나 거부감도, 그렇다고 어떤 칭찬이나 반가움도 아닌 그런 심상한 얼굴로 나를 지켜보고 있을 따름이었다.

그만.

그 남자가 허리를 숙여 목례를 보내고 휘적휘적 가게를 빠져나가는 기척에 나의 상념은 끝이 났다. 나는 걸어가는 그 남자의 뒷모습을 한참 동안 바라보았다. 바람 한 점 없는 아파트 사이 길 위로 마악 노랗게 물들기 시작한 가로수 잎들이 파르르 떨어진다. 그가 사라진 길을 바라보며 이제 가을도 다 가는구나 하는 생각에 잠긴다. 속절없이 가을을 맞을 때마다 느끼는 갈증이 새삼스럽다. 일탈을 꿈꾸던 나는 간 데 없고, 느닷없는 남편의 가출이 빚어낸 깨어진 일상 앞에서 나는 자조의 미소를 짓고 서 있을 뿐이다. 새로운 것을 향하여 타오르곤 하던 충동은 어느 순간 가뭇없이 사라져버리고, 어쩌다 피어오른 무지개 같은 열정도 지금은 나와는 상관이 없는 별개의 것처럼 여겨진다. 심지어는 평화로운 햇살마저도 다른 세상의 풍경처럼 부질없이 지나가는 것이다.

어둠이 성깃성깃 내리는데도 나는 불을 밝히지 못하고 가게 문만 바라보고 있다. 남편에게 생각이 미치던 어느 순간 그의 마음의 어느 한 구석에 선연하다 못해 가슴까지 시릴 열정의 꽃이 피고 있을 것이라는 막연한 기대가 떠오른다. 그러나 실제로 내가 볼 수 있었던 것은 일상의 그늘에 가려져서 표정이 없는 한 남자일 뿐이다. 이런 생각들도 어쩌면 어거지로 얻어진 것들에 불과할지도 모른다. 나의 역할에 대해 골똘히 생각하다 보면 저절로 흘러가버리는 곳, 결국은 마음을 끓이고야 끝이 나는 그것의 정체를 나는 결코 밝혀낼 수가 없으리라.

밤에는 빗방울이 듣기 시작했다. 가게 문을 닫고 아파트로 돌아오는 길에는 허리를 감아 등줄기를 타고 오르는 한기에 뒤통수까지 뻣뻣해졌다. 무엇이 소리없이 뒤를 따르고 있다는 느낌이 전신을 훑고 지나가 나는 몇 번이나 그 자리에 우뚝 멈춰 섰다. 나는 절대로 고개를 돌리지 않았다. 다만 가만히 숨죽이며 아무도 없다는 느낌을 다시 추스를 때까지 기다렸을 뿐이었다.

새벽녘 창문을 때리는 빗소리 때문에 나는 잠에서 깨어나고 있었다. 상자 속인 듯 벽도 천장도 너무 가깝고 어두웠다. 잠이 든 것도 깨어난 것도 아닌 혼곤한 상태에서 나는 유리집을 지으라고 계속 강요하는 남자를 보았다. 내가 언제 누구의 강요에 의해서 움직여본 적이 있던가 하는 생각이 든 것은 아마도 생시에 가까운 마음이었을 터였다. 그러면서도 나의 무의식은 남편이 나로 하여금 유리집을 짓도록 내몰았다는 쓸쓸한 깨달음이 의식의 표면으로 떠올랐다. 잠이 완전히 깨어서도 나는 오래오래 이불 속에서 눈꼬리를 사납게 올려 뜨고 허공을 응시했다. 그런데 갑자기 슈퍼맨의 표시처럼 내 유별난 사랑을 새긴 가슴 뒤에 똬리를 틀고 있는 것은 남편에 대한 지나친 집착이 아닐까 하는 생각이 들었다. 나는 깜짝 놀라며 그런 자각을 부인할 듯이 몸을 일으켜 빗줄기를 뚫고 희붐히 밝아오는 새벽을 바라보았다. 한참 뒤에 나는 가만히 탄식하는 내 높은 숨소리를 남의 것처럼 듣고 있었다.

그 남자를 내가 다시 본 것은 남편이 집을 나간 지 일주일째 되는 날 오전이었다. 정확히 말한다면 그와 다시 이야기를 나눈 날이라고 해야 하겠다. 내게 유리집을 파는 거냐고 물었던 그날 이후에도 그는 몇 번인가 진열창 앞에 서서 그 집을 들여다보고 있었다. 어쩌면 문을 열고 들어올지도 모른다는 나의 예감을 번번히 배반하고 그는 진열창 속을 한참 바라보다가 느리게 걸음을 옮겨 사라지는 것이 눈에 띄었다. 그가 그 자리에 서 있는 동안만은 나는 내 내부에서 꿈틀거리는 숱한 상념들을 잠시 잊어먹고 그를 바라보게 되었다. 한번은 이곳저곳을 외롭게 기웃거리는 듯한 그를 부르고 싶은 기분을 꾹 눌러 참았다. 그가 사라져가는 뒷모습을 보며 처음으로 나의 주변이 삭막한 분위기라는 생각이 들자 참으로 견디기 힘들었다.
빗발이 들락날락하는 날씨가 계속된 끝이라서인지 기온은 갑자기 뚝 떨어져서 제법 만만찮은 한기가 아파트 건물 사이를 헤집고 들었다. 때가 때니만큼 남편이 없는데도 가게는 목욕탕 수선이라든가 도배, 커튼 제작 같은 겨울 채비를 위한 소소한 주문이 밀려들어서 시장터처럼 어수선하고 소란했다. 특히 인부들에게 작업 지시를 내리는 이른 아침이면 침방울을 튀기며 입김을 뿜어내는 자신이 마장을 달리는 말 같은 기분이 들기도 했다. 그처럼 정신없이 바쁜 중에도 문득 남편은 과연 이럴 수가 있는가 하는 생각이 떠올랐다. 또 설령 가출을 했었다 하더라도 이건 너무 길지 않은가 하는 심정에 나는 역정부터 났다. 그럴 때마다 눈을 흡뜨고 허공을 응시하는 눈 속으로 물을 끼얹은 장작개비의 타다 남은 생연기가 들어왔다. 밀려 있는 일감을 추스르느라고 작업 지시서와 각종 거래 명세서 사이를 넘나들면서도 나는 아직 타고 있는 장작개비의 지글거리는 소리를 듣고 있었다.

한참 북적이던 인부들이 각자의 일거리를 찾아 한꺼번에 물러가자 가게 안은 빈 교실처럼 적막 속으로 가라앉았다. 그때 그 남자가 흠, 하고 인기척을 내며 가게 안으로 들어섰다. 나는 흩어진 주변을 정리하던 손을 멈추고 그를 바라보았다.

마음이 변할지도 몰라서……

그는 전에 보았을 때와 달리 어딘지 초췌하고 퀭한 느낌을 주고 있었다. 게다가 쉰 듯한 그의 목소리는 어수선하고 우중충한 가게와 가슴에 불을 품고 있는 나와 일시에 어우러져서 퇴락한 과거의 시간 속으로 떨어지는 느낌이 들었다. 갑자기 내 눈에 들어오는 모든 것들이 하나같이 먼지를 뒤집어 쓰고 빛깔마저 바래 있는 것 같았다.

마음이 변하다니, 이 남자는 이른 아침부터 찾아와 무슨 말을 하려는가. 나는 내 마음속의 의문을 결코 겉으로 나타내는 법이 없이 상냥하게 웃음지으며 그를 바라보았다. 그러나 그는 여전히 경계를 풀지 않으며 가게 안을 휘둘러

보고 진열창의 유리집에 두어번 눈길을 보내다가 나를 똑바로 바라보는 것이었다.

이거 드시겠어요?

그는 웬디스 마크가 찍힌 종이 봉투를 내민다. 나는 그것이 따뜻한 커피일 거라고 짐작한다. 그러나 아무리 그에게 경계심을 갖고 있지 않다 하더라도 뜻밖의 호의를 받는 사람의 본능적인 행위인 사양이 의례적으로 튀어나왔다. 그러면서도 덜 친절하다는 느낌을 그에게 주지 않기 위한 배려로 나의 사양은 아주 짧게 끝났고, 어정쩡하게 그 봉투를 받아 종이컵의 커피를 꺼내고 그에게 자리를 권한다.

간밤에 바람이 대단했지요.

네에.

커피를 반쯤 마시던 그가 처음으로 꺼낸 말이었다.

밤 내내 불더군요. 하염없이 웅웅거리며.

나는 판소리의 한 대목 같은 음률이 그의 입에서 나온게 도무지 믿기지 않았다. 〈내내〉와 〈웅웅〉이라는 짧은 가락에 묻어나는 바람소리를 귀가 멍멍해지도록 듣고 있었다. 어쩐지 그가 내 뾰족한 마음의 일면을 엿보고 있었던 것 같은 느낌이다. 이 남자는 웅크리고 단단해진 내 마음의 끄나풀을 찾느라고 지금 바람을 일으키는 것 같다.

다분히 몽상적인 질문이 되겠지만……

남자의 목소리가 문득 낮게 가라앉았다. 아마도 바람소리 탓이었을 것이다. 나는 내 의사와 상관없이 이 남자의 말에 귀를 기울인다.

인간의 변신을 믿으십니까?

안 그래도 초췌한 그의 얼굴에 그림자가 드리워지며 팽팽한 긴장감이 피부를 뚫고 튀어나올 것 같다. 나는 마음속에 남아 있던 경계심이 서서히 나의 내부를 채우는 듯한 느낌이 들어 혼란스럽다.

변신이라니. 몸이 다른 무엇으로 변하는 과정을 믿느냐고 이 사람은 묻고 있다. 믿고 안 믿고를 떠나서 이런 엉뚱한 질문을 받아본 것은 처음이다. 다행히도 대학 시절에 전공한 독문학 덕분에 카프카의 「변신」을 읽은 적이 있고, 주인공 그레고르 잠자의 황량한 내면 의식을 분석해 놓은 수많은 평론들조차도 하나의 틀에 묶어버릴 만큼 상투적이고 빤한 것이었다는 기억을 간직하고 있을 뿐이다. 그리고 지금의 나는 〈변신〉 같은 단어에 집착하는 삶이 얼마나 자신을 절망하게 하고 공허에 빠뜨리는지 알고 있다.

변신?

나는 천천히 그를 따라 말한다. 그의 느닷없는 질문을 어떻게 받아들여야 할지 몰라서 시간을 벌 양으로 나는 커피잔을 입으로 가져갔다. 단번에 무시할 수도 없는 것은 어쩌면 문학의 언저리를 오랫동안 배회했던 내 젊음이 아직도 남아 있는 흔적이리라. 일상 생활의 타성에 젖어서 젊은이다운 정열은 나날이 퇴색하고 흐지부지되어 버렸고, 무엇인가 새로운 물결에 몸을 적시고 싶다는 욕구마저도 사라진 지 이미 오래였다. 그런데 머리카락이 희끗희끗한 이 남자는 아직도 늪지대같이 질퍽거리는 젊음의 길목을 걷고 있는 것인가. 하긴 이런 나의 생각 자체가 서툴고 상식적이라는 생각이 든 것도 동시였다. 어느 사이에 일상과 튄다고 여겨지는 〈변신〉이라는 단어 한 음절 때문에 폭격 맞은 훈련병처럼 혼이 빠져서 허둥대고 있는 스스로에 대한 연민이 일어났기 때문이었다.

아름다우신 분이라 사랑도 많이 받으셨겠지요?

왜 〈사랑〉이라는 말은 발성되는 순간 그것을 말한 사람의 격부터 떨어지는 듯한 느낌이 드는 것일까. 그 말은 입에서 튀어나오는 순간 진공 포장을 찢고 나온 생고기처럼 당장에 그 자리에서 먹어 치우지 않으면 신선도가 급격히 떨어져서 상해 버릴 것만 같은 것은 나만의 느낌인가.

사랑이라구요?

나는 뻣뻣한 말투로 되묻는다. 그러나 나의 어감이 마치 정숙한 여염집 아낙의 그것을 닮아 있는 듯해서 스스로도 불만스럽다.

네.

남자의 대답은 또렸했다. 갑자기 흐릿했던 눈동자가 빛을 발했는데 공상과학 영화에 등장하는 외계인처럼 붉은 적외선을 발사하는 것 같다고 나는 느꼈다. 나는 놀랐다. 이 남자는 지금 무슨 말을 하려고 하는가.

갑자기 내가 알 수 없는 느낌에 사로잡혀서 괜히 허둥대고 있었다.

변신과 사랑?

이렇게 소리내어서 말을 하고 나자 어쩐지 그렇고 그런 빤한 줄거리가 전개될 것 같은 느낌이 든 것도 사실이었다.

저는 사랑을 받았습니다.

나는 그의 말에 괜히 얼굴을 딴데로 돌린다. 그를 정면으로 쳐다볼 수가 없어서 종이컵에 눈길을 던지고 당혹한 마음을 어떻게든 감추어보려고 노력하고 있었다. 사랑을 받았노라고 뻔뻔스러울 정도로 당당하게 말하고 있는 그에게 내가 무엇을 어떻게 할 수 있을까.

사랑을 받으셨다구요.

이것은 그 남자가 말을 중단하고 잠시 무슨 생각에 잠겨 있는 틈을 메우기 위하여 건성으로 한마디 거드는 것에 불과했다.

한 여자의 전부를 건 사랑이 있었지요.

남자는 독백하듯 중얼거렸다. 나는 지금 이 남자가 하고 있는 말의 뜻을 알 수 없었고 여전히 이 남자와 내가 왜 이런 분위기에 휩싸였는지 알 길이 없어 머리를 갸우뚱거렸다. 남자는 무슨 말이든 하지 않고는 답답해서 견딜 수 없는 것 같은 표정이었는데 쉽게 입이 떨어지지 않는 모양이었다. 우리는 잠시 침묵 속을 유영한다.

실례지만 나이가 몇이신지요?

나는 분위기를 바꾸어보려고 물었다.

마흔입니다. 마흔이면 불혹이라는데 나는 아직도 미혹에서 깨나지 못하고 있어요.

그가 쓸쓸히 미소 지었다. 갑자기 나는 내가 마흔이 되어서도 이 남자처럼 흔들리는 삶 속을 헤매일 것이라는 막연한 예감에 우울해져 버린다. 마흔이면 열정도 사라지고 이성에 대한 감정 같은 것은 전혀 남아 있지 않을 것 같아서 어서 마흔이 되기를 기다린 적도 있기 때문이었다.

그는 아까보다는 한결 차분해 보였다. 아무렇게나 걸친

캐시미어 가디건이나 머플러 어디에서도 이 남자의 고뇌 같은 건 보이지 않는다. 그러나 이 남자는 엄청난 고통에 빠져 있는 것 같다.

별 탈 없이 살아온 인생이지요. 좋은 부모를 만나서 마음고생 같은 것도 없었고 좋은 학교를 나와, 좋은 성적 덕에 만족할 만한 직장과 직책도 얻었습니다. 잡지책에 등장하여 건치 대회에라도 참가한 사람들처럼 흰 이빨을 가지런히 드러내고 웃고 있는 가족 사진 같은 단란한 가정도 무난히 꾸렸지요.

생각하면 그 가족 사진을 찍고 있던 시절이 좋았어요.

남자는 말을 끊고 이젠 다 식어 차디찬 커피를 입으로 가져간다. 단숨에 커피를 들이켜고 한숨을 내뿜는 그 얼굴이 깊은 회한에 잠긴 듯하다.

뭐가 잘못되었나요?

나는 침통한 그를 동정하며 조심스럽게 묻는다.

잘못이요? 그렇지요.

남자가 허탈하게 웃었다. 가슴이 비어버렸을 때 저런 웃음소리를 내는 것일까.

한 여자를 만났어요. 그게 잘못이라면 잘못이었어요. 해외 출장이 잦아서 비행기를 많이 타다보면 같은 얼굴을 마주칠 기회가 가끔 있습니다. 파리 출장 중이었습니다. 아내의 선물을 사려고 들른 부티크에서 한 여자와 마주쳤어요. 이미 같은 비행기에서 몇 번 본 적이 있던 터라 자연스럽게 선물을 고르고 함께 식사를 했습니다. 알고 보니 화장품 수입 컨설턴트 마케팅을 담당하고 있는 그 여자는 파리에서 살았던 적도 있고 해서 그 도시에 관한 한 많은 정보를 가지고 있었습니다.

남자는 잠시 말을 끊었다. 그의 얼굴 위로 부드러운 물살의 떨림 같은 것이 지나갔다.

그래서요.

나는 강한 호기심을 나타냈다.

그래서는요. 뻔하지 않습니까. 여자의 도움을 받는다고 몇 번 만나게 되고 자연스러운 감정이 좀더 각별해지는 과정을 거치다보면 어느 결에 우연한 만남조차도 운명의 이끌림 같은 것으로 해석하게 되고, 조심할 새도 없이 서로를 탐닉하는 소용돌이에 빠져버리는 거지요. 그러곤 얼마쯤 지나 열정을 삭이려고 안간힘을 쓰는 방어가 시작되는.

나는 의외로 참담해진 내 마음이 그의 삶의 곤두선 비늘을 응시하고 있음을 깨달았다.

나와는 거의 상관없던 것처럼 여겨졌던 윤리 의식이나 가족제도 같은 것들이 그토록 완벽하게 나를 사로잡고 있었는지 몰랐습니다. 그 여자의 사랑으로도 위안받을 수 없는 슬픔의 정체를 나는 알고 있었다고 해야 할까요. 아무튼 나는 확실한 대책도 세우지 못한 채 그녀의 사랑을 받고만 있었습니다. 길고 지루한 시간이었습니다. 그녀와 함께한 6년의 세월은 기쁨보다는 끈적이는 괴로움의 연속이었어요.

나는 본능적으로 결혼한 여자가 갖는 솟구치는 적의와 기묘한 우월감을 동시에 느낀다. 그러나 남자의 눈이 하도 애절해 보인다고 생각한 순간에 나는 내가 가진 감정이 그토록 천박하고 경망스러운 것이라는 느낌은 왜 드는 것일까.

한번은 그 여자가 내세를 믿느냐고 묻더군요. 나는 내세를 생각하면 겁이 날 뿐이라고 대답했어요. 그랬더니 여자가 아주 쓸쓸하게 웃으며 말했습니다. 자신은 내세를 절대적으로 믿는다고요. 그래서 나에 대한 사랑이 이승에서 다하기를 절실하게 기원한다고 하더군요. 자신의 사랑을 다하지 못했다는 한을 결코 남기지 않겠노라고요. 인간으로서 나에게 닿을 수 없다면 다른 생명체의 몸을 빌려서라도 현세에서 내 마음속에 자리 잡기를 바란다고 말했습니다. 그러나 나는 어떤 말도 할 수가 없었습니다. 내가 할 수 있는 일이라곤 그녀와 가끔 만나서 식사를 하고 이야기를 나누는 것뿐이었으니까요. 그러던 어느날 이렇다 할 이유도 없이 그 여자는 사라졌습니다.

나중에 생각해 보니까 그 여자가 사라지기 얼마전 그녀는 우연히 집사람과 딸아이의 이름 끝자가 같다는 것을 알고 오랫동안 고개를 끄덕인 적이 있었지요. 굳이 생각나는 사건이라면 그것뿐인데 그녀는 참으로 완벽하게 사라졌어요. 연락이 닿을 만한 어디에서도 그녀의 흔적을 찾을 수 없었으니까요.

남자는 이제 손 안에 구긴 종이컵을 말아쥐고 고개를 떨군 채 가만히 있었다. 그러다가 다시 말을 이었다.

참 이상한 일이지요. 그 여자가 사라지고 나자 나는 거짓말처럼 그녀를 잊었습니다. 일, 또 일, 테니스, 골프, 그리고 이어지는 술자리들…… 그 여자 생각날 틈이 없었지요. 아주 가끔 술을 마시다가 문득 떠오르기도 했지요.

그러나 아주 잠깐이었어요. 그런데 며칠 전 그녀가 나타
난 겁니다. 그 여자 말대로 인간이 아닌 풍뎅이가 되어서
나를 찾아왔어요.

나는 순간 남자의 말을 알아듣지 못했다.

뭐라고요?

그는 나를 똑바로 응시하며 장난꾼 같은 미소를 흘린다.
나는 그의 변화에 갈피를 잡을 수 없어서 당혹해한다. 그
러나 남자가 다시 말을 잇기 시작했을 때 나는 한없이 진
지해지지 않을 수 없었다. 어느 틈에 그의 진실이 나에게
고스란히 전이되어 있었기 때문이리라.

그녀가 풍뎅이로 변신해서 내 곁에 나타났습니다. 처음
엔 물론 몰랐지요.

책상에서 풍뎅이를 발견하고 무심코 죽이려다가 여름도
아닌데 웬 풍뎅일까 하는 생각이 들어 그냥 창문 밖으로
던져버렸어요. 그런데 다음날 또 그 풍뎅이가 다시 서재에
들어와 있지 않겠습니까. 이번에는 창문 가로 가지고 가서
있는 대로 겁을 주고 스스로 탈출하는 것이 살길이라는 암
시를 충분히 주었어요. 그래도 꼼짝하지 않길래 창문 밖으
로 떨어뜨렸지요. 그랬더니 잠깐 날아서 다시 벽에 붙어서
나를 향하여 기어오르는 겁니다. 나는 또 한번 그 풍뎅이
가 창문에 도달하자마자 다시 떨어뜨려보았습니다. 그런데
그것은 다시 기어올라 왔어요. 그때 갑자기 그녀의 말이
생각났습니다. 인간의 몸이 아닌 다른 생물의 몸으로 변해
서라도 현세에서 우리의 영혼이 통하기를 바란다던 그 말
이요. 그 순간 나는 그 풍뎅이가 그녀인지 아닌지 어떻게

든 확인하고 싶었습니다. 풍뎅이는 어둠 속에서 빛을 밝히
면 몸을 감춘다고 하길래, 밤이 되자 나는 플래시를 들이
대어 그것이 탈출하도록 유도해 보았는데 그 녀석은 빛 속
에서도 도망 같은 건 생각지도 않고 아주 평안하게 내 책
상 위에 웅크리고 있지 않겠습니까. 이제 나는 확신을 갖고
그녀와 교신할 방법을 찾고 있지만 그것이 쉽지 않군요.

갑자기 나는 말을 잃어버린다. 이 남자의 어디에 초월적
인 현실을 수용할 여유가 있는지 나는 그저 놀랄 뿐이었다.

그러다가 기껏 생각해 낸 것이 내가 그녀에게 해줄 수
있는 건 유리로 된 집이라도 만들어 그녀를 나의 생활 영
역 안에 자리잡아 주는 것뿐이라는 착상이었어요. 그런데
마침 저 유리성을 발견하고는 이렇게 욕심을 부리게 되는
군요. 지금 나는 그녀에게 저 아름다운 성을 가져다주고
싶다는 생각밖엔 아무것도 없군요.

남자는 아쉬운 듯 말을 마쳤다. 그의 눈 안에 되살아난
불꽃이 선명하게 타오르는 것 같아서 나는 괜시리 내 인생
이 초라하고 남루해서 견딜 수가 없었다. 나는 어떻게든
그가 만들어놓은 분위기를 빠져나오려고, 그가 얼비치고
있는 환상에서 놓여나려고 무뚝뚝하게 말했다.

가져가세요.

나는 무엇에 홀린 듯이 그에게 유리집을 주었다. 돈을
건네는 그를 만류하여 돌려보낸 뒤로도 말못할 쓸쓸함이
고스란히 남아 있어서 나는 그대로 주저앉아 버렸다. 그가
빚어낸 사랑 때문이었는지, 아니면 홀연히 현실을 빠져나
가 있는 초월 때문이었는지 알 수 없지만 아무튼 나는 그

무엇도 지금보다 더 나로 하여금 그토록 참담하게 할 수는 없으리라는 기분이 들었다. 그의 미혹이 나에게 남김없이 삼투되었는지 나는 어둠의 강가를 끊임없이 표류하며 현실로 돌아올 생각이 전혀 없는 사람처럼 오랫동안 눈을 감고 생각에 잠겼다.

  며칠 뒤에 나는 가게에서 다시 그 남자를 만났다. 그의 손에는 내가 만든 유리집이 들려 있었다.
  풍뎅이가 사라졌어요. 어디에서도 찾을 수가 없어요.
  그는 넋이 반쯤 나간 사람 같았다. 무참히 꺾인 마른 꽃대궁처럼 고개를 숙인 그에게 나는 아무 말도 할 수가 없었다. 기상천외의 상상력을 발휘하고 있는 그 남자 앞에서 나는 나의 옹졸한 세계를 결코 열고 싶지 않았다.
  집 나간 남편은 2주일이 지났는데도 소식 한번 전하고는 그만이에요. 그런데도 나는 이렇게 씩씩하게 살아서 가게 문을 열고 있잖아요. 나도 개미귀신이라도 될 수 있다면 얼마나 좋을까요.
  이런 잡스런 말들로 그가 위로받을 수 있을까.
  그는 움푹 패인 눈가에 쓸쓸한 미소를 지으며 고개를 숙인다. 나는 진정으로 그를 위안할 말을 찾는다.
  선생님. 어쩌면 선생님의 가슴속 어딘가에 그 풍뎅이는 자리를 잡고 이제야 진실된 평안을 얻었을지도 몰라요.
  그러나 나는 하고 싶은 이 말을 삼킨다. 그가 힘없이 어깨를 늘어뜨리고 굽은 등을 웅크리고 걸어간다.

새벽이다. 혼곤히 잠들어 있다가 빗소리에 눈이 떠졌다. 슬며시 창문을 열어보니 제법 굵은 빗줄기가 방충망으로 떨어진다. 멀리 큰 길에 질주하는 차량들이 불을 밝히며 멀어지고 있다.

이 비가 그치면 이젠 겨울이 시작될 것이다. 그때쯤엔 남편도 방랑을 끝내고 가슴속엔 내가 모르는 집을 한 채 지어서 돌아오겠지. 그러곤 남몰래 그 집을 간직하며 돌아보겠지.

나는 아파트를 빠져나와 가게로 향한다. 우산을 펼칠 생각도 없이 계속 걸어가도록 태엽이 감겨진 장난감처럼 어둠 속을 오래 걷는다. 가끔 빗방울의 무게에 비끼면서 후미진 빛을 반사하는 나뭇잎의 흔들림 이외에는 아무것도 없는 길을 걸어간다. 새벽 광선으로도 사물이 희끄무레하게 드러나는 가게 안에 주저앉아 나는 내 손으로 만든 유리집을 허물기 시작한다.

빗소리에 섞여 어디선가 태평스럽고 낮은 숨소리가 이어지고 있다. 아직도 물 속에 누워 천년의 비색을 발하고 있는 청자의 숨소리 같기도 하다.

공교롭게도 이 시간, 이 공간 속에서 만나고 헤어지고, 의미를 새기고, 행복해하고, 슬퍼하는 것들이 밤하늘에 걸려 있는 초생달처럼 아득하고 멀어져 가서 자칫 허구 같은 느낌이 든다. 그러나 왜 살아가고 있는지 하는 의문은 무슨 금기처럼 또렷하여서 나는 슬픈 마음으로 그것에서 멀어지기 시작한다.

이승에서 끝나는 사랑.

　나는 가만히 입술을 움직여본다. 처음으로 사랑이 사랑
으로 남아 있음을 어렴풋이 느끼나 그것은 한없는 쓸쓸함
이기도 하다.

이웃집으로
들어가다

이웃집으로 들어가다

언제부턴가 걸핏하면 침묵은 그와 나 사이에 가로놓였다. 그것은 한번씩 시작될 때마다 더욱 무거워졌다. 텔레비전 앞에 앉아서 저녁 뉴스를 보기 시작할 때만 해도 자연스러웠는데, 어느 사이엔가 우리는 익숙한 벗처럼 스스럼없이 찾아드는 침묵을 사이에 둔 채 말없이 주말 연속극을 보았고, 시정 돌아가는 소식에 굶주린 사람들처럼 심야 토론까지 열중한 척 시청하고 있었다. 나는 몇 번인가 연이어 돌출하는 침묵으로부터 탈출하기 위해 가능한 한 빨리 잠자리에 들기로 하였다. 침묵 같은 건 의식하지 못하고 있는 사람처럼 시도 때도 없이 잠을 잤다. 저녁 식사 준비를 마쳐놓고 그의 퇴근을 기다리는 초저녁 시간에도 소파에 누워 잠을 잤으며, 자정이 넘어서 그가 열쇠로 현관문을 따고 들어올 때도 자고 있었다. 그러나 꿈속까지 파고 들어온 침묵은 잠으로 버티고 있는 나를 조롱하는 듯이 서늘한 한기를 흩뿌리며 내 곁을 휘돌아 나갔다.

그날도 마찬가지였다. 오셨어요? 응. 식사하세요. 대답 대신 내 말이 떨어지자마자 식탁에 자리 잡는 그. 식사를 마친 그가 식탁에서 소파로 자리를 옮겼고 나는 태엽을 감으면 말하는 자동 인형처럼 커피 드려요? 하고 물었다. 우리는 침묵 속에서 함께 커피를 마셨고, 과일을 한 쪽씩 입에 넣고 여러 번 씹다가 삼켰으며, 텔레비전 아홉시 뉴스를 보았고 〈내일의 날씨〉가 끝나자마자 그가 나 먼저 잘게 하고 방으로 들어갔다. 그는 마치 내가 먼저 자러 가겠다고 나설까 봐 선수를 치는 사람처럼 서둘러서 자리를 떴다.

나는 거실 소파에 앉아서 그와 함께 사라진 침묵의 자리에 새로운 정적이 내려앉는 것을 보고 있었다. 그때 문득 침묵을 끌어들이고 있는 사람은 그라는 생각이 들었다. 결코 나는 침묵하고 싶지 않았다. 침묵을 원하기는커녕 얼마든지 그에게 우호적이었으며, 불만을 품지 않았다. 침묵은 어디까지나 그의 의도하에 연출되는 것이었다.

왜 그러는 거지?

나의 머릿속은 점차 이 생각 저 생각으로 실마리를 찾지 못할 만큼 가득 찼다. 그때 갑자기 아무런 의미를 갖지 못하는 두서너 개의 어렴풋한 기억의 편린들이 머릿속에 떠올랐다. 전에 없이 동료들과 어울리다가 늦었다는 잦은 회식이 그러하고, 얼마전 그의 속옷에 묻어 있던 화장품 자국 또한 가슴에 깊숙이 자리잡고 있는 좋지 않은 예감을 끌어올렸다. 그것은 너무 작아서 화장품 자국이라고는 생각할 수도 없었다. 나는 한참 동안 생각에 잠기었다. 내 머릿속에서는 빠르게 신뢰의 실마리를 찾고 있었다. 어떻게든 신뢰라는 그림자라도 찾아내어 희망의 불꽃을 확인하기 위해 안타까운 노력을 쏟고 있었다. 나는 지금 내가 하는 생각들이 내가 거역하기에는 역부족인 어떤 파괴적인 힘을 지니고 있다는 생각이 들자 섬뜩하고 무서워졌다. 그리고 그것은 지금 나의 기억에 영원히 표시를 남기게 되리라는 사실에 관해서도 생각하게 하였다.

자백

지난 며칠 동안 나는 불확실한 사건들을 이리저리 혼자 상상하면서 자신을 심하게 압박하는 것으로 시간을 보내고 있었다. 여전히 침묵으로 일관하는 그에 대한 의혹은 머릿속에서보다 빠르게 확산되었으며, 그를 신뢰하려는 나의 믿음은 의심의 속도를 도저히 따라잡을 수가 없었다. 나는 우리의 관계를 자꾸만 되짚어보게 되었다. 사람들은 힘들고 어려울 때 본질을 꿰뚫어보는 힘이 생기는 모양이다. 현재까지는 도저히 볼 수 없었던 침묵의 핵심을 볼 수 있게 되는 것이다. 혼자서 갖은 상상력을 동원하고 선회하면서 이리 뛰고 저리 치달을 것이 아니라 그의 얼굴을 마주보고 우리 사이에 불행처럼 가로놓인 침묵의 정체를 밝혀내는 편이 정상적인 사고 방식을 가진 사람들이 하는 행동이라는 생각이 든 것이다.
　나는 이미 미지근해진 맥주캔을 들어 입술로 가져간다.

입술 연지 자국이 선명한 그 자리에 다시 입술을 올려놓는다. 나는 입에서 맥주캔을 떼지 않은 채, 서둘러 그에게 가기 위해 몸을 일으키다가 그대로 멈추고 만다. 부질없다는 생각이 들어서다. 심연에 가라앉았던 집착이 감정의 회오리에 휘말려 어둠 속에서 일렁이는 불꽃처럼 선명한 모습으로 가까이 다가오는 것이 아닌가 하여서 나는 잠시 서 있는다. 〈전업 주부들은 홀로 존재하는 방법에 미숙하다. 그들은 가족의 연대에 길들여져 있어서 자칫 서로를 향한 구속력을 사랑이라고 쉽게 착각한다.〉 바로 몇 시간 전에 잡지에서 읽은 기사 중의 한 귀절을 생각해 본다. 나는 별수없이 전업 주부 증후군에 속해 있다. 나는 그때까지 입술에 붙어 있는 맥주캔에서 맥주를 마시고 나서 〈전업 주부 20년〉 하고 낮은 소리로 웅얼거려본다. 몸을 움직여 냉장고에서 차가운 캔맥주를 꺼낸 후 다시 의자에 돌아와 몸을 앉힌다. 시선을 허공에 고정시킨다. 주위가 낯설게 느껴지기를 기다리며 무언가를 보려고 하였으나 주변에 놓인 모든 것들이 너무나 익숙하다. 제기랄, 책에서 보면 자아를 찾는 주인공들은 익숙했던 공간도 찰나에 낯설어지더구만…… 나는 갑자기 상스러운 말을 내뱉고 싶어진다.

다시 맥주를 가져오기 위하여 몸을 일으킬 때다. 내가 지금 몇 개째 마시고 있더라 하는 데에 생각이 미친다. 갑자기 나에게는 실존의 절대 감성들이 소멸되어 버렸다는 느낌이 강하게 치민다. 지금 나는 삶의 서사적 구조에만 집착하고 매달려서 그에게 나 모르는 또다른 삶이 있지나 않은가 하고 관심을 기울이고 있다. 그 생각은 나를 비참

하고 서글프게 한다. 어딘가 먼 곳으로부터 돌아온 나의 젊음이 현재의 나를 슬픈 눈빛으로 내려다보고 있는 것 같다. 소리를 낮게 죽인 텔레비전에서 청승맞게 흘러나오는 대금의 비탄스러운 산조 한 소절이 나의 가슴에 말을 걸어온다.

만약 그에게 다른 여자와 함께하는 즐거운 삶이 있다면, 그것은 그의 인생에 주어지는 선물과 같을 거라는 생각이 든다. 그러면서도 그 생각은 그와 나의 서글픈 불화를 연상시켰으며, 동시에 그의 지루한 인생에 찾아든 사건이 그에게 내린 축복 같은 것이라면 나도 방해할 수 없다는 생각이 드는 것이다. 그렇지만 그에게 그러한 일이 일어나고 있다면 적어도 나는 알고 있어야 하지 않은가. 그가 내뿜는 생에 대한 관대함, 인생의 즐거움, 그리고 자신감들을 성공적인 결혼 생활에서 연유한다고 여기면서 예기치 않았던 선물처럼 받아들고 기뻐할 수는 없지 않은가. 나는 목을 뒤로 젖히고 맥주를 마신다. 술이 들어갈수록 그 생각은 나를 압박해 온다. 나는 짧게 현기증을 느낀다. 결혼 생활이라는 물이 스며드는 낡은 보트에 앉아서 불확실한 구조를 기다리고 있는 것처럼 절망적인 기분이다.

나는 자고 있는 남편을 깨우기로 한다. 그때 술은 나에게 용기를 얹어주었는지, 나는 깊이 잠들어 있는 그의 어깨를 세차게 흔들어서 그가 단숨에 잠에서 빠져 나오도록 하는 데 성공하였다.

사귀는 여자가 있지요?

나는 또박또박 정확하게 발음한다. 그는 자율신경만 깨

어났고, 두뇌는 미처 회전이 시작되지 못한 뜨악한 표정으로 나를 올려다본다.

있는 대로만 얘기해 주세요.

나는 다시 한번 어조에 결의를 싣고 말한다. 느닷없이 자고 있는 사람을 깨워놓았으니 이젠 내친 김이었다. 그를 향한 내 마음속의 의혹을 확인할 수밖에 없다. 나는 확인하고 싶은 사실만 묻기로 작정한다.

그는 이제 완전히 잠에서 깨어난 모양이다. 어이없는 표정으로 나를 바라본다. 그는 나의 술 냄새와 예사롭지 않은 나의 기세를 금방 눈치챈다. 그의 눈초리가 어둠 속에서 윤기를 내며 날카롭게 빛을 발한다. 그는 내가 한 질문을 무시하기로 작정한 모양이다. 그는 대답 없이 침대에서 천천히 몸을 일으킨다. 그는 나의 쏘아보는 눈길을 꼿꼿이 받으면서 침실 옆 화장실 문을 밀고 들어간다.

그의 잠옷이 부시럭거리는 소리가 들린다. 잠시 후 나는 변기에 오줌 누는 소리를 듣는다. 나는 앉아 있는 나의 무게를 지탱하기 위해서 자꾸 미세하게 흔들리고 있는 매트리스에 움푹 빠져서, 그의 오줌 누는 소리를 듣고 있다. 나는 방금 성대의 음성판을 떨고 지나간 나의 잔뜩 긴장한 말을 생각한다. 그에게 내린 축복을 용인할 수도 있다는 마음속과 달리 나의 목소리는 잔뜩 주눅 들고 긴장으로 뻣뻣하다.

제기랄, 왜 소설이나 영화처럼 되지 않는 거지. 사건에 관하여 흥분하거나 분노하지 않고 일정한 거리를 유지하면서 지켜보는 거다. 구석에 처박혀 있던 자아를 찾아내

고, 권태에 늘어져 누워 있던 삶의 참 가치를 깨닫는 계기
가 되야 하는데. 제기랄, 느닷없이 술까지 퍼마시고 목소
리까지 격앙되어서 자백이나 하라고 천박하게 그를 몰아대
는 꼴이 되잖아……

　잔뜩 올라 있는 나의 취기가 완강한 그의 뒷모습에서 그
에게는 분명히 다른 여자가 있다는 느낌을 집어 올린다.
그의 인생에 찾아든 축복이니, 선물이니 하는 생각들이 갑
자기 거추장스럽고 너울거리는 천박한 장식품처럼 느껴진
다. 그는 화장실에서 나오더니 거실로 나간다. 나는 미세
하게 흔들리는 매트리스 위에 움푹 박혀서 참을성 있게 그
를 기다린다.

　사귀는 사람이 있지요?

　담배 냄새를 풍기면서 침실로 돌아온 남편에게 다시 한
번 질문을 반복한다. 벽의 콘센트에 꽂혀 있는 안내등의
흐린 빛 속에서 입을 굳게 다물고 있는 그의 모습을 바라
본다. 그때 미처 닫히지 못한 침실 문 틈으로 거실 탁자
위의 시계에서 울리는 「웨스트민스터」 차임벨 멜로디가 홀
연히 스며 들어온다. 그 소리를 시작으로 거실 벽, 식탁
뒤, 서재의 피아노 위에 있는 시계들이 약간의 차이를 두
면서 똑같은 멜로디를 쏟아내기 시작한다. 나는 시계들이
울림을 다하고 서서히 잦아져서 여운까지 사라지기를 기다
린다. 눈동자만 움직여 침대 옆 탁자 위에 놓인 디지털 시
계를 본다. 빨간 아라비아 숫자 〈201〉이 재빠르게 취한 나
의 눈동자를 찌른다.

　어떤 일이 있었더라도 당신을 이해할 것 같아요. 그러나

사실대로는 얘기해 주세요. 어쨌든 나는 당신에게 일어나고 있는 일을 알아야 하잖아요. 나 지금 상당히 취해서 당신이 지금 하는 얘기를 잊어버릴지도 모르지만 어쨌든 당신에게 있었던 일은 듣고 싶어요.

나는 일부러 그에게 존경어를 쓴다. 자꾸만 격해지려는 스스로의 감정을 조절하기 위해서다.

그래.

잠시 침묵.

만나는 여자가 있어.

그의 말을 듣는 순간 취한 것과는 전혀 다른 어지러움이 저절로 침대 바닥에 오른손을 힘주어 집게 한다. 나는 천천히 고개를 끄덕인다. 지금 일어나고 있는 나의 모든 움직임들은 어떻게든 이 시간을 견디기 위한 거다.

얼마나 됐어요? 2년 쯤. 뭐하는 사람인가요? 회사에 다녀.

우리는 텔리비전의 퀴즈 문답풀이 프로에 출연한 사람들처럼 짧고 빠르게 말을 주고받는다. 나는 지금 내 앞에 일어나고 있는 일이 대수롭지 않고, 이렇게 고백을 해주어서 고맙다는 뜻을 어떻게든 그에게 알리기 위하여 질문이든 행동이든 해야 한다고 생각한다. 어떻게 알게 되었는가? 이름은? 나이는? 그가 여자에 대한 정보를 한 가지씩 내 머릿속에 입력시킬 때마다 나의 가슴은 둔중한 둔기에 의해 얻어맞는 듯한 아픔이 느껴진다. 질문을 하면서도 자꾸만 머릿속에서는 남편의 입술 사이에서 간결하고 빠르게 빠져나오던 〈2년 쯤〉이라는 어감이 머릿속에 생생하게 새겨지고 있다.

죄의식 때문에 정리하려던 참이다. 당신이 눈치를 챘으니 말을 하고 나면 내 마음도 편해지지나 않을까 하여 이렇게 고백을 하는 거다. 한번도 가정을 깨겠다고 의도하거나 꿈꾼 적도 없다. 이 일은 없던 일로 치자. 앞으로 충실하겠다. 결코 다시 이런 일은 없을 것이다.

의연하고 태연하게. 조금이라도 흔들리는 모습은 보이지 않기.

또다른 내가 나를 향해 계속 말을 걸고 있다.

이 순간 왜 갑자기 그 생각이 고개를 쳐드는 것일까. 내가 주식에 투자했다가 적지 않은 손해를 입고 가슴을 조리고 있다가 하는 수 없이 그에게 사실을 털어놓았을 때, 그는 그럴 수도 있다면서 참으로 관대하게 말했지. 인생이 매사 그처럼 순조롭기만 할 수 있겠느냐, 지금까지 우리는 운이 썩 좋은 편에 속하는 거 아닌가, 그리고 몇 마디 위로가 더 이어졌고 나는 그의 여유에 힘입어서 경제적 손실 때문에 겪고 있던 우울한 기분을 겨우 떨칠 수 있었지. 언젠가는 새로 씌운 그의 어금니가 속으로 썩어들어가 지독한 치통을 겪은 적이 있는데 그는 치과 의사의 부주의를 비난하기는커녕 사람은 누구나 실수를 할 때도 있다고 말할 만큼 관대하기도 하였다. 남편을 일찍 잃고 혼자 살고 있는 친정 손위 올케가 금전을 융통해 달라고 부탁했을 때에도 그는 적지 않은 돈을 선선히 내놓으며 받을 생각 같은 건 없다고 말해서 나를 감동시켰지. 그 모든 일들이 2년 사이에 생긴 일이었다. 특별히 나의 가슴 깊은 곳까지 흘러들어왔던 따뜻한 기억들이 이제 가면을 벗으며 자신의 정체를 드러내고 있다는 생각이 든다. 그가 그토록 인생에 대한 여유를 지닐 수 있었던 이면에 도사리고 있는 기쁨의 원천을 내가 들여다본 듯한 기분이다.

나는 내 영혼이 어둠 속에서 가엾게 떨고 있는 것이 느껴진다. 그 순간 나는 내 몸이 부들부들 떨리고 있는 것을 알아챈다. 그 모습을 그에게만은 보이고 싶지 않다. 나는 침실을 나선다. 우리는 잠시 서로 자기가 침실을 나가 서재방으로 가겠다고 우겼으나, 남편은 나와 눈을 한번 마주치자 다시는 나를 만류하지 않는다. 나는 서재방으로 가서 창문으로 희부여니 밝아오는 여름 새벽을 힐끗 쳐다보고는 그대로 바닥에 쓰러진다. 그러곤 곧바로 잠이 든다. 잠든 내내 귓가에서는 비바람 소리가 웅웅거린다. 몇 번인가 창가로 가서 커튼을 들추고 비가 오는 것을 확인하고 싶었지만 나는 일어나지 못했다.

태풍

내가 강요하여 그의 자백을 들은 뒤, 오히려 나는 극심한 혼란에 빠졌다. 간밤만 하여도 폭풍우 속에서 나는 내 몸 속의 유전 인자를 바꿔쳐서라도, 내가 개조되기를 간절히 바라고 있었다. 그렇지만 나는 어떠한 것으로도 나의 일상이 방해받는 것을 원하지 않는다. 어차피 서로에 대한 광적인 갈망이 사그라지고 만 지금은 상대에 대한 의심스러운 눈초리만 남아 있을 뿐이다. 우리들이 지나쳐온 사랑에는 전설적인 요소 같은 건 아예 존재하지 않았으며, 심지어 연인들이 처음 만나던 시기를 신화화하는 본능적 보존 감각마저도 말살당한 듯하다. 이 모든 것이 우리가 실재하기 때문이라는 이유로 통과할 수 있을지는 나도 자신이 없다. 다만 나는 자신의 살갗을 뚫고 나오려는 배신감, 분노를 피하는 것만이 자신이 이루어내야 할 단 하나의 목표라고 굳게 믿고 있을 뿐이다.

매일 아침 9시면 물기를 꼭 짠 행주를 공중에 털어서 가스 오븐의 손잡이에 반듯하게 걸어놓고, 경쾌한 걸음으로 샤워실에 들어가 어깨까지 내려오는 퍼머머리를 북북 문질러 빠른 속도로 샴푸를 하고, 화장수와 로션으로 얼굴을 가볍게 토닥인 다음 눈썹과 루주를 칠한 후, 채 마르지 않은 머리를 질끈 동여매고 쫓기듯이 아파트를 빠져나와 주차장의 승용차에 오르는 순간 시동을 걸고 곧바로 출발한다. 근래 들어 주말을 제외한 오전 10시부터 12시까지 이어지는 AFKN 강의를 듣는 일만큼 집중력을 가지고 몰입한 일이라고는 없다. 어학원까지 가는 동안 듣고 싶은 테이프를 서둘러 골라내고 고개를 들면 아파트 언덕길 건너편 빌딩 옥상의 대형 광고판에서 젊은 청년이 축구공을 차내고 있다. 나는 청년이 차내는 축구공에 눈을 맞출 때마다 짧게 심호흡을 하고 잠시 숨을 끊었다. 그러고는 천천히 카세트에 테이프를 밀어넣는다. 대부분 미국의 유명 인사들이 한 연설들이다.

나는 지금 매일 아침 보았던 청년이 차내는 축구공을 오늘도 지나칠 수 있게 되는가를 생각하고 있다.

〈태풍은 발생해서 소멸될 때까지 약 1주일에서 1개월 정도의 수명을 가진다.〉

나는 아까부터 돌출된 이 문장으로부터 눈을 뗄 수가 없었다. 창밖에는 태풍이 몰고 온 폭우가 쏟아지고 있다. 외출 준비를 망설이는 것이 결코 폭우와 무관할 수는 없다. 그렇다고 한창 재미가 붙어서 다니고 있는 **AFKN** 강좌 시간을 포기하게 하는 것이 단순한 폭우라고는 생각지 않는다.

나는 아파트를 빠져나와 폭우 속에서 자동차에 오른다. 레이건이 미국 대통령 재임 당시 독립기념일에 게티스버그에서 한 연설 테이프를 고른다. 그의 말소리는 부드럽고 사뭇 연극적인 감동을 내포하고 있다. 폭우로 시야가 거의 가려진 상태에서도 나는 청년이 차내는 축구공을 볼 수 있다. 나는 처음으로 광고판을 향하여 희미하게 웃었다.

기록

가을 날씨는 맑고 화창하다. 여느 맑은 날과 다름없이 오전의 햇살이 거실 깊숙이 들어와 있다. 나는 막 뽑아 올린 커피를 잔에 따라서 받침접시에 받쳐 들고 거실 쪽으로 걸어간다. 무심코 맨발에 대리석 바닥의 온기를 느낄 때였다. 그때 갑자기 평이하고 단순한 그 감각과 생각이 순식간에 내 몸 밖으로 빠져나가 버리며, 내 몸이 마치 기가 막힐 정도로 정교하게 짜맞춘 전자 회로 장치라는 생각이 든다. 시간의 모습을 하얀 종이 위에 기호로 표시하는 것

이 가능하다 할지라도, 그것은 너무 짧은 순간에 불과해서
불가능할 만큼 잠시였지만 그 느낌은 참으로 강렬하다. 나
는 커피잔을 든 채로, 거실 한가운데까지 들어온 아침 햇
살을 멍하니 바라보고 서 있다.

감각은 물론 미세한 감정까지 느낄 수 있게 고안된 전자
인간.
밝고 넓은 거실. 정적. 은빛 양탄자.
물건도 가구도 실내 장식도 낯설다.
수은전지가 방전돼 버린 인형처럼 동작을 멈춘 나.

나는 한참 후에야 몸을 움직여 서재로 들어가서 부산하
게 새 공책을 찾아내서 이렇게 쓴다. 그러고는 조금 아랫
줄에 날짜와 시간을 적는다. 날짜와 시간을 적을 때에는
공책이 너덜거릴 때까지 몇 번이고 덧칠을 한다.
나는 나의 이런 느낌을 기록하고 싶은 생각을 해낸 스스
로가 대견하기만 하다. 그러나 금세 우울해지고 만다. 내
삶의 고리들은 이미 일상에 단단히 얽매이고 이어져 있어
서, 아주 짧고 단순하게 대면했던 일탈의 순간에 불과한
것을 기록하고 나서는 스스로의 행위가 호들갑스럽게 느껴
져서다.
그 여름밤 이후, 나는 인정하지 않으려고 해도 내 몸 안
에 있는 밝은 감정이나 느낌을 박탈당한 느낌이었다. 나는
내가 가진 감정이라는 것들이 절대적인 감정이 아니라, 어
떤 사건에서 기인하는 작용의 결과가 빚어내는 것 이외에

는 느껴보지 못했다는 생각이 들었다. 나는 갑자기 절대 감정이라는 것에 관하여 흥미를 느꼈다. 겉치레와 기만을 벗겨내고, 문명에 길들여진 몸짓과 흉내를 떨쳐버리고 자기 본연으로 돌아가고 싶다는 열망으로 가득 찼다. 나는 내가 한번이라도 그렇게 해본 적이 있었던가 하는 생각에 잠겼다. 이제까지 생의 길잡이라고 믿어왔던 안정과 번영에 대한 회구의 감정만이 나를 가득 채우고 있었다. 내가 기억하고 있는 대부분의 것들이 나를 지금 시름과 번민 속으로 떨어뜨리고 있다. 나는 유년으로 되돌아가고 싶었다. 일체의 삶과는 무관한 감정 속에 몰입하는 것이 내가 추구해야 할 최대의 과제로 떠오른 것이다.

평소 나는 자신의 기억력에 대하여 대입 수험생처럼 혹독하게 훈련시키지 않아도 기억해야 할 순간, 민첩하고 재빠르게 당시의 느낌까지도 생생하게 살려낸다고 자부한다. 그래서 그런지 나의 생활은 기록이나 메모와는 거의 무관하였다. 나는 체질적으로 많은 것을 기억한다. 흔하디흔한 어린 시절의 추억들, 옷에 붙은 껌을 떼는 방법, 캐빈 코스트너가 자주 가는 할리우드 거리의 식당 이름, 남편과 두번째 만나던 자리에 나의 취향과는 거리가 먼 점퍼 스커트를 입고 나가서 헤어질 때까지 어릿광대 같은 느낌으로 앉아 있었던 일. 음악, 노래, 이야기.

그렇지만 기억의 많은 부분은 어떤 긍지를 느낄 만한 것들이 아니다. 대부분 스스로 저장돼 버리기 때문에 저장되어진 것들이다. 가끔씩, 언젠가는 나의 머릿속이 시시콜콜한 기억들로 가득 차서 기괴해져 버릴지도 모른다는 생각이 들기도 하였다. 아무리 기운차게 피돌기를 계속하는 머릿 속이라 할지라도 한번쯤 회로가 뒤엉켜버린다면…… 어떻게 해야 할까.

갑자기 나는 유명 백화점 지하 슈퍼마켓에 쌓여 있는 풍부한 물품들만큼 많은 기억들이 나의 머릿속을 채우고 있는데도 불구하고 무엇인가가 조금씩 내 곁에서 떨어져 나가고 있다는 느낌 때문에 당혹스럽다. 내 삶의 모든 것들이 조금씩 조금씩 먼지 속에서, 녹 속에서 그 형태를 이루어가고 있으며 구체적인 기호들로 형상화되고 있음을 느낀다.

기억한다는 것은 좋은 일이다. 그렇지만 잊어버리는 것이 더 좋은 일일 수도 있다. 지금 나는 일상이라는 삶의 궤도에 진입하면서 그토록 순수하고 진지하게 오직 살기 위한 것만을 생각하자고 나 자신을 독려하던 시절을 기억하고 있다. 세속의 성공적인 삶을 완성하기 위해서 내게 필요한 것은 감상적인 자기 연민에 빠지지 않는 것이라고 생각했다. 나에게는 물질인 몸이 내포하고 있는 감각이라는 빈약한 도구밖에 없다고 자위하던 시절이었다. 생활에 있어서 일체의 감상을 배제하기로 작정하고, 그 결정에 대하여 나는 조금도 의심을 품지 않았다. 일상의 삶이란 추상적인 가치를 추구하려는 욕망을 억제하면서 달리는 거라고 생각하였다. 감히 일기를 쓴다는 것은 상상도 못할 일이었다. 마음속에서 일어나고 있는 일들을 적는다는 것은 부질없고 웃으꽝스러운 짓으로 생각되었다. 그렇게 살아왔음에도 불구하고 지금 나의 머릿속은 그토록 많은 것들을 기억하고 있다니……

갑자기 쓸쓸해지는 감상적인 기분에서 나온 생각일까. 가끔이라도 슈퍼마켓에 쌓여 있는 물품에 바코드를 붙이듯이, 나의 기억에 손잡이를 다는 마음으로, 기록을 하는 것도 나쁘지 않겠다는 생각이 슬며시 고개를 쳐든다. 내면의 느낌을 세세히 적는다는 것은 훈련되어 있지 않아서 어색하고 때로는 극도로 불편하겠지만 아주 간략하게 어떤 상황과 나의 느낌만을 적기로 한다. 그것은 너무나 간단해서 결코 일기라고 할 수는 없을 것이다.

분류

그날도 나는 아파트 창가에 서서 건너편 아파트 벽을 바라보며 무엇을 해야 할지 모른 채 멍하니 서 있었다. 부엌에서는 마지막 커피 방울을 뽑아 올리는 커피 메이커가 시이익 식식…… 소리를 내며 증기를 뿜는다. 공간을 떠다니는 먼지들이 거실에 비껴드는 오전의 햇살 속에서 일정하게 모습을 드러내었다가 곧 사라져버리는 규칙적인 운동을 계속하고 있다. 한참 동안 그렇게 서서 무심코 먼지의 움직임을 바라보고 있다.

공기를 가르며 다가온 엷은 커피 향내가 코끝에 느껴진다. 나는 커피를 마시기 위해 몸을 느리게 움직인다. 그때 아주 짧은 아픔이 손끝에 느껴진다. 오른손을 눈 가까이 들어올린다. 몇 번 잘라내었는데도 또다시 손거스러미가 일어나 있다. 그냥 커피를 마실까 하다가 거울 앞으로 간다.

화장대 위에는 받침대가 있는 확대경과 티슈 박스, 뚜껑을 열면 음악이 울리는 자그마한 보석함이 놓여 있다. 그 보석함은 소렌토를 여행할 때 산 것인데, 뚜껑을 열 때마다 「돌아오라, 소렌토로」 멜로디를 반복한다. 매번 같은 멜로디를 듣는 것이 싫은 적이 있어서 건전지를 갈아주지 않을까 하다가도 소리가 지글거리거나 느려지면 나는 어김없이 건전지를 새 것으로 교체한다.

화장품 병들로 꽉 찬 화장대 서랍을 열고 그 속에서 나는 아주 쉽게 손톱깎이를 찾아낸다. 손끝을 다듬고 손톱을 깎기 시작한다. 손톱을 다 깎자 숨을 몰아쉬면서 허리를 꼿꼿이 세운 채 거울을 바라본다. 그러나 거울 속의 눈동자와는 교묘하게 피하여 눈길을 마주치지 않는다.

이번엔 확대경을 잡아당긴다. 확대경 속에 얼굴을 바짝 디밀면서 눈을 치켜뜨고 면도날로 눈썹을 정리하기 시작한다. 눈썹 정리가 끝나자 면도날 대신 쪽집게로 바꾸어 든다. 광대뼈와 인중 위에 거무스름하게 덮여 있는 솜털을 쪽집게로 뽑는다. 나는 등뼈가 뻣뻣해질 때까지 구부리고 앉아서 확대경을 들여다본다.

더 이상 웅크리고 있을 수 없자 나는 몸을 일으켜 세운다. 커피 냄새가 느껴진다. 나는 부엌으로 가서 머그잔에 커피를 가득 따른다. 두 손으로 머그잔을 감싸쥐려고 했으나, 물소 뼛가루를 섞어 만든 얇고 날렵한 모양의 사기 잔은 이미 너무 뜨거워졌다.

커피잔을 든 채로 신문을 찾아들고 식탁에 자리를 잡는다. 커피잔을 식탁 위에 내려놓는다. 접힌 신문을 펼치자

신문지가 머그잔을 덮친다. 신문지 사이에서 머그잔을 꺼내어 입으로 가져간다. 뜨거운 것을 잘 먹지 못하는 나는 어쩔 수 없이 커피를 아주 조금밖에 마시지 못한다. 다시 머그잔을 신문지 위에 내려놓는다.

특목고생 줄줄이 자퇴. 전학, 은감원 DJ 친인척 계좌 조사.

순간 나는 검정 박스 속에 담겨 있는 글자들 너머의 세계를 본 듯하였다. 신문지의 내부에서 사람들이 서로를 밀치고 아우성을 지르면서 절규하고 있는 듯한 느낌을 받는다. 드디어 신문지 위로 솟아난 소란한 소리들이 저절로 자지러지면서 서서히 사라져서 침묵으로 변할 때까지 신문을 펼친 채 그대로 앉아 있다.

나는 천천히 다음 지면으로 넘어간다. 다시 신문지가 머그잔을 덮는다. 나는 신문지 사이에서 머그잔을 빼내어 커피를 아주 조금 마시고는 다시 신문지 위에 놓는다. 이렇게 몇 번 반복하고 나자 신문은 마지막 장으로 넘어가 절반으로 접힌다.

신문의 일면은 신문사가 리서치 회사에 의뢰해서 조사한 대선 후보들의 지지도를 그래프로 표시하여 거의 절반을 채우고 있다. 막대 그래프 옆에는 엄지손톱만한 후보들의 사진이 걸려 있다. 그들은 모두 똑같은 미소를 얼굴에 그리고 있다. 그중에서 처음 본 얼굴이 여섯번째를 기록하고 있다. 그의 지지도는 1.1%이다.

이들은 지금 집중력을 가지고 몰두하여 누군가가 자신을 보아주기를 절실하게 갈망하고 있다. 물론 모든 사람들은 누구나 자신을 누군가가 보아주기를 바라고 있다. 이 사람들은 배우나 대중 가수보다도 훨씬 강력하게 끊임없이 새로운 대중의 시선을 갈구하고 있다. 이들은 대중의 시선이 없어지고 나면 숨쉬는 공간도 함께 사라져버렸다고 느낄지도 모른다. 차라리 대중의 시선으로부터 은밀하게 내사받고, 도청당하고, 비밀리에 사진을 찍히는 상황이 오히려 그들에게 활력이 되고 살아 있음을 느끼게 할 것이다.

그런가 하면 어떤 사람들은 친밀한 많은 시선에 의해서 관찰되어지기를 원한다. 그들은 지칠 줄 모르는 자기 치장과 점심 약속에 그들 대부분의 시간과 노력을 투자한다. 연일 이어지는 모임 속에서 자신에 대한 부러운 시선을 읽는 순간 이런 부류의 사람들은 행복의 정점에 도달한다.

또다른 부류는 사랑하는 사람의 시선 속에 안주하고 싶어하는 사람들이다. 이들의 상황은 대중의 시선을 동경하는 사람들만큼이나 위험하다. 언젠가 사랑하는 사람의 두 눈이 감겨지면 그의 주변도 함께 어두워지고 말기 때문이다. 마지막으로 아주 드물지만 상상의 시선 속에 갇혀 사는 자들이 있다. 그들은 함께 있는 자들이 보내는 상상의 시선을 믿고 행한다. 그들은 공상가이다. 그들은 스스로가 상상하는 인물의 시선을 원한다.

1.1%의 지지율을 끌어낸 대권 후보의 사진을 들여다본다.

미지의 시선을 갈망하는 인물이 또 하나 있다.

안경 뒤의 눈매가 조금은 경직되어 보인다. 그것이 그를 신참으로 보이게 한다.

신문을 접고 식탁 너머 유리창문을 바라본다.

나는 어떤 부류일까?

나는 요즈음 사람들을 대하면 그 사람이 누구이건 마음속으로 그들을 분류하는 버릇이 생겼다. 결혼한 사람과 마주 앉아 있으면 저 사람은 상대의 마음속에 자신의 자리를 잡았을까? 혹은 사랑의 깊이를 잴 수 있다면 저 사람의 사랑은 몇 미터일까? 저이는 사랑을 하는 편에 속할까? 혹은 받는 편인가? 나는 어린아이 같은 수준으로 사랑을 짐작하는 방법 이외엔 아는 것이 없는 것 같다.

나는 멍하니 하늘을 쳐다보면서 무심코 왼손 무명지 사이에 오른손 엄지와 검지손가락을 끼워넣어 반지를 돌린다. 튀어나온 다이아몬드가 축이 되어 손바닥 밑으로 갔다가 다시 한번 돌리면 손가락 등으로 온다. 몇 번 같은 동작을 반복하다가 전화벨 소리에 몸을 일으키며 손바닥으로 다이아몬드를 밀어넣고 주먹을 꼭 쥔다. 보석을 물린 금속 장치가 살을 파고들며 아픔이 느껴진다.

옛친구

그녀는 전화 너머에서와는 달리 망설임 없이 20년의 시간을 단번에 뛰어넘는다. 먼저 전화를 걸어오긴 했지만 하도 정중하게 오랜만이니 식사보다는 차를 마시는 게 좋겠다고 말하던 그녀였는지라, 나는 그녀의 살가운 태도가 조금 뜻밖이다.

결혼하고 미국 가서 9년 정도 살다가 서울로 들어왔었지. 그러다가 다시 남미로 발령이 났어. 승진은 했지만 이번엔 오지라서 무지하게 고생했어. 초등학생이었던 아이들은 미국으로 보냈어. 나는 허구한 날 한국에서 방문 오는 사람들의 한식 대접에 손톱이 굳을 날이 없었어. 그런 오지에는 한국 음식점이 거의 없잖아. 영사관 식구들이 나서서 도울 수밖에 없어. 그렇지만 너 나 알잖아. 게으르고 일 같은 거 싫어하는 거. 워낙 못하는 일을 꼭 하지 않으면 안 되는 처지니 내가 어쩌겠니. 어쨌든 해내야 하잖아. 지금 생각해도 건초더미에서 일어나는 먼지와 부엌일밖에 기억나지 않아. 그리고 그 지긋지긋한 살사소스 냄새라니. 난 그 냄새가 그렇게 싫다. 거기서 어떻게 견뎠는지 모르겠어. 그리고 다시 서울 와서 3년 있다가 이번엔 중국으로 갔어. 지금은 아들의 대학 입학 때문에 서울에 있는 중이야.

오랜만에 만나는 사람들은 대부분 〈하나도 변하지 않았다〉는 찬사를 공통어로 쓴다. 지금 나는 수십 번도 더 이 말을 반복하고 있다.

대학 시절 나는 그녀의 남자 친구가 사법고시 준비를 하고 있는 독서실 근처 다방을 그녀와 함께 뻔질나게 찾아다녔다. 우리에겐 항상 시간이 있었고, 그 시간을 함께 할 남자를 갖지 못했다. 우리는 툭하면 신촌에서 광화문 가는 버스를 탔다. 광화문에서 신림동 사거리로 가는 버스를 갈아타기 위해서였다. 버스를 타는 동안 내내 나는 유리창을 스쳐가는 길거리 풍경을 내다보면서 그들 사이에 일어났던 일들을 듣고 있었다. 그녀는 말하는 중간중간에 애, 수연아, 를 연발하면서 나의 팔이나 무릎을 닥치는 대로 쳤는데 나는 너무 아파서 가끔은 화를 내지 않을 수 없었다. 버스에서 내려 독서실이 있는 신림동 언덕을 걸어 올라갈 때에는 다시 한번 그 이야기를 반복해 들었고, 몇 번인가 팔을 꼬집혀야 했다. 신림동 개천이 시작되는 언덕빼기 코너집 이층에 있는 다방은 짙은 갈색 선탠 유리창 때문에 한낮에도 어두웠다. 나는 그곳에 앉아 있는 동안 몇 번인가 비가 내리는가 하여 창문을 열고 날씨를 확인하였다. 그녀는 독서실에 전화를 걸고 돌아와 의자에 앉아 그를 기다리면서 다시 그의 얘기를 계속하였다.

「난 언제나 엄마 말은 반만 믿어. 엄마는 명기가 결코 고시에 패스할 수 없을 거라고 확신에 차서 말해. 그렇지만 나는 그렇게 생각하지 않아. 명기는 나와 결혼하기 위해선 고시에 패스하는 길 이외에는 아무것도 없다는 현실을 너무 잘 알아. 명기는 꼭 해낼 거야. 내가 만약에 시험에 실패한 명기랑 도망이라도 친다면 우리 아빠는 나를 절반 죽여놓을 거야. 엄마는 자기 말대로 혀를 깨물고 죽어버릴지도 몰라」

그녀는 뱅글뱅글 웃으며 빠르게 말했다. 그녀는 자신의 상황을 바로 파악하고 있었다. 내가 보기에도 그녀의 말이 무리가 아니었다. 국책 은행의 지점장인 그녀의 아버지는 딸에 대한 기대가 너무 컸으며, 내가 보기에도 경상도 시골 어디선가 올라온 명기는 고시에 통과하지 못하면 그녀에게 결혼하자는 말 같은 건 꺼내지도 못할 만큼 수줍은 성격이었다. 그녀는 정말 사랑에 빠진 것 같았다. 그녀의 입에서는 쉬지 않고 〈우리 명기〉에 대한 감탄과 찬사가 흘러내렸다. 얼마 후 바람을 몰면서 명기가 달려 들어와 그녀 옆에 앉으면 두 사람은 서로의 일상을 보고하면서 얼굴을 살짝살짝 건드리기도 하고 머리카락을 만지작거렸다. 그들의 손끝이 서로의 살갗을 스치는 모습을 바라보면서 나는 희미하게 웃고 있었다. 내 마음속에는 어떤 사람의 존재를 확인하기 위하여 한없이 손을 뻗고 싶다는 욕구가 일렁였다. 내 손의 감각으로 그 사람을 느낄 수 있다면……나는 그들을 바라보며 그 사람 생각을 하고 있었다.

아마 30여 분쯤 지났을까. 그들은 상대의 존재를 확실하게 확인하느라고 서로의 다리를 두들기고, 뺨의 온기를 느끼고, 목소리를 듣고, 귓속에 입김을 불어넣었다. 마지막으로 그들이 손을 잡고 독서실까지 걸어가서 마지못해 헤어지는 모습을 뒤따르며 지켜보는 것이 나의 일이었다. 우리 세 사람은 한낮, 혹은 한밤중 가리지 않고 독서실로 가는 언덕길을 느리게 걸었다. 다시 광화문으로 돌아오는 버스 안에서 그녀는 조용해졌다. 우리는 말없이 차창 밖을 내다보았다. 버스가 한강을 넘을 때쯤, 그녀는 건성으로 물었다.

「이 선생하고는 어떻게 됐어?」

「그냥, 그렇지 뭐」

나는 풀이 죽어서 대답을 했다. 그렇겠지 하는 표정으로 그녀가 나를 흘깃 바라보더니 차창 밖으로 시선을 던지면서 나란히 무릎을 모았던 앉음새를 바꾸어 다리를 꼬았다. 나는 더 이상 묻지 않는 그녀에게 섭섭한 생각이 들어서 더욱 입을 굳게 다물었다.

하긴 그때가 졸업반이었으니까, 그녀로서도 내가 하는

이 선생 애기라면 지긋지긋해질 만도 하였으리라. 대학 신입생 시절에 그의 미술사 강의를 듣고 반한 내가 졸업반인데도 입만 열었다 하면 이 선생 애기만 해댔으니…….

그 사람이 좋아하는 소설. 그 사람이 그 음악을 처음 들었을 때 슬픔을 참느라고 턱뼈가 어릿해졌다는 바흐의 이탈리안 피아노 콘체르토. 한낮의 햇빛 속에서 떨어지는 꽃잎들이 하도 황홀하여서 그 나무 아래 잠시 머물렀다는 그의 말을 듣고 대강당 앞에 있는 목련꽃을 찾아간 일. 이렇듯 나는 그가 말한 영화, 사진, 그림, 시, 소설, 음악들을 맹렬히 찾아보고 읽었다. 그것들을 통과한 어떤 지점에서 그가 느꼈던 느낌들이 내게 투사되기를 진심으로 갈구하였다. 그와의 접촉을 시도하는 별의별 짓이 내 앞에 펼쳐졌다. 수업을 마친 그와 강의실 복도에서 마주친다는 초보자의 수준에서부터 늦은 시간에 그의 작업실을 찾아가거나 전시회에 동행하겠다고 적극적으로 나서기도 하였다.

어떤 극적인 사건에 의해서만 사랑의 감정이 증폭되는 것만은 아닌 것 같다. 우연한 순간 마주친 하찮은 것들에 의해 사랑이 깊은 감정으로 전환되는 경우도 흔히 생긴다. 내 경우에 있어서는 그의 겉모습 뒤에 있는 내면과 마주치게 된 것이 그런 계기였다고나 할까. 그날 그의 그런 모습을 보기 전까지는 그는 내게 있어서 순수한 동경의 이상에 지나지 않았다. 물론 그 속에는 지극한 존경심과 그로부터의 관심을 갈구하는 마음이 담겨져 있는 감동의 원천이고, 위안의 원천이었다. 결코 나는 그에 대하여 관능적인 마음을 품고 있지는 않았다.

졸업반 신학기였다. 개강한 첫째주였는데 전공 과목이
뒤바뀌어서 그것을 바로잡기 위해 과사무실에 들렀을 때였
다. 방문 앞에 있는 조교의 책상 뒤에 놓인 소파에 그와
다른 교수가 마주 앉아서 차를 마시고 있었다. 그들은 나
의 목례에 눈인사로 답하고는 하던 이야기를 계속하는 중
이었다. 아, 시시해. 지루하고 시시해. 동료 교수와 이야
기를 마치고 강의를 하러 가기 위해 일어나면서 그가 한
말이었다. 나는 수강신청 카드를 넘기고 있는 조교의 어깨
너머로 그를 바라보았다. 나와 눈이 마주친 그가 잠시 고
개를 갸웃하더니 희미하게 웃었다. 바로 그 순간에 나의
모든 상상이 균형을 잃고 완전히 깨져 버렸다. 모든 것이
완벽한 조화를 이루고 있다고 생각해 온 그에게서 무언가
결여된 부분이 있었다는 사실을 알고 나는 잠시 아찔한 기
분이었다. 그것은 내 자신이 그의 겉모습만을 보고 있었다
는 자각에서 오는 아찔함이기도 하였다. 그는 이미 일류
대학의 교수였으며 그의 그림은 최고가에 팔리고 있을 뿐
만 아니라 화가로서의 명성도 획득하였기 때문이었다. 그
순간 나는 번쩍거리는 조명 속에 자신의 겉모습을 그대로
둔 채 내려온 그의 영혼과 만난 듯한 기분이었다. 나는 그
가 완벽하게 성공한 사람의 모습과는 판이하게 다른 가능
성과 모습이 있다는 사실을 깨닫게 되었다. 나는 그의 속
에서 삶이라는 광야를 거칠게 질주하고 있는 한 남자를 보
았다. 그 사람도 나처럼 무엇인가를 갈구하고 있으며, 텅
빈 듯한 미래에 절망하기도 하며, 적막한 현재를 견디어내
고 있을지도 모른다는 생각이 드는 것이었다. 나는 갑자기

치밀어 오르는 격정적인 사랑을 느꼈다. 이후 나의 사랑은 관능적 상상을 동반하였다. 그의 존재를 한번만이라도 물리적으로 확인하고 싶다는 열망뿐이었다. 나는 돌연한 그의 실체 앞에서 망연자실 정신을 잃은 기분이었다.

「얘, 내가 죽거든 꼭 화장해 봐. 아마도 사리가 우수수 쏟아질 거다」

일간지에 실린 어느 큰스님의 다비식에서 사리가 쏟아져 나왔다는 기사를 읽으며 그 당시 내가 그녀에게 곧잘 했던 말이었다. 인간의 모든 욕구가 철저하게 억제되고 분출되지 못한 몸 속의 에너지가 물질로 형상화되는 것이 사리라고 추정된다면 나는 내 몸 안에도 그것이 분명히 존재하리라는 확신으로 가득 찼다. 그만큼 나는 그 사람에게 가 닿고 싶다는 욕망 이외엔 아무것도 없었다. 그토록 세찬 욕망을 눌러온 고통이 구체적 물질인 사리로 현시된다면 죽어서라도 위안이 될 것 같았다. 나는 내 앞에 놓여 있는 시간들을 그 사람에 대한 성적인 욕망을 누르는 것으로 대부분 채워넣었다. 그의 존재를 실제로 느끼고 싶다는 열망과 그렇게 하지 못하는 좌절로 가득 차서 나의 대학 시절이 끝나고 있었다.

그 다음해 봄, 우리는 졸업을 했다. 그녀는 은행에, 나는 여학교에 취직을 했다. 명기는 그녀 어머니의 말대로 고시에 통과하지 못했다. 나는 육체적으로 이 선생과 한번만이라도 결합하고 싶었던 갈망을 이루지 못했다. 그녀가 먼저 짧은 은행원 생활을 청산하고 집안에서 주선한 외무부 사무관과 결혼했다. 그녀의 결혼식을 지켜보면서 나는 머릿속으로 불규칙동사 〈르〉와 〈러〉 법칙의 차이를 이해하려고 골똘히 생각에 빠져 있었다. 그 당시 대부분의 결혼식이 그러하듯이 토요일 오후 1시였는데 나는 둘째 시간 수업에서 한 학생에게 그 질문을 받고 설명하지 못해서 무척 난처했었다. 수업을 끝내자마자 학교를 빠져나온 참이었다. 25분간의 결혼식이 거행되고 신랑신부 친구들의 기념 촬영이 시작될 때까지도 나는 그 해답을 얻지 못하였다. 국어사전 없이는 해결될 문제가 아니라는 생각이 들자 얼른 집에 가고 싶었다. 나는 아직 사진 촬영을 계속하고 있는 그녀에게 눈으로 하직 인사를 마치고 결혼식장 언덕을 내려왔다. 바람 속에서 한참 동안 버스를 기다렸다. 운전사에게 차비를 내고 버스에 오르자 버스는 곧바로 출발했고, 나는 비어 있는 뒷좌석을 향해서 비틀거리며 통로를 걸어가다가 갑자기 명기를 생각해 내었다. 거짓말처럼 그 순간까지 나는 불규칙동사 변화에 골똘히 빠져 있었다. 그 기분은 참으로 모호하고 난감하였다. 명기는 나에게 이 선생을 향했던 나의 열정들을 생각나게 하였다. 아주 짧은 시간이었는데 갑자기 나 자신이 10여 년쯤 늙어버린 것 같았다. 산다는 것은 이 세상을 통해 자신의 고통스러운 자아를 나르는 것뿐이라는 생각이 강하게 치밀었다. 우리는 이미 정해진 시간과 인생의 에피소드들을 통과하고 있을 뿐이라는 생각이 들었다. 어디에도 내가 만들 수 있는 행복이나 불행 같은 건 없을 것 같았다. 나는 내 인생이 맛보았던 실연에 대해서도 내가 스스로 행한 것이라는 생각도 들지 않았다. 앞으로 살아나가는 일도 결국 마찬가지일 거라는 생각이 들면서 나는 막연하게 얼른 이 작업이, 시간을 통과하는 이 작업이 얼른 끝나기를 바랐다. 순간 불규칙 동사 〈르〉와 〈러〉의 법칙 변화의 차이가 생각나지 않았더라면 나의 감상적인 생각은 끝없이 이어졌을 것이다. 그렇게 헤어지고 나서 지금 나는 그녀를 만나고 있는 것이다. 아이들은 몇이니? 둘. 남편은 뭐하는 사람이니? 회사원이야. 너도 일하니? 아니. 그럼 주로 뭐하고 지내니? 딱히 하는 일 없이 시간을 흘려 보내지.

풀먹인 흰 드레스 셔츠에 짧은 검정색 나비 넥타이를 진주 핀으로 고정시키고 머리를 단정하게 묶은 아가씨가 받쳐 들고 온 쟁반에서 차 주전자를 탁자에 내려놓는다. 우리는 말을 끊고 아가씨의 동작에 시선을 고정시킨다. 찻잔, 케이크 접시, 파트 워머, 티 스트레이너를 내려놓고 손가락마디만한 알코올 램프에 불을 켜서 파트워머에 꽂고 위에 주전자를 올려놓는 그녀의 움직임이 터무니없이 조심스럽다. 나는 그녀가 티 스트레이너를 받쳐 들고 차를 따른 다음 다시 차 주전자를 파트워머에 올려놓을 때까지 반지를 보고 있다. 현대의 서비스 산업이 교육을 통하여 제조한 전자 인형을 보고 있다는 생각이 불쑥 고개를 쳐든다. 은쟁반을 두 손으로 들고 앞으로 모은 다음 그녀는 허리를 깊숙이 숙이고 〈즐거운 티타임이 되십시오〉라고 말한 다음 미소를 지으며 사라진다. 나는 마주 서서 함께 절하고 싶은 충동을 가까스로 누르면서 고맙다고 말한다. 아마도 매일 아침 내가 이 아가씨처럼 남편 앞에서 기계적인 동작을 되풀이하고 있지는 않았을까? 나는 천천히 차를 마시기 시작하면서 입을 굳게 다문다.

예전에도 우리는 지금처럼 말없이 앉아 있는 순간이 자주 일어났던 것 같다. 그녀는 내가 묻지 않아도 명기 이야기를 수없이 했고, 나는 그녀가 이 선생 애기를 물어올 때만 털어놓았을 것이다. 우리 둘이서 나누는 이야기의 차이점은 그녀와 명기는 실재하는 사건과 움직임을 전달하는데 반해, 나는 나의 내면에서 비롯한 고통과 상상력이 가져다주는 기쁨을 말할 수밖에 없었던 것이다. 나는 갑자기 옛 친구 앞에서 예전처럼 무슨 이야기든 다 털어놓고 서로를 토닥이며 위안하고 싶어진다.

나는 그 괴상한 취조를 통해서 한밤중에 남편의 여자 이야기를 들었다. 그리고 이해할 수 없지만 깊이 잠들었어. 다른 날과 다른 잠이라면 중간중간 눈이 떠지는 거였어. 눈을 뜨면 그 사람의 말들이 허공 중에 떠 있는 것이 보이는 거야. 그게 싫어서 또 눈을 감으면 잠이 들었어. 계속 잠에서 깨고 싶지 않았지만 너도 알다시피 그럴 수는 없잖아. 언젠가는 눈이 떠져버리는 것 말야. 나는 내가 없어져버리기를 열망하고 있었어. 그토록 절망적으로 물질적인 내 육체가 비물질화되어 버리기를, 내 육체가 녹아버리기를, 녹아서 물줄기가 되어 멀리멀리 흘러가서 이런 일들을 기억할 수 없고 느끼지도 않기를 바랐어. 그가 한 말들이 나의 육체 어딘가에 기억되었다가 문득 슬픔으로 가슴이 아파지는 그런 사실들이 싫어서 육체가 없어져 버리기를 바라는 거였어. 다음날 오후에 일어나 창문을 열었어. 머릿속은 텅 비어 있었고 모든 기억들은 허망했어. 그런데 참으로 이상하지. 그 순간 왜 이 선생이 생각나는 거지? 이 선생님이 그토록 원망스러울 수 없었어. 그는 내게 있어서 참으로 추상적인 존재이고, 비물질적이며, 비육체적이며 긴장 혹은 갈등과는 전혀 관계없는 인물인데 말이지. 그때 나는 그가 나를 거부했다는 사실과 함께 그는 아직도 나의 무의식 속에서 나의 머리를 자신의 두 손아귀 속에 꽉 움켜쥔 채 존재하고 있다는 사실을 깨달았어. 갑자기 나는 남편의 여자가 미칠 지경으로 부러워지는 거야. 그녀는 확실하게 한 남자의 마음을 얻었다는 사실 때문이었어. 나는 그 순간 내 자신이 회복 불능의 상황으로 내던져지고 있는 중이라고 깨달았어. 나는 어느 누구의 마음도 얻지 못한 내 자신에 대하여 증오 이외에는 아무것도 느낄 수 없었어. 나는 나의 내부에서 모든 가치 체계가 무너져 내리는 것을 깨달았고 내 인생에 대한 증오를 느끼게 되는 거야. 게다가 더 나쁜 것은 내가 하는 생각들이 저열하다는 느낌 때문에 다시 한번 강한 충격에 부딪치는 거야. 정말 경악할 노릇이지만 그 여자에 대한 부러움은 지금도 가중되고 부풀려지고 있어. 나는 내 머릿속에서 일어나고 있는 이러한 생각들로부터 몸을 숨기고 싶을 뿐이야.

얼마나 시간이 흘렀을까. 그러나 나는 마음속의 말들을 결코 꺼내놓지 못하고 다시 한번 빈 찻잔에 차를 따른다. 그녀도 우리 사이에 가로놓인 정적이 불편했던지 건성으로 참으로 잘 꾸며진 찻집이라고 칭찬을 거듭한다. 그리고 다시 내려앉는 정적 속으로 호텔의 중앙홀에서 울려퍼지는 피아노 연주가 들려온다.

한참 후에 다시 말문을 연 것은 그녀였다.

어제 음악회에 갔었어. 영국인 청년 첼리스트였는데 특별히 연주가 좋다고 할 만한 특징은 없었어. 그런데 세번째 드뷔시의 첼로 협주곡을 연주할 때였어. 갑자기 발바닥부터 슬픈 느낌이 차오르기 시작하는데 그것이 목덜미 가까이 이르자 얼굴의 온 근육이 저릿해지면서 가슴이 터질 것 같은 느낌이 드는 거야. 지금까지 어딘가를 떠돌며 헤매고 있던 내 마음이 가슴 한곳으로 모아지는 순간이었어. 로이드 웨버의 드뷔시 연주는 일품이었어. 난 슬픈 게 좋아. 음악도 그렇고, 노래도 그러하고 이야기도 마찬가지야. 그렇지만 그런 감정을 만나는 순간이 참으로 쉽지 않아. 그래서 어쩌다 어제처럼 슬픔의 진수를 대하면 나는 그 슬픔이 너무 무거워서 그대로 그 자리에서 내 자신이 녹아 흘러서 흔적도 없이 사라질 것만 같아

나는 슬픔을 슬픔으로 느끼는 옛 친구가 부러워진다. 녹아 없어지기를 그토록 갈구했던 내 육체는 사라지지 않고 남아 있어서 자신에게 가해지는 학대에 저항해 볼 생각도 하지 못한 채 고스란히 친구가 부럽다.

그녀의 추상적인 슬픔이 나의 가슴속에서 구체적으로 실재하는 슬픔과 분노를 조롱하는 듯하다. 흘러간 젊은 시절의 자신과 조우라도 하는 기분으로 나와 앉았던 나는 갑자기 현재의 내가 역겨워지고 실재 사건들로 인하여 지나치게 침윤되어 버렸다는 생각이 든다. 사랑의 슬픔으로 공감대를 이룬 사이일 거라는 그녀에 대한 나의 어줍잖은 분류가 무너진다. 지금까지 내가 그녀를 만나기를 피해 온 것

은 어쩌면 서로의 가슴에 묻어 있는 슬픔이 하나의 추상으로 남겨지는 순간을 기다리고 있었기 때문이었다. 지금 그녀는 우리들이 은연중에 묵계했던 슬픔의 추상을 간직하고 나타난 것이다. 그러나 내가 가지고 있는 것은 가슴에 품고 있는 자신의 인생을 향한 증오뿐이다. 나는 멍하니 허공을 가로지르고 있는 그녀의 시선을 따라가며 천천히 입을 연다.

아침 커피를 마시고 있는데 전화가 걸려왔어. 텅 빈 집 안에서 길게 전화벨이 울렸는데 갑자기 그 소리가 기괴스러운 기분이 드는 거야. 나는 공포영화에서 협박당하는 주인공처럼 겁에 질려서 그 전화를 바로 받지 못했어. 참 끈질긴 전화였어. 벨이 16번 울렸을 때에 갑자기 나는 전화 속의 인물이 궁금해져서 황급히 수화기를 들었어.

나는 친구의 얼굴을 들여다보면서 잠시 말을 끊는다.

전화를 건 사람은 아파트 바로 앞집에 살고 있는 젊은 부인이었어. 너무나 반색을 하면서 1201호에 사는 사람이라고 자신을 소개하는 거야. 부부가 다 의사라서 이사온 지 꽤 되었지만 엘리베이터에서 가끔 마주쳤을까 정식으로 마주 앉아본 일은 없던 사람이야. 얼굴이 마주치면 으레 이웃끼리 언제 차라도 한잔 마셔야 되지 않느냐는 헛인사를 한두 번 나눈 적이 있었지. 아파트 관리실에 전화를 걸어서 아래층 경비와 연락을 취하여 우리집 전화번호를 겨우 알아내었다는 말을 장황하게 늘어놓았어. 그러더니 나더러 미안하지만 자기 집에 들어가서 안방 목욕실의 수도가 잘 잠기었는지 확인해 주실 수 없겠느냐는 거였어. 그

집 자물쇠는 숫자판을 누르는 것인데 아파트 경비원한테
숫자를 알려주기가 꺼림칙하다는 거야. 나는 그 여자가 일
러주는 숫자를 받아 적고 곧장 이웃집으로 갔어. 숫자를
누르고 손잡이를 돌리면서 앞으로 당기자 문이 열렸어. 그
리고 나는 그 집으로 들어갔어.

친구는 가지런히 무릎을 붙이고 있던 앉음새를 바꾸어
한쪽 다리를 들어 꼬아 올린다. 나는 목소리를 낮추면서
친구의 얼굴 가까이 바짝 고개를 디민다.

문을 열자 낯선 일상의 냄새가 확 끼친다. 검은 가죽 소
파 위에 아무렇게 던져져 있는 시사주간지와 무릎 덮는 모
포가 눈에 들어온다. 현관 정면에 다리를 벌리고 고개를
잔뜩 뒤로 젖히고 있는 청동 조각이 금방이라도 머리를 움
직여 나와 시선을 마주쳐올 것 같다. 나는 일시 정지 상태
에 빠진 실내의 모든 사물들을 푸른색 필터를 끼우고 보고
있다. 나의 시선이 멈출 때마다 머릿속에서 카메라의 레버
가 돌아가면서 확대망점 은입자를 그대로 드러낸 사진이
찍혀지고 있다. 안방 문을 열고 잠시 서 있는다. 사각형
유리 상자 안에 갇힌 형광등이 천장에서 전자파 소리를 내
면서 흔들리는 빛을 넓은 침대 위에 흘려 보내고 있다. 목
욕실 안의 수도는 꼭 잠겨 있다…….

너무 이상한 기분이더라.

나는 잠시 그때의 기분이 떠오르면서 다소 몽롱해진다.
친구는 나의 느낌과는 상관없이 천천히 고개를 끄덕이는 모
습이 지루한 표정이다. 나는 또 한번 같은 말을 반복한다.

참 이상한 기분이었어…….

그 순간 나의 머릿 속에는 〈＊583248#〉이라는 여덟 자리 기호가 또렷이 떠오르고 있다.

친구는 핸드백에서 콤팩트를 꺼내 열고 거울을 들여다본다. 분첩으로 가볍게 이마와 콧등을 두드리고 립스틱을 꺼내 입술을 새로 덧칠하고 눈썹 연필로 눈썹을 그린다. 눈을 몇 번 위로 치뜨면서 눈썹 라인을 교정하더니 이제 다 됐다는 듯이 콤팩트를 닫는다.

넌 안그러니? 사람들이 나에 대해서 그렇게들 말해. 미대 출신이라서 화장 같은 거에 그처럼 관심을 기울이는 모양이라고…….

그녀는 자신의 행동을 변명이라도 하듯이 조용히 말하면서 내 앞에 콤팩트를 디민다. 사양할까 하다가 이제 막 화장을 고친 사람의 표정이라고 하기에는 그녀의 얼굴이 지나치게 권태스러워 보였으므로 나는 그것을 받아 건성으로 거울을 힐끗 비쳐보고는 그녀에게 돌려준다. 우리는 아직 온기를 지니고 있는 사기 주전자에서 차를 한잔씩 더 따라 마시고, 카페트의 무늬와 퀄리티에 관한 의견의 일치를 보고, 건너편에 아까부터 앉아서 누군가를 초조하게 기다리고 있는 우리 또래의 중년 여성을 바라보긴 했으나 어떤 논평 같은 건 약속한 것처럼 하지 않았으며 그만 일어서자는 얘기를 꺼내주기를 서로 바라면서 오후의 햇살이 탁자 위에 깊이 들어올 때까지 그 찻집에 앉아 있다. 마지못한 듯 그녀가 먼저 일어서자고 말한다. 아이와 약속이 있다고.

이웃집에 들어갔다

아파트 입구를 지나서 언덕을 오르다가 문득 오늘 오전에 나가면서 초대형 광고판의 청년과 눈을 마주치지 못했다는 데 생각이 미쳤다. 브레이크를 밟고 몸을 낮추고 고개를 등뒤로 돌렸으나 쉽게 눈에 들어오지 않는다. 나는 조금 앞으로 차를 옮기고 다시 한번 같은 동작을 되풀이한다. 청년의 검은 테 운동화와 막 그 앞을 떠나려고 하는 축구공만이 직사각형 화면으로 잘려서 내 눈 안으로 들어온다. 그것은 현관문을 따주고 고개를 들지 않고 서 있는 내 눈 안에 들어온 남편의 구두를 연상시켰다. 남편은 몇 번인가 말을 걸듯하더니 나를 지나쳐 방으로 들어가버렸다. 나는 한참을 그대로 서 있다. 그는 내가 툭하면 침묵 시위를 벌이고 있다고 생각하는 것 같다. 그렇지만 그것은 아니다. 나는 그에 대해서 배신감과 분노의 감정을 억제하려고 하다 보니까, 이처럼 말을 아끼게 된 것뿐이다. 피곤한 얼굴로 들어서는 그의 모습을 흘낏 훔쳐보면서 몇 번인가 미안하다는 생각이 들 때도 있었다. 그렇지만 나는 우리의 생활이 결코 비정상적이라는 생각도 들지 않고, 그다지 불편하지 않다. 전처럼 다정하거나 살갑지 않다 하더라도 우리는 서로에 대해서 증오를 품지 않았기 때문이다. 나는 나 자신의 절대 감정 찾기에 여전히 골똘해 있는 중이다. 나는 내가 절대 감정 속에 자주 몰입할 수 있을 때 내 삶이 달라질 수 있다고 믿는 사람 같다.

나는 차에서 내려 광고판을 완벽하게 볼까 하다가 그대

로 언덕을 올라간다. 머릿속에는 옛 친구를 만난 장면들이 푸른 빛을 뒤집어쓰고 다가오는 것 같은 느낌이 고개를 쳐 들었다. 그러나 나는 어떤 언어로 지금의 기분을 단정하고 싶지 않았다. 내 삶 속에서 막연하게 신뢰하고 있던 어떤 상상의 부분이 무너져 내린 것처럼 느껴져서였다. 나는 아 파트 주차장에 서서 내 집을 올려다보면서 잠시 동안 내 젊은 시절의 모습을 돌이켜보았다. 하늘은 더없이 푸르렀 고 아파트 화단에는 나뭇잎이 물들고 있었다. 나는 그때로 부터 20년을 더 살았고, 언제 끝이 날지 모르는 시간을 지 금도 통과하고 있는 것이다. 나는 잠시 감상적인 느낌에 빠져든 것을 자책하듯 찬거리를 챙겨 들고 엘리베이터에 오른다.

현관 앞에서 나는 한쪽 손목에 찬거리가 담긴 비닐백을 낀 채 만년필, 루주, 콤팩트, 지갑, 손수건, 향수, 동전지 갑 등이 마구 뒤섞인 핸드백 속을 뒤져서 열쇠를 찾는다. 비닐백 손잡이에 패인 손목이 아파오자 나는 하는 수 없이 그것을 바닥에 내려놓고 다시 핸드백을 뒤지기 시작한다. 아주 잠깐 동안 열쇠를 잃어버린 것인가 하는 생각이 스친 다. 서두르지 말고 천천히 다시 뒤질 것. 내가 조금이라도 당황하든가 혹은 서두를 때면 나타나는 또다른 내가 어김 없이 찾아와 나를 타이른다. 그 시간은 아주 잠깐이었지만 나는 짜증을 내며 열쇠를 찾아든다.

어렵사리 뒤져서 찾아낸 열쇠를 막 자물쇠에 넣었을 때 내가 왜 고개를 돌렸는지 모르겠다. 나는 이웃집 현관문을 본다. 그때 갑자기 현관문의 번호판이 확대되면서 내게 다

가온다. 나는 눈앞에 있는 번호판을 뚫어질 듯이 바라보았
다. 잠시후 나는 머릿속에 또렷이 떠오르는 숫자를 차례대
로 누르고 있었다. 이웃집 현관문을 잡아당기면서 심호흡
을 했다.

한정희

경기도 강화 출생(1950)
이화여자대학교 국문과 졸업
1989년 동아일보 신춘문예에 중편 「불타는 폐선」 당선
1993년 창작집 『불타는 폐선』

유리집

1판 1쇄 펴냄 2000년 5월 2일
1판 2쇄 펴냄 2000년 9월 15일

지은이 · 한정희
펴낸이 · 박맹호
펴낸곳 · (주) 민음사

출판등록 1966. 5. 19. 제 16-490호
서울 강남구 신사동 506번지 강남출판문화센터 5층 (우)135-120
대표전화 515-2000 팩시밀리 515-2007
www.minumsa.com

값7,500원

ISBN 89-374-0343-9 03810